华 章
传奇派

品味无限不循环的人生

陆晓峰

著

大鳄联盟

鳄鱼篇

海鸥

在无形之中自我膨胀，

海豚

在有形之中迷失癫狂，

鳄鱼

在一无所有中回归真实。

重庆出版集团 重庆出版社

图书在版编目（CIP）数据

大鳄联盟. 3, 鳄鱼篇 / 陆晓峰著. — 重庆 : 重庆出版社, 2022.10

ISBN 978-7-229-17220-6

Ⅰ. ①大… Ⅱ. ①陆… Ⅲ. ①长篇小说–中国–当代 Ⅳ. ①I247.5

中国版本图书馆CIP数据核字（2022）第210318号

大鳄联盟. 3, 鳄鱼篇

DAE LIANMENG 3 EYU PIAN

陆晓峰　著

出　　品：华章同人

出版监制：徐宪江　秦　琥

责任编辑：王昌凤

特约编辑：张铁成

责任印制：杨　宁　白　珂

营销编辑：史青苗　刘晓艳

封面设计：韦海峰

重庆出版集团
重庆出版社　出版

（重庆市南岸区南滨路162号1幢）

北京盛通印刷股份有限公司　印刷

重庆出版集团图书发行有限公司　发行

邮购电话：010–85869375

全国新华书店经销

开本：880mm × 1230mm　1/32　印张：11.625　字数：292千

2023年2月第1版　2023年2月第1次印刷

定价：48.00元

如有印装质量问题，请致电023–61520678

目录

第 一 章 求婚/1

第 二 章 出狱/6

第 三 章 异财/11

第 四 章 小钱/16

第 五 章 监狱/21

第 六 章 照面/28

第 七 章 吴有德/34

第 八 章 麻烦/38

第 九 章 开战/43

第 十 章 布局/48

第十一章 抢板/53

第十二章 照片/58

第十三章 来去/63

第十四章 哈士奇/68

第十五章 股灾/73

第 十 六 章　输惨了/78
第 十 七 章　暴利/83
第 十 八 章　赚飞/90
第 十 九 章　选择/96
第 二 十 章　暴露/102
第二十一章　出手/108
第二十二章　反击/114
第二十三章　怎么办/119
第二十四章　绝望/122
第二十五章　蹊跷/125
第二十六章　调查/130
第二十七章　人命/134
第二十八章　新发现/139
第二十九章　大有文章/144
第 三 十 章　源头/150
第三十一章　短信/157
第三十二章　声音/161
第三十三章　明白/165
第三十四章　蹊径/171
第三十五章　四象/178

第三十六章　岔子/183

第三十七章　见面/187

第三十八章　公司债/191

第三十九章　敌友/195

第 四 十 章　理由/199

第四十一章　法拍/205

第四十二章　竞拍/211

第四十三章　盟友/217

第四十四章　合作/223

第四十五章　边角料/229

第四十六章　退市/233

第四十七章　果然/239

第四十八章　见面/243

第四十九章　当选/248

第 五 十 章　故事/252

第五十一章　方案/256

第五十二章　定增/261

第五十三章　争论/265

第五十四章　表决/271

第五十五章　辞职/276

第五十六章　猫狗/281

第五十七章　陷阱/286

第五十八章　结仇/292

第五十九章　暴涨/298

第 六 十 章　合作/308

第六十一章　视频/314

第六十二章　死亡/319

第六十三章　欢笑/324

第六十四章　明白/329

第六十五章　反击/333

第六十六章　针锋相对/338

第六十七章　惨败/343

第六十八章　结盟/348

第六十九章　往事/352

尾　　　声/361

第一章
求婚

尽管猎豹是世界上速度最快的动物，并能在平原上抓住任何目标，但在完全确定能抓住猎物之前它会一直潜伏等待。它可能在树丛中藏身整整七天，等待正确的时机出现。它在等待一只幼小的羚羊，或者生病或跛脚的羚羊；只有在那时，在它不可能错失猎物时，才会发起进攻。对我来说，那就是职业交易的缩影。

—— MarkWeinstein

书店。沈涟漪刚刚把书抽出来，就听到身后传来了一个熟悉的声音："马克·威斯坦的传记？涟漪，你也对马克·威斯坦感兴趣？"

"我为什么不该对马克·威斯坦感兴趣？他可是大名鼎鼎的猎豹交易员！"沈涟漪看了一眼站在身后的陈思，微微一笑，随即侃侃而谈道，"马克·威斯坦原本是美国的一个房地产中介，后来厌倦了做一个朝九晚五的小职员，就一头扎入了资本市场。一开始他和大多数人一样，输得很惨。据说在整整四年的时间里，他一次次投入，一次次惨败。

"最惨的一次，他开仓买入了大豆后，才涨了两天，就忽然遭遇了排山倒海的连续跌停，每天输掉十五万美元，相当于他总资产的10%，输得他怀疑整个人生，甚至跑到公园，抱住一个陌生的姑娘号啕大哭。

“可传奇就是传奇！普通人是屡战屡败，最终一败涂地，而能够脱颖而出成为传奇的，却是屡败屡战。最后他终于找到了投资的技巧。从此之后，他就好像猎豹一样，耐心等待市场上所有客观条件都达到他的要求，才会杀进去交易。

“后来在芝加哥商品期货的一次期权买卖竞赛中，他用了三个月的时间，成功地把三十万变成了九十万。而且，完全没有利用金字塔式的加码法，纯粹就是凭借技巧取胜。有一次采访中据他自己说，之前的两年内，他几乎没有一周是亏损的，也没有一个月有赤字。两年的时间里他成交了一千多笔，只有三个交易日是输钱的，失手了十七次。其中九次，还是因为报价失灵被迫提前离场。你说，这样一位了不得的交易大师，难道不值得关注吗？”

“也对，也不对！”陈思笑着摇头，“马克·威斯坦确实是一位了不起的交易大师。如果是整日在资本市场上拼杀的交易员，绝对应该对这样的传奇顶礼膜拜，更应该悉心研究他的交易理念。但是涟漪，你走的可不是这个路子。”

说话间，他彬彬有礼地做了一个邀请的姿势，尽显儒雅风采。沈涟漪上前挽了陈思的胳膊，与他并肩走出书店，上了陈思停在书店外的汽车。

在陈思发动引擎的当口，沈涟漪笑道：“我该走什么路子？”

陈思缓缓启动汽车，同时说道：“你师从陶德曼教授，教授当年便是因为对不同汇率体制下的货币和财政政策以及最优货币区域的分析，获得诺贝尔经济学奖。你这些年苦心钻研金融改革方面的宏观政策，并因此在学术界声名鹊起，成为新生代的佼佼者，未来自然应该以更宽广的视角，放眼整个大局。交易员……”

说到这里，陈思的目光微微一闪，迅速闪过了一丝莫名的复杂，随即又立即恢复平常的沉稳，不动声色地道：“交易员在外行人眼里确实很传奇，好像可以日进斗金，可以在资本市场上呼风唤雨。但是究其根本，也就是金融市场上的马前卒而已。再了不得的财富神话，也比不上规范整个金融市场的秩序和规则来得重要。”

沈涟漪沉吟了一下，点头：“话是这么说。只是……再宏观的大局终究也是一个个细节组成的。而且，我关注马克·威斯坦，其实是因为对最近的一些研究产生了一些感慨。”

汽车疾驰在城市宽敞的大道上，陈思开着车，好奇地问：“哦？什么研究？”

“我一直都在研究金融革新方面的课题，偶尔会调查当前金融制度存在的漏洞。结果我发现，在过往的几十年内，有不少人利用金融制度漏洞频频出手，猎取原本不该属于他们的财富。”沈涟漪坐在副驾驶位上，若有所思地看着前方，轻轻叹了一声，目光里飞快闪过又隐去一丝复杂情绪，“他们一个个都是大胆、聪明，同样犹如猎豹一样，能够敏锐地发现猎物，耐心地等待机会，一旦机会到来，就会毫不犹豫，发动最致命的攻击……”

“所以呢？”陈思忽然忍不住皱了皱眉，不过又很快笑了起来，恢复了一贯的翩翩风度，“我是说，你不会是要为这些人歌功颂德吧？”

“当然不是！”沈涟漪摇头，“他们的财富神话再传奇，其实也就是适逢其会，站在了时代的风口浪尖。无论他们成为时代的佼佼者，还是渐渐泯然众人，都不是我关注的。”

“那你关注的是……”陈思疑惑了一下，旋即醒悟，“你关注的是如何弥补规则的漏洞？”

沈涟漪幽幽叹了一声：“是啊！曾经有人跟我说过这么一段话……”

她略微顿了一顿，脑海里不觉浮现出了一个身影，一个年轻俊朗，目光睿智，恍惚能看穿世间浮华，脚步坚定宁撞南墙也不回头的身影。

随即很快就又开口，快得几乎很难察觉到她的停顿："这个世界上，其实可以分为四类人：一类人注定要站在云端峰巅之上，他们是制定规则的人，也是书写历史的人；一类人默默遵守规则，循规蹈矩，日子过得不好也不坏，他们就是世上的芸芸众生；还有一类人不甘平庸，他们利用自己的智慧去理解规则、熟悉规则，想办法利用规则，寻找规则的漏洞。这类人一旦成功，就能拥有富贵权势。如果他们能够把握住自己，不逾越道德和法律红线的话，更进一步成为规则的制定者也未尝不可。可如果失败，又或者把握不住自己，挑战道德，挑战法律，最终挑战规则，挑战秩序，就必然会成为被规则镇压的第四类人，沦落至社会的边缘，轻则坐牢，重则丧命。"

"所以，你这个想要完善金融制度的人，就要和那些寻找规则漏洞，利用规则漏洞的人斗个你死我活？"陈思目光闪烁了一下，旋即笑了起来。

笑谈中，他的车也渐渐缓速，停在了一家西餐馆门前。

"谈不上你死我活！这有点儿像考古学家和盗墓贼的关系。规则出现漏洞，自然就会出现捕捉到漏洞，利用漏洞的人。利用漏洞的人并不都是不法之徒，比如顶尖的会计师之所以顶尖，不就是因为他能够帮助雇主合法避税？优秀的交易员之所以优秀，不就是他善于发现价格的错误？我们这些搞学术的，其实很多时候就是追寻他们的步伐，针对他们发现的规则漏洞进行修改和完善，使得规则重新回归有利于国计民生发展的正轨，而非误入让少数人中饱私囊的歧途。"

沈涟漪和陈思一路聊着，步入了西餐厅。被侍者引入包厢之后，她方才发现今天并不是简单的一顿晚餐。

包厢内早就被人做了精心布置，四周铺满了鲜花，墙壁上的大屏幕也在她进入之后放映出一张张幻灯片。从曾经青涩的大学时代，到这些年留学海外，一段段人生轨迹里，都是她和陈思学习、工作、休闲时的合影。

这时悠扬的乐声响起，陈思跪在了沈涟漪的面前："涟漪，十年前在大学新生晚会上，我第一次注意到了你……初始，我欣赏你的聪颖，欣赏你的好学，欣喜得到了一个佳弟子。后来，我欢喜你的思想、你的见解，欣慰从此吾道不孤，学术路上多了一个同行者。这些年从纽约到伦敦，我们相识相伴，去过不少地方，留下了不少美好的回忆，现在请原谅我的贪心，不再满足于你仅仅只是我学术路上的同行者。我更希望能够执子之手，与子偕老，成为人生道路上，共历风风雨雨，相濡以沫，白头到老的伴侣。"

陈思娓娓道来的话语，从回忆，到表白，最终化作了一句话："请嫁给我吧！"

说着，从怀里取出一枚漂亮夺目的钻石戒指，就在陈思马上要将这钻石戒指戴在沈涟漪手指上的刹那，她的手忽然收缩了一下。

沈涟漪自己也不明白怎么回事。和陈思已经认识了足足十年，从师生到同事，从学术上的同行者，到不知不觉渐生默契，这一天的到来似乎是那么顺理成章，甚至都能成为一段美谈。

就理智而言，她完全没有拒绝的理由，可是当戒指触及她手指的瞬间，当真完全就是本能，让她下意识缩了一下手。结果陈思措手不及，"当啷"一声，戒指掉在了地上。

现场的空气顿时凝固了起来。

第二章
出狱

几乎就在沈涟漪缩手、陈思掉落戒指的瞬间，悦耳的手机铃声从沈涟漪的包包里响了起来。

沈涟漪反应很快，从容掩饰：“难怪都说午夜凶铃多么吓人，我刚才真是吓了一跳。”

她主动将手伸向陈思，陈思捡起了戒指，却没有继续刚才的求婚，而是将戒指收起，就仿佛刚才的一切都没有发生过一样，仅仅只是轻轻握了握沈涟漪的手，又轻轻放开，柔声道：“赶紧接电话吧！看看到底是哪个混蛋，惊吓了我们金融女神？”

沈涟漪的目光微微闪了一下。有些失望，却又在意料之中。毕竟认识了十年，她当然知道陈思一直都是一个追求极度完美的人。这样的人，做任何事情都不会允许有半点儿瑕疵。所以出了刚才的意外之后，果断放弃这次求婚，多半是准备再酝酿更好的机会，确保求婚的完美。

沈涟漪默契地避开了刚才的尴尬，她点了点头，从包里拿出了手机，只是才瞥了一眼，这铃声恰好此刻断了。

沈涟漪将手机又重新放回了包里，陈思非常绅士地为沈涟漪拉开了椅子，顺口问了一声："不打回去？"

"熊猫打来的！近来高层频频组织召开关于金融体制革新的学术探讨会，就是为接下来深层次的政策调整做准备。这家伙应该也是听到了风声，来找我打探消息的。"沈涟漪摇了摇头，"算了，不是什么要紧事，等一会儿打过去也没关系。"

"嗯，叶阑珊入狱后，熊猫辞去了财经日报的记者，加入了阑珊资本。在阑珊资本马上要散伙的时候力挽狂澜，重新整合了阑珊资本，一直管理到现在。最近他的业绩很火，已经连续几个月净值大增，成为投资者的宠儿。"陈思笑着坐到了沈涟漪的对面，调侃道，"说来也是一位掌控了亿万资产的金融才俊，这么冷落不好吧？"

沈涟漪的脸有些冷了下来："什么金融才俊？我看他是被名利迷花了眼。"

陈思目光微微闪了一下："都已经过去五年了，你还在为他当初背叛帅朗的事情耿耿于怀？"

沈涟漪并没有因为涉及帅朗而回避，坦然地直言："不仅仅如此。当初阿郎同样急功近利，做了不少错事，否则也不会锒铛入狱，毁掉了自己的前途。熊猫那会儿只是一个刚刚毕业的大学生，他父亲又恰好得了绝症急需用钱，在这种情况下被人利用，多少也是情有可原。"

陈思顺手切了一小块牛排，很及时地接话："但是呢？"

"但是……"沈涟漪皱眉，"我最近才知道，他幕后大老板就是叶阑珊，他只是叶阑珊手里的牵线木偶。"

"叶阑珊？"陈思用餐的手不经意间微微顿了一顿，"嗯，这个人我认识。以前是海鸥资产的总裁助理，后来开创了阑珊资本，据说她和帅朗配合，差点儿就拿下了齐家。不过……我没有记错的话，当初帅朗不惜自首，似乎就是为了对付她吧！"

"是的！这也是个聪明人，一被调查就主动认罪，同样争取到了自首，所以和阿郎判得差不多。”

“那她不是应该还在监狱里？”

“确实在坐牢！正因为如此，她才找了熊猫出面帮她运作资金。哼哼，你说的那位金融才俊，其实就是摆在台面上的木偶而已！”

“那也是周瑜打黄盖，一个愿打一个愿挨！你操什么心啊！”

“怕就怕熊猫脑子又犯浑。到时候万一出事，被人推出去当背锅侠。”

“你是不是太小看你那个发小的智商了？为什么不是两情相悦，联手创下金融侠侣的爱情神话？”

“你信吗？”

“世事难有绝对啊！”

你言我语中，两人吃好了晚餐。陈思很绅士地将沈涟漪送回住处，因为有事，他并没有多待，很快便告辞离开了。

沈涟漪站在窗口，看着楼下陈思的车远去，犹豫了一下，还是拿出手机回拨了熊猫的电话。

手机那头立刻传来了熊猫故意夸张的话语：“哎呀呀，大小姐，您总算肯赏光通话了！”

“少废话！”毕竟是从小一起长大的小伙伴，沈涟漪对熊猫那是没有丁点儿的客气，“到底有什么事情？别告诉我又是打听消息，那样我可就挂电话了！”

“别别别！”熊猫连忙阻拦，“这回你可真是冤枉我了！我就是想告诉你一声，阿郎应该出狱了。”

听到这话，沈涟漪的脑子轰地一下好像炸开了一样，刹那间一片空白，根本没法思考，只是循着本能，涩涩地问了一声：“什……什么？”

“我说，阿郎应该出狱了。减刑了，提前释放！”熊猫在手机那头叹了一口气，“你也知道，我和阿郎当初有些……嗯，这个……误会。这几年，我每次去看他都被他拒绝了。但是兄弟一场，不管他什么态度，我肯定还是关心着他不是？”

沈涟漪皱眉，冷冷地打断了熊猫的自我标榜：“少废话！”

手机那头，熊猫站在阑珊资本总裁办公室的窗口，俯视灯火通明犹如白昼的都市夜景，无奈地撇了撇嘴，却不敢回击，乖乖地道：“好好好，不废话。长话短说，这小子当真人才啊！哪怕在监狱里，也愣是把自己整成了财神爷，能让所有人都跟着他一起发财。结果呢，上至狱警下到囚犯，个个都称他是朗爷，立功减刑也是手拿把掐。这不，明明6年的刑期，愣是被他搞得5年不到就结束了。”

沈涟漪深深吸了一口气，却依旧还是不由自主有些许颤抖：“所以，他现在已经出狱了？现在……回家了？”

“嗯，出狱了，但没有回家。”熊猫拿着手机，把自己的额头顶在了玻璃上，叹了一口气，“我还想着到时候接他出狱，弥补曾经的友情呢，结果他故意避开了我，然后就消失了。”

“消失了？”

“是啊！我特地问过他妈妈，阿郎没有回家，只是打了个电话，说最近一段时间要出去四处走走散散心，思考一下未来。哦，对了，他还转了一百万现金给阿姨。”

“等等！”沈涟漪忍不住打断了熊猫的话，“你不是说他刚刚出狱吗？哪来的一百万？”

“谁知道呢？”熊猫耸了耸肩，满脸无辜，“和我相比，他才是真正的金融高手。说不定是以前赚的，也说不定这些年帮狱警赚钱的时候顺带自己也赚了？反正啊，高手就是高手，谈笑风生就能把我们普通人当韭菜收割一茬又一茬！”

沈涟漪才没有耐心听熊猫感慨，再度打断了熊猫：“也就是说，你也不知道他如今在哪里？”

“是啊！”熊猫耸了耸肩，“我给你打电话就是想让你留意一下，阿郎估计也不会去找你。走出监狱之后他就是自由身了。凭他的本领，钱是肯定不会缺的，那还不得天南地北随便去？指不定……”

说到这里，熊猫顿了一顿，望着窗外的高楼大厦，车水马龙，嘴角慢慢泛起了一丝嘲弄，咕噜了一句：“指不定，现在正谋划着如何东山再起，再见到他的时候，又是呼风唤雨的社会精英了！”

熊猫挂了电话，嘴角的嘲弄渐渐收敛，取而代之的是满脸阴沉。

他沉吟了好一会儿，拿起手机又拨打了一个号码，冷冷地道：“查！不管花多少钱，请多少人都没关系。我要立刻知道帅朗去了哪里？眼下在干什么？”

第三章
昇财

“您害怕踏空吗？您恐惧套牢吗？您是否迷茫该如何捕捉黑马？您是否烦恼怎样处理手里的股票？请来昇财吧！所有一切，昇财都能帮您解决！昇财昇财，一日一升财！”

下午3点整，股市这才刚刚收盘，一阵震天的喇叭声从证券营业部的对面爆发出来。

喇叭声中，一个十七八岁，满脸堆着笑，笑得连眉眼都笑成了月牙儿的姑娘，一边嘴里甜甜地叫着“哥哥姐姐、叔叔阿姨”，一边将手里的宣传单，麻利地挨个递给那些从证券营业部出来的股民。

每次递出一张宣传单，还特有礼貌地九十度鞠躬，让人就算心里厌烦，都不好意思不拿，拿了也不好意思立马扔掉。

不过，既然是股民，免不了有人发财有人亏损。亏损的人心情肯定不好，瞥了一眼宣传单上的内容，当下就忍不住发难：“一日一升财？好大的口气啊！真当自己是股神了？”

小姑娘脾气特好，依旧还是甜甜地笑着，甜甜地回应：“那哥哥你去对面看看嘛！看一眼又不会吃亏，又不会上当！咱们昇财专业投资研究所，真的是正正经经的公司，今天分公司在这里开张，所以特意从上海请来了资深分析师做股市义诊，免费指导大家手里的股票。名额有限哦！准不准，行不行，咱们不看说话看行动，是不是很实在？”

“股市义诊？”

听到这话，人们不由面面相觑。在这西南地区的三四线城市里，医院来小区义诊，测个体温高血压什么的还偶尔会遇见，股市义诊是什么东西？

不过，免费！还名额有限！

炒股的人本来就比较空闲。无论是因为好奇想看个热闹，还是想占小便宜，又或者当真是被眼下的股市给折腾惨了，是根稻草也不肯放过。不一会儿马路对面就挤满了人，比菜市场还要热闹。

对面果然新开张了一家店铺，挂着“昇财专业投资有限公司西南分部”的牌子。店铺门口摆了两张长桌，桌子上摆放着表格，桌子后面坐了三个手里拿着圆珠笔，年纪约摸十七八岁的后生仔，看上去是负责登记的样子。

与此同时，一个二三十岁的年轻人站在店门口，挠了挠头，有些结巴地道：“大……大家不要急，一个个排……排好队领……领号。待……待会儿抽……抽中号……号的，就……就可以进……进去，由……由大师一……一对一辅……辅导。”

这年轻人皮肤黝黑，虎背熊腰，个子也比寻常人高了一大截，看上去很有些压迫感。所以结巴归结巴，可站在店门口犹如门神一般，立马就挡住了蜂拥而来的人群。

有人惊“咦”了一声，有些迟疑地探问：“你是不是大力？田大力？”

年轻人立刻憨厚地笑着回应：“是我啊，陈哥！”

旁边的人忍不住插话："等等？你说哪个田大力？"

"瓜娃子！还有哪个田大力？当然是城南的汉留大爷！"

"哦，我想起来了！就是前些年，当街一刀捅死了一个老板凳的城南好汉？"

议论渐渐热闹起来。

这样一座内陆三四线城市自然不会很大，几乎所有人都是沾亲带故，绕几个圈子总能绕到一起来，着实没有什么秘密可言。三言两语就能把人的底细摸出来。

因为城南田家在当地还真是赫赫有名的大族。那是地道的世代袍哥，曾经反清复明，曾经参加辛亥革命，也曾经出川抗战，血洒疆场。

哪怕后来新中国成立了，什么哥老会之类的都不存在了，田家人依旧秉承了豪迈义气的家风，但凡有朋友求上门，总是二话不说，鼎力相助。但凡街坊乡亲遇到什么为难事，总是毫不犹豫，挺身而出。

田大力正是田家这一辈的长子嫡孙，是乡里乡亲看着长大的孩子。这孩子据说出生的时候胎位有点儿不太对，所以脑筋不咋样，还带着天生的口吃。人老实厚道，浑身上下又满是使不完的力气，但凡有啥事情需要帮忙，叫他一声，他总是憨憨地答应，毫不保留地使出他那一身力气。

所以哪怕这年头已经不兴开香堂、拜关二爷了，当地人还是如同称呼他爷爷、他老子那样，习惯性地称呼他为汉留大爷——汉留，就是哥老会的别称。大爷，指的是舵把子、大首领。

更重要的是，田大力前几年还干下了一件轰动整个县城的壮举——

当时有个游手好闲的老板凳（当地对老男人的蔑称）喝醉了酒，竟然当街抱住一个放学回家的女娃子，又是亲又是摸，最后还剥掉了女娃子的衣服，想要行那不轨之事。

恰好被田大力路过撞见，他二话不说，上前揪住了那个老流氓，让女娃子赶紧逃走。不料那老流氓生性凶暴，那会儿又是酒精上头，从怀里掏出一把匕首刺向田大力。田大力自幼习武，倒也不惧，闪身避过以后，和他扭打在一起。

倒霉的是，田大力夺下了匕首之后，扭打的过程中一不留神捅死了对方，结果被判防卫过当，逮捕入狱。

不过巴蜀一带江湖习气浓厚，田大力为了救人而杀人，在这里却毫无悬念地成了英雄。但凡有血性的男儿，茶余饭后说起这田大力，无不用力拍案，大赞一声“好汉”。

万没有想到，这传说的英雄如今回来了。

大家伙看着田大力的目光不由多了几分热切。爱屋及乌之下，连带着对这原本还有些犹疑的异财投资也平添了几分信任。

就在人们争先恐后挤到田大力身边，想要搭话套近乎的时候，长桌那边却起了争执。原来，坐在长桌后面的那几个后生仔，刚才一边登记一边解释股市义诊的规则，就如田大力说的，需要抽号，抽到号的人才能进去和大师一对一面谈。等大师为这个幸运儿指导好了股票出来，再抽第二个人。

每一个人大约都需要十分钟左右。

这一来，登记的人就有意见了。一则是担心自己抽不中，二来就算抽中了，如果排在后面，得等到什么时候？不知道是谁带头鼓噪起来，抗议这规则太不合理。

“莫……莫吵！”田大力倒是有心维持秩序。奈何他天生结巴，人又敦厚，实在发挥不出汉留大爷应有的威风来，根本镇不住。

混乱之际，忽然一个女娃子的声音分外响亮地压住了所有喧嚣：“都给老子闭嘴！”

在场所有人，包括田大力这位汉留大爷，愣是被这声大吼给吓了一跳，众人的目光循声望去，发现发出大吼的不是别人，正是之前人美嘴甜发宣传单的小姑娘。

小姑娘不知道什么时候跳到了长桌上，叉着腰，挥着手里的宣传单，威风凛凛："吵什么吵？为啥要一对一见大师？因为隐私！知不知道隐私？你们谁愿意大庭广众之下，把自己手里的股票让别人知道？让别人眼红你发财，嘲笑你输钱？"

还别说，这话真是有些道理，大部分人接受了小姑娘的理由。

也有人不服气："那也不该抽号啊！万一抽不中呢？老子得白白在这里等这么多时间？"

"不会白等！"小姑娘立刻道，"没有抽到的人，只要愿意登记姓名、电话，也能免费领取一小盒新鲜的鸡蛋。"

这下子就把人给吸引住了。尤其是退休阿姨们禁不住眉开眼笑，不放心地追着确认一句："女娃子，说话算话？"

"放心！咱们袍哥人家，绝不拉稀带摆！"小姑娘拍着胸脯，要多豪气有多豪气。她挥了挥手，那几个后生仔暂停登记，从店铺里面搬出了几箱子鸡蛋。

秩序随即恢复，四周的人几乎没有一个离开。有人继续围住田大力问长问短，有人老老实实排队等抽号，还有那些阿姨，兴高采烈地拿到了鸡蛋，重新惦记起股市义诊来。当真是热闹得好像菜市场一样。

小姑娘从长桌上跳下来，眼珠子骨碌碌转了两转，脸上泛起了一丝贼笑，明显又是想到了什么主意。

第四章
小钱

“叔叔阿姨、哥哥姐姐！”小姑娘又开始叽叽喳喳，好像百灵鸟一般说开了，“大家都不要急，大师会在这里驻扎一段时间，帮助大家科学炒股，专业炒股。等大家认可了大师的能力以后，不妨考虑报名参加咱们的培训班。”

“培训班？”有心思细腻的，早就看到了宣传单上关于培训班的标价。

低级班：888元。

中级班：8888元。

高级版：88888元！

这数字够吉利，这宰人的刀也够雪亮锋利。立马就有人不满起来。

小姑娘态度好到了极点：“不愿意也没有关系，交个朋友，帮忙给我们公司打个口碑就行。不过，我在这里可以给各位叔叔阿姨、哥哥姐姐做个保证，我们公司绝对诚信经营，一分价钱一分货，童叟无欺！”

“莫要吹牛皮！”有退休的阿姨冷笑起来，“一分价钱一分货？

小姑娘，你能保证我交了钱，炒股就可以稳赚不赔？”

小姑娘真诚地连连摇头：“当然不可能稳赚不赔。就算股神巴菲特不也有马失前蹄的时候？只有那些骗子才会骗你们说什么有内幕消息，说什么稳赚不赔。但是咱们公司是正当经营的，肯定没法保证稳赚不赔，但是啊……

说到这里，她忽然话锋一转：“这世界上有三种人：聪明人看到别人摔倒，就知道这里有危险；一般人自己摔倒了，就知道这里不安全；至于笨蛋呢，非得自己一头撞在石头上把脑浆撞出来，才知道脑袋没有石头硬。我相信各位叔叔阿姨、哥哥姐姐都是聪明人，就该报个咱们这样的培训班，这样就不用在交易中真金白银交学费了。

“炒股的人应该都知道，猜对、看对、做对、满仓做对、杠杆做对，就是完全不同的五个阶段，每一个阶段的差距都有一个巴菲特那么大！”

“我们公司请来的大师很厉害的，有他来指导，就能帮助你们少走弯路，快、准、狠地跳过猜对、看对、做对，直接跳到满仓做对、杠杆做对。想想吧，这样做对一把，得赚多少钱，是不是立马就把那点儿学费赚回来了？”

小姑娘确实能说会道，那一张小嘴巴好像百灵鸟儿一般，叽叽喳喳说个不停，声音清脆悦耳，话语一套紧接一套，还都是逻辑自洽，道理十足，总是说到人的心坎里，让人忍不住蠢蠢欲动，感觉不报培训班，转眼就要错过一个亿。

就在她叽叽喳喳说话的当口，不断有人抽中号，不断有人进去和大师面对面谈话，谈话完了出来，每一个人无一例外春风满面，眉开眼笑，一个劲儿夸赞里面真是厉害的大师，真有水平。虽然这会儿还没法验证能不能发财，可看着被诊断的人信心满满，人们越来越强烈地感觉到，大师似乎是真的大师，不是江湖骗子。

炒股的人，哪怕股票被套牢了，也肯定做梦都想买个黑马，一夜暴富。于是还真有人报名参加培训班了。

第一个试探着报了八百八十八的低级班，收款的工作人员居然连零头都不肯抹掉，开的也是中规中矩的发票，这反而加强了这公司很靠谱的形象。

立刻就有人跟上，不仅有888的低级班，有8888的中级班，在很多人的震惊中，两个附近有名的狗大户还真的掏钱，报名了88888的高级班。

人群顿时疯狂了，跟风的人们就好像抢折价的油米一样抢着来报名。小姑娘亲自去收款和登记，就这样还排起了长队。好一番热闹，一直到天快黑下来，人群这才渐渐散去。

田大力亲力亲为，带领那些后生仔收拾好了卫生，又把桌椅搬回了店里。

发宣传单的小姑娘抢先一步蹿入了店铺，左手抓起一把今天收到的现金，右手又快又熟练地一张张数了起来。在钞票“哗啦啦”翻动的声响中，她不一会儿就把面前的现金全都数完了。

“哇，十万八千六百七十二块！”小姑娘忍不住兴奋地一蹦又一蹦，就好像池塘里欢跳的青蛙一样，冲着刚刚走进店铺的田大力，眉开眼笑地叫道，“哥，就刚才那么会儿工夫，咱们就赚了这么多！”

田大力憨厚地笑了笑，还没有来得及开口，就听见一个沉稳的声音从小姑娘的身后传来：“只是一点点儿小钱而已！”

“小钱？！”小姑娘瞪大了眼睛，十万多块钱怎么就是小钱？

田家世代袍哥，平日里打交道的多半是车船店脚牙这些底层的三教九流。十万块！哪怕一万块，不，就算只有一千块，也可以让很多卖苦力的年轻人拼命了。居然敢说十万多块钱是小钱？简直不可理喻！

她转身想要理论理论，可没等她转身，身后说话的人就伸出一只手按在了小姑娘的头顶上，愣是把她给死死按住了。

小姑娘不由怒了，双手对着空气奋力乱挥，就好像是一只被踩了尾巴，张牙舞爪起来的猫，大声吼道："田大力，看到没有，臭小白脸又欺负你妹妹了！"

田大力皱眉，却不是因为自己妹妹被欺负，而是很不满意田小可这副样子，斥道："小……小小……"

可怜他天生结巴，一激动，更是说不上来话了。

按住了田小可脑袋的人叹了一口气："好了好了，别吵了！这些钱归你保管，Ok？"

"真的？"此言一出，田小可立马朝面前的现金扑去，一把将所有的钱全都揽在了怀里，眉眼都笑开了花，犹如母鸡护着小鸡崽，瞬间就把称呼都改了，"阿朗哥哥，这可是你说的，大丈夫一言既出，驷马难追。咱们袍哥人家绝不拉稀带摆。哦，不对，你不是袍哥，不过没关系，咱们巴蜀出美女啊。要不我介绍几个漂亮的姐姐给你？到时候咱们就是一家人了……"

得，为了钱，这位是真准备把自己家里的姐姐都给卖了。

田大力情不自禁地捂住了脸，田小可却一点儿都不脸红害臊："这叫联姻，亲上加亲懂不懂？哥，你和阿朗哥哥不是过命的交情吗？难道忍心看着他打光棍？何况，阿朗哥哥这么帅……"

帅朗确实很帅，颜值足以在路上引来无数女生发痴，今天为了唬住那些股民，又刻意打扮成的金融职场精英模样，里里外外都透着睿智和干练。如今蹲了五年牢狱的帅朗，脸上透出了经历世事的沧桑，越发增添了勾心的杀伤力。

帅朗右手的食指、中指屈起，狠狠敲了田小可的脑袋一下。田小可顿时大叫着，摸着脑袋跳了起来，顾不上再说下去。帅朗懒得再理她，自顾自走出店铺，就在店门口的石阶上坐了下来。随手点了一支烟，却没有马上吸，任由点燃后的烟头发出鲜红的闪烁，目光则静静地看着四周陆续亮起了灯光的黑夜，思绪不知不觉扩散了开来。

第五章
监狱

帅朗至今都清楚地记得，五年前他进入监狱的那刻，天也像现在这样，已经很暗了。

他被剃成了光头，上缴了身边所有的物品，跨过了牢房的门，帅朗知道自己来到了另外一个世界。

这是一个住了七八个大男人，难闻异味扑鼻而来的房间。这七八个男人和大学里面那些青涩稚嫩的同学全然不同，年纪更不相同，他们有老有少，可能是杀人、伤人的暴徒，可能是坑蒙拐骗的骗子，可能是贪污受贿的公务员，也可能强奸妇女的淫棍。

在这里，曾经的身份、地位、荣耀全都归零，所有斯文礼貌完全作废。

管教的命令是必须服从的，没有人想分配到最苦最累的活，也不会有人想隔三岔五被罚进小黑屋禁闭，更不会有人喜欢被其他囚犯孤立针对。

管教之外，拳头最大。新来的人多半会睡在最靠近厕所的地方，难得有家属送来生活用品，也必须乖乖地孝敬给牢房里的老大。

总之，这里自有一条弱肉强食的食物链。每一个囚犯都必须在第一时间明白自己处于食物链的什么位置，老老实实地接受，恭恭敬敬地服从，不能越雷池半步。好在帅朗终究不是一般人，他没用几天工夫，就找到了改善自己处境的突破口。

突破源于一个管教。

那管教四十多岁的年纪，在监狱待了二十来年，已经不像年轻人那样渴望立功晋升，也不太在乎明面上的规矩。上有老下有小的生活带给了他极为沉重的经济负担，但他深深恪守自己的职业戒律，绝不肯胡乱伸手拿钱，只凭着半吊子的炒股知识，把私房钱投在股市上挣点儿小钱，当然，大多数时候都是被当成韭菜收割。

对帅朗来说，从股市里捕捉几个发财的契机，实在是一件再简单不过的事情。

管教对身边来了个大师级别的人物惊喜交加，只要有机会就跑来请教，很快就在帅朗的指导下，轻轻松松赚了远超他每月死工资的利润。帅朗不仅获得了管教的友谊，得到了管教的照顾，更重要的是，这件事在管教的同事中间流传开去，帅朗就成了大家眼中的财神。

这样的变化随即影响到了囚犯们。在监狱里，管教才是真正的老大。在确认帅朗和管教们的友谊之后，无论多凶狠桀骜的囚犯也不敢在帅朗面前放肆了，很多人甚至小心巴结他，希望得到帅朗的照顾。

帅朗发现，监狱里许多囚犯常常偷偷组织起来开赌局。赌的内容五花八门，从今天是否会下雨，到管教心情好坏，但凡能够赌的都会赌。赌注也很简陋，竟然只是一张张手写的白条。怎么看都像是小孩子过家家，图的就是一个乐呵，主要还是为了打发身陷囹圄的无聊日子。

可落入帅朗眼中，这就大大不同了。他第一时间嗅到了机会。

凭借和管教的亲密关系，帅朗将这些白条收集起来，一一编号登记，还专门让手巧的囚犯做了防伪的标记。然后根据实际情况，帅朗精确计算出每周发放新白条、回收旧白条的数量，避免失控的通缩或者通胀。确保任何一个囚犯，只要持有信用条，就可以当作货币借贷，也可以用来交易香烟、方便面、打火机等食品和小物件，又或者作为报酬，雇人完成自己分内的杂务……

整个过程，他既是不断印钞的铸币厂，又是宏观统筹的央行，更是微观操控的商行。效果立竿见影。甚至都没有经历预想中的挤兑，没有经受任何诚信危机的考验，仅仅只是在头几天给一些囚犯兑换了几根香烟、几包方便面，他所发行的白条就被整个监狱的囚犯接受认可了。

不得不说，和大多数囚犯们依旧还停留在暴力犯罪相比，资本的掠夺就是碾压式的降维打击。

哪怕是最凶狠、最残暴、最狡猾的囚犯，到这一刻都没有察觉到丝毫不妥，他们是在完全懵懂中，被帅朗掌控了这个封闭环境里的财富再分配主导权。不知不觉，整个群体形成了彻底的阶层固化，形成了教科书式的二八现象——少数上游者掌控了80%的信用条，哪怕每天坐收利息，都能维持财富的平稳增长。大多数囚犯则只能奔波忙碌，再怎么辛苦也摆脱不了债务越积越多的命运。

直到这一步，那些横行霸道的狱霸才迷迷糊糊地发现，自己的地位越来越稳固，管理其他囚犯越发省力，可与此同时，自己和帅朗之间的关系也发生了翻天覆地的变化。帅朗已经不再是因为和管教关系好，所以需要给点儿面子的小年轻了，现在他们必须拼尽全力，捍卫“朗爷”在监狱里的权威，否则他们就是在毁掉自己的利益，自绝于自己的阶层，完全不用帅朗发话，其他囚犯大佬就会群起攻之。

最后，当一个桀骜不驯、试图挑战帅朗新秩序体系的狱霸，在睡梦里被同牢房的囚犯弄瞎了一只眼睛，打折了两条腿以后，就没有人再做刺头了。整个监狱简直就成了帅朗的一亩三分地，除了不能走出最外面的那扇铁门，他几乎可以做一切想做的事情。

这般情形下，囚犯们终于模模糊糊感觉到了资本的威力，监狱里居然不再以好勇斗狠为荣了，不少囚犯竟然开始研究起了金融、经济。

然后，在某一天晚上的休息时间，帅朗惊讶地听到有人说起了海鸥资产。

提及海鸥资产的，是一个绰号叫老道的囚犯。

老道已经年过六旬，打记事起就没见过自己的爹娘。听村里人议论，他爹在山上打猎的时候摔死了，他娘在他爹死后，就丢下还在襁褓中的他跑了，再也没有音讯。

年迈的祖父母管不了他，家里的其他亲戚不想管他。

他打小就野惯了，自然不会去好好读书，也不会老实巴交地种田过日子。尤其那会儿正好搞大跃进，又碰上了大灾荒，他刚刚五六岁，就跟着村里人一起跑出去当叫花子。

这一去，就再也没有回过家。

先是当乞丐，后来被一个马戏团的班主看中，学了两年杂耍。再后来马戏团解散了，他无处可去，就这么混着，做过小偷，当过混混。混到了十四五岁那年，遇到了一个道士，跟着道士认了些字，死记硬背了好多道家的知识。

道士是个没了道观，东躲西藏的野狐禅，对老道来说，道士真正教授给他有用的，是如何察言观色，如何坑蒙拐骗。比如画符驱鬼，比如勘验风水，比如算命占卜。

那年头刚刚改革开放，老道给道士打下手，师徒俩走遍了大江南北，生意越来越红火，名头也越来越响亮。结果坏就坏在了名头太响亮，很快严打来了，他那倒霉师父被判刑吃了枪子，老道那会儿没有成年，被送去了少教所。

然后他就开始了社会大学的改造之路。一次次地出来，又一次次地因为坑蒙拐骗重新进去。明明生活在一个百废待兴，到处都在起步腾飞的辉煌时代，可是老道就好像中毒了一样，对脚踏实地的工作完全没有一丁点儿兴趣。他更喜欢通过伪造公章、伪造合同，成立皮包公司，甚至是搞传销，去坑去骗，去痴迷地寻找社会规则外的阴暗面，然后利用阴暗面来挑战规则，结果自然是被无情地镇压。

但也不能说他一无所获。

毕竟骗子也不是那么好当的。你要让素不相识的陌生人接受你、信任你，最后心甘情愿地把钱交给你，甚至被你卖了还开心地为你数钱，绝不是一般人能够做到的。这需要丰富的社会阅历，细致入微的观察力，需要在任何时候扮演成任何一个需要的角色，接近目标，了解目标，洞悉目标的内心波动，并且迅速甩给目标一个无法抗拒的诱惑。

总之，老道就是一个身经百战，死不悔改的江湖骗子。

他甚至都不记得这是自己第几次入狱了。监狱对他来说，熟悉得就好像回家一样。

无论是手铐的冰冷，还是牢房里刺鼻的气味，还有囚犯和囚犯之间明确的定位，他都能够迅速适应。见人说人话，见鬼说鬼话。碰到厉害的人，他总是能够在第一时间凑上去讨好对方，投靠对方。对于其他人，他也不嚣张，一脸与人为善的样子，迅速和所有人打成一片。只是如果有机会，他肯定会毫不犹豫地将人卖了，还让人为他数钱。

正是凭借这样的本领，他抢在大多数囚犯之前，舰着脸混在了帅朗的身边，丝毫不顾自己和帅朗的年龄差距，一口一个“朗爷”。这老骗子丰富的江湖经验也确实很有用，在很大程度上帮帅朗完善和推广了信用白条。

可就是这么一个完全是金融小白的江湖老骗子，那天居然在牢房内大言不惭地吹牛，说什么曾经市值千亿的海鸥资产，如今轰然倒下，竟有他的一份大功劳。

帅朗当然一点儿都不信，不过毕竟关系到自己父亲跳楼自杀的往事，帅朗当然也不会不闻不问。老道立刻一五一十主动交代。

他还真不是吹牛，时间是在海鸥资产对长林集团发起要约收购的那段时日。

老道当时正在玩传销，忽然有老朋友找到他，说是有人雇用他伪装成一家投资公司的老总。丰厚的报酬让老道无法拒绝。接受了这次雇用之后，他惊讶地发现，这投资公司绝非他事先预想的那种皮包公司。

这家投资公司租用的是金融圈内最贵的写字楼，租了整整两层，办公区、休闲区、会议区，规划得井井有条。从前台，到人事、财务、法务，再到风控、研发，但凡一家正常的投资公司应该拥有的部门，也全都搭建齐全。

各部门的公司职员、中高层干部，也都是正儿八经招聘来的职场白领。他们享受业内标准的高薪，令人羡慕的福利，同时经验丰富、工作干练。

尤其让老道吃惊的是，公司真的有一群身经百战的交易员负责操盘。操盘的资金每天都是数以亿计地流进流出。

无论从哪方面看，这家投资公司都应该是一家实力雄厚的业内巨无霸，和他老道属于两个世界，不应该有任何瓜葛。

这家投资公司什么都是真的，唯有他这个老板是假的。

他这个冒牌老总负责扮演一个来自海外，擅长投资的华裔富豪，每日的工作就是面对媒体，把事先背好的台词洋洋洒洒地抛出来，影响市场情绪。

这让老道有些心惊胆战，感觉自己就是一个被推到台前，吸引所有人注意的白手套，指不定什么时候公司玩崩了，他就是背锅的替罪羔羊。

事情非常顺利，只持续了三个月，他就完成任务，功成身退了。不过既然心生警惕，老道自然在这三个月里面处处留心，希望能找到一些有用的信息，在必要的时候保全自己。

也正是因为如此，对金融完全外行的老道，在这三个月的时间里面还真学了不少金融的知识。同时他也确定，这家投资公司的目标就是对付市值千亿的海鸥资产。

哪怕他只是雾里看花地旁观，也完全可以确定，海鸥资产崩盘，董事长郎杰跳楼自杀，和这家只成立了三个月，三个月后就人去楼空的投资公司有着千丝万缕的关系。

第六章
照面

夜越来越浓，彻底取走了白昼的光亮。

华灯初上，三四线城市哪怕没有大都市的霓虹璀璨，也能远望万家灯火。不见了车水马龙的清冷里，反倒添了几分让人松弛下来的宁谧。

“搞定了！”就在帅朗怔怔出神之际，猛地听到身后的店铺里传来了田小可的欢呼，“走走走，下馆子去！”

田小可一个箭步蹿了出来，连声嚷嚷着要帅朗快点儿站起身来。在她的催促下，那几个后生仔，连同田大力，每人骑上了一辆摩托车。

摩托车的马达轰轰作响，帅朗不肯无证驾驶，坐到了田大力的身后。旋即轰鸣震耳，骑手们忘乎所以地吹了一声口哨，扯开嗓子怪叫一下，驾着一辆辆摩托车如同离弦之箭飞驰而出，一头冲入了漆黑的夜色里。

狂风呼啸，两旁的树木房屋纷纷倒退，整个人就好像腾云驾雾一般浮了起来。等到帅朗脸色发白、双腿发软地重新站在地面上，一行人已经来到了城里最好的饭馆，进了预定好的包厢。

田小可大马金刀地一拍桌子，嚷道：“来来来，给老子上最贵的酒、最好的菜！咱们袍哥人家，赚了钱就要大口吃肉，大碗喝酒！”

这话一出口，立刻引来那几个后生仔的附和，就连结巴的田大力也一个劲儿点头，完全就是暴发户的做派，似乎唯有如此方才真袍哥。

不一会儿，服务员就络绎不绝地端来了一盆盆菜肴。鲜红鲜红，麻、辣、烫、嫩的来凤鱼。红里带了绿，丁家兔伴着璧山藤的璧山兔。入口鲜香，还带有一股啤酒味的啤酒鸭。黄红酥脆的碳烤猪脑壳，传说三国名将夏侯渊都赞不绝口的辣子鸡，最经典的江湖菜泡椒牛蛙，汤汁红亮、麻辣鲜香、味浓味厚的毛血旺。无一例外，都是当地的名菜。

“吃吃吃！”田小可毫不客气地当先动筷。

其他人也没客气，袍哥人家，江湖儿女，才不作兴谦恭礼让呢，一个个都争先恐后夹菜、吃菜、喝酒。

帅朗苦笑不已，巴蜀什么都好，唯独辣吃不消啊。帅朗自幼长在江浙，习惯了甜咸口味，格外受不了这样的辣。记得刚来巴蜀那会儿，每一次进入餐厅都会闻到夹杂了火辣的菜肴香味扑鼻而来，忍不住连打几个喷嚏，涕泪横流，要多狼狈就多狼狈。

如今待了些时日，总算稍微习惯一点儿了，可还是不太敢吃川菜。不当心吃多几口，就好像刚刚长途奔跑过的狗一样，恨不得把整条舌头都吐了出来。这感觉已经不再是辣那么简单了，完全就是麻。从嘴巴到肠胃，从四肢到脑袋，整个人都彻底麻掉了。辣得麻成了木头。

田小可看到帅朗踌躇的模样，立刻坏笑起来：“阿朗哥哥，不敢吃辣的话，小心骗不到我们家的漂亮姐姐哦！”

帅朗的脸不由黑了下来，冷冷瞥了田小可一样：“你还想不想学怎么赚钱？赚大钱！”

地道财迷一枚的田小可立刻毫无骨气地投降了。就好像刚才说话的不是她一样，涎着脸嘿嘿一笑，话题便一百八十度翻转，分外体贴巴结："阿朗哥哥，快喝……哎呀……"说着，她毫不客气地一巴掌打在一个后生仔的脑袋上，"怎么办事的？不知道阿朗哥哥不喝酒吗？还不赶紧去弄壶好茶！怎么能让阿朗哥哥喝白开水？"

这边训斥完，她又嘻嘻笑着："阿朗哥哥别生气！他们就是不懂事，马上就给您上茶！吃口菜，喝口茶，就没有那么辣了！放心吧，我们田家的女儿才没有那么肤浅呢。"

为了能够学到如何赚大钱，她也是拼了，万般巴结地端茶倒水，小心地伺候帅朗。

就在这时，田大力的手机铃声响起。

"出……出事了！"田大力这才拿起电话，立刻脸色大变，猛地站了起来，憨厚的脸上，这一刻布满了愤怒，"有……有人开……开车撞了咱……咱们公司……"

帅朗等人自然没了心思吃饭，心急火燎地返回了公司。结果却发现，一辆抽粪车撞破了公司的大门，半个车身塞进了屋子内。

现场满地狼藉不说，更恶心的是……什么叫作抽粪车？抽粪车自然载了粪便，眼下也不知道是有意还是巧合，车内的粪便四下洒落，臭气熏天，让人根本落不下脚。早有交警赶到维持秩序，这也等于保护了肇事司机，田大力再愤怒也没法把司机揪出来狠揍一顿。

交警初步鉴定是车子出了故障，方向盘失灵，那司机态度好到极点，认罪、认罚、认赔。反正没有造成人员伤亡，也不是酒驾，又保证赔偿，可想而知，法律对那司机根本不可能有太严重的惩处。

问题是，这世上谁比谁傻啊！但凡有点儿脑子的人都会在第一时间反应过来，这起所谓的交通事故，分明就是有心人故意针对帅朗他们。

仿佛是心有所感，帅朗下意识地朝右侧望去。只见马路的斜对面，一盏明亮的路灯下，不知何时停了一辆黑色的轿车。轿车后排的车窗缓缓落下，借着路灯的光亮，帅朗清晰地看到，车内坐着一个面色有些阴郁的中年人。

中年人吸了一口手中的香烟，烟头闪过微微的红光。中年人的手伸出窗外，随意地弹去了手中的烟灰。那轻松的样子，带着一股不屑。

帅朗身边的田小可也下意识地顺眼望去，望见了这个中年人。

小姑娘立刻跳了起来，破口大骂："缺德吴，你这个缺德冒烟的乌龟王八蛋！"

缺德吴？听到小姑娘的话，帅朗的瞳孔微微收缩——

当年在监狱里，从老道那里意外获悉了有关海鸥资产的线索之后，帅朗就没有闲着，立刻着手调查。

他虽然身陷囹圄，不过监狱早已经不是障碍了。得益于和管教们的密切关系，帅朗经常出入管教们的办公室，用他们的电脑指导他们炒股，同时他也能自由上网。他仔细地查阅了所有和海鸥资产相关的信息，努力寻找当年海鸥资产要约收购长林集团前后，各种可能导致郎杰最终败北的蛛丝马迹，然后把郎杰生前留下的日记一遍遍地仔细对照、推敲。

几番周折，帅朗终于查证到，就是在海鸥资产发起对长林集团要约收购的那段时日内，郎杰有好几次从他个人账户里划出不少资金，转给了一家名叫腾海的商务咨询公司。

腾海就是老道所说的那家投资公司。

只可惜，这家投资公司真的只存续了三个月。在海鸥资产准备要约收购长林集团的同时，于英属维尔京群岛注册成立，是一家典型的离岸公司。在海鸥资产要约收购失败之后，投资公司便随即注销。

事情到这一步，似乎就抓瞎了。

因为注销了的公司，只有去原注册地才能找到最初的工商登记资料。而离岸公司之所以离岸注册，一是为了避税，二是为了隐藏公司的真实信息。那些离岸地才不会去监管这些注册的公司，自然也就无从查起了。

老道的那个朋友也只是七弯八绕过来，不知道是多少道的中间人。这些七弯八绕的关系，做的多半是见不得光的灰色生意，绕来绕去就成了一团乱麻，根本查不出源头。

说实话，一般人能够查到这一步，就已经很不得了，再往下查肯定是不可能了。但是帅朗这次坐牢，让他不经意间成了囚犯中一呼百应的朗爷。他一句很简单的请托，就通过这些囚犯联系到他们在监狱外的各方朋友。

物以类分，人以群聚。这些囚犯的朋友多半是三教九流，帅朗就俨然是绿林大豪发布了江湖令一样，调动起了无数鸡鸣狗盗之徒。

这些人猫走猫路，蛇行蛇道，八仙过海，各显神通，不知怎么的还真被他们人肉到了这家投资公司的财务主管。那财务主管就是一个地道的都市白领，哪里经得起恐吓？三下五除二，他就把所知道的一切都老老实实地交代出来。

他交代的内容基本没什么用，布下这个局的人思维实在太缜密了，方方面面都考虑得非常周详。哪怕是财务主管也只是个工具人，完全无法窥探到公司的庐山真面目。唯独有一次，因为发生了技术故障，公司急需一笔资金周转，可是因为周末，存在银行里的钱无法调拨。幕后大老板不得不用他自己的私人账户，转了一笔钱过来应急。

万幸，这账户来自一家城市银行。

这种从农村信用社脱胎而来的城市银行，管理向来不是很严。

只消找对门路，走个人情，很容易就能查到想要的信息，帅朗很快知道了账户持有人的名字——吴有德。

几天后，帅朗拿到了这个吴有德开户时的登记资料。根据登记资料推断出，这个人的籍贯来自于西南一座很普通也很偏远的三四线小城。

好在监狱里的囚犯来自五湖四海，其中就有和吴有德同乡的田大力。有田大力这个地头蛇的帮助，帅朗不费吹灰之力，就把吴有德从头到脚打探得清清楚楚、明明白白——

第七章
吴有德

“吴总！”车内，坐在副驾的大汉听到远处田小可的破口大骂，顿时恼怒起来，忍不住活动了一下拳头的关节，狰狞地冷笑，“要不要给这丫头片子一点儿颜色瞧瞧？”

“算了！”坐在后排的吴有德犹豫了一下，摆了摆手，“毕竟是田家汉留大爷的妹子，这点儿面子还是要给的！”

说着，他眼睛微微眯起，将目光投向了帅朗。

吴有德四十多岁，恰好从襁褓开始，就目睹了神州大地这四十年辉煌而又神奇的变革。

在这场伟大的变革中，社会阶层被彻底打破，每个人都能演绎出属于自己的精彩。乞丐可以成为传奇，高考状元也会沦为屠夫。而吴有德很自豪地认为，自己应该是抓住了时代脉搏的强者，是经历过大起大落的强者——

当年他读到初二就辍学了，跟着村里的同乡一起跑去大城市打工。因为能吃苦，肯干活，人又机灵，善于察言观色，很快就抓住了当时城市大搞基建的机会，拉了一批人当起了包工头。最好的时候一年能挣三五十万。

可惜有钱了以后，他不知不觉迷上了赌博。一来二去，辛苦挣到的钱全都输光了，刚盖好的楼房被抵做赌债收走，连老婆都扔下孩子跑了。那会儿真的好惨。

吴有德怎么也不会忘记十年前的那个雨天。

当时，他背了一身的债，已经无家可归，漫无目的地流浪到了一座完全没有熟人的陌生城市。晚上为了躲雨，他就蜷缩在立交桥下的一个桥洞里，全身都被大雨淋得湿透了。兜里却一分钱也没有，钱全都输光了。

那会儿他甚至连个买馒头的钱都没有。哪怕肚子饿得咕噜噜直叫，也只能把身体蜷缩起来，只希望快点儿睡着，在睡梦中度过这大雨滂沱的夜晚。可哪里睡得着啊！实在太饿了，饿得胃在一阵阵痉挛抽搐。极度的饥饿加剧了身体的寒冷，身体的寒冷也让他更加虚弱，更加无法抵挡饥饿的痛苦。

那一刻，吴有德强烈地感觉到自己正徘徊在地狱的门口。如果不想办法自救，也许他真的会熬不过这个晚上，会死在这个立交桥的桥洞里。等到天亮，就算有人发现他的尸体，也只会把他当作一个倒霉的流浪汉，死了都没人知道他的姓名，没人关注他的过去。

他就这么卑微、凄惨地消失在人世间。

不！不能这样！求生的本能让他挣扎着站了起来。

看了看外面恍若黄豆炸响般的大雨，吴有德踉踉跄跄走到了桥洞外，走到了大雨中。呼啸的夜风迎面送来了狂暴的雨水，瞬间把他吹倒在了地上。几乎就在他被吹倒在地的瞬间，一辆汽车疾驰过来，恰好经过了他刚才站立的地方。差一点点儿，他就要被汽车给撞飞出去了。

一个年轻人从车上跑过来查看，其实吴有德并没有和汽车有任何接触，但这个年轻人还是好心地把他送去了医院。

第二天吴有德终于恢复过来，这才发现这个年轻人他认识。

当初他还是收入不菲的包工头时，小马就是他工程队里最年轻的泥水匠。

这个小泥水匠不仅人年轻，技术好，还特别开朗阳光，但凡指派给他的工作，他都会以十二分的认真去做。但凡有工友找他帮忙，他也会竭尽所能去帮助，没有任何推托。

这样一个人在工程队里自然人人都喜欢，即便是他这个包工头也是真心欣赏，不但年终分红的时候给了他最多的奖金，还提拔他成了工程队的小头头。

有些人注定就是要一飞冲天的。

没多久，小马拿到了大学录取通知，辞职离开了工程队。那会儿，吴有德还特地送了一个很厚的大红包，一起喝了顿大酒。酒酣耳热之际，他拍着小马的肩膀，很是意气风发地说，他绝不会仅仅做一个包工头。他要小马好好读书。等小马毕业的时候，说不定他也成了大老板，还要高薪聘用小马。

两人笑呵呵地碰了杯，醉醺醺地击掌约定。

谁能想到造化弄人，待到两人再次相见，他这个包工头已经成了流浪汉，倒是小马运气相当不错，去年毕业后，得到一个大老板的赏识，成立了自己的公司，混得风生水起，成了前途无量的金融才俊。

但小马还是当年的小马。

哪怕在风雨之夜，遇见一个倒在地上的流浪汉，他也会停车救助。在发现这个流浪汉是吴有德以后，小马伸出了援手。他把吴有德带到了自己的公司，给了他一份打杂的活。虽然薪水并不高，却解决了他当下最迫切的温饱问题。

吴有德有机会目睹了小马的公司是如何进行各种神奇运作，如何在资本市场上凶猛而又狰狞地捕捉利润，吞噬财富的。

以吴有德的学识和眼界，这些他看得懵懵懂懂，犹如雾里看花。他只是弄明白了一点，别看小马在人前这么风光，其实也就是一个白手套而已，真正厉害的是那位赏识提拔他的大老板。所有一切都是那位大老板在幕后布局，小马则是遵循指示，按部就班去做罢了。

那位大老板简直就好像诸葛孔明一般，每次都是算无遗策，智珠在握，巧妙地踏准节奏，钱好像流水一般哗啦啦地赚回来。那种暴利，自己原先做包工头与之相比，简直就好像是幼儿园的小朋友玩过家家。

吴有德渐渐忍耐不住了，他不愿意自己的余生就这样做一个打杂的，他想方设法巴结小马，虽然小马始终没有透露那位大老板的信息，却还是帮吴有德从大老板那里求来了一个建议。

这个建议乍看上去匪夷所思，极不靠谱，可走投无路的吴有德别无选择。他忐忑犹豫了整整一个晚上，最后还是接受了大老板的这个建议，重新回到了生他养他的故乡。

第八章
麻烦

阿德回来了？听说发财了？

带回来了很多钱，不仅把债还了，还准备重新盖洋楼？

小道消息在邻里之间传播开来。这样偏远的小地方，很多人都很穷，听说了这样的消息，但凡觉得和吴有德能够扯上些关系的，都忍不住跑去找吴有德攀攀交情，话话家常，最后总是会绕到吴有德怎么又发财了，能不能带自己一起发财之类的话题上。

每逢这种时候，吴有德多半笑着打个哈哈，试图岔开话题，可酒酣耳热之后，又耐不住情面，不得不带着几分不情愿，无奈地透露他发财的办法其实很简单，就是去借各种网贷。

借钱？说实在，这样的做法大多数人并不感兴趣。

中国人更习惯储蓄而非消费，他们习惯未雨绸缪，存钱给儿子娶媳妇用，存钱给自己养老看病用，存钱防备未来某一天可能遇到什么麻烦事。如果不是万不得已，没人愿意借贷。

然而，吴有德拍着胸脯，信誓旦旦地告诉他们，这钱借了，有办法不用还。因为大多数网贷平台借出去的，都是法律不认可的高利贷。

换而言之，如果把钱借来却不还的话，放贷平台很难通过法律途径讨回借款。因为法律规定的最高年化利率是24%，超过部分法律是不会支持的。放贷平台就算打官司，法院最多就是责令借款人还清本金，和最高不得超过24%的年化利息。

可是打官司要消耗多大的时间、精力和成本？就算打赢了官司，能否执行还是一大难题。当然，正常情况下，那些敢放高利贷的肯定都不是吃素的，除了会雇人讨债，使用传统的暴力，借钱人的信息还必须详细地递交给他们，包括身份证，家庭住址，手机通讯记录、联系人，甚至还有恶名昭著的裸贷，需要借款人提供自己的裸照。

一旦借款人赖账了，放款人就可以全方位地信息轰炸，让借款人一夜之间就臭名远扬，在自己的社交圈里抬不起头来。简直就是杀人于无形。

只是吴有德他们村子偏僻啊！偏僻的村子又素来抱团，真有混混赶来耍横的，到时候全村老小一起上，来多少打回去多少，根本不怕讨债的使用暴力手段。至于城里人最怕的信息轰炸，村里人更不当回事。

吴有德这么一说，那些来和吴有德套交情的乡亲立刻觉得这方法不错，自己去网贷平台借钱，就是黑吃黑……哦不，应该说是像梁山好汉那样劫富济贫，劫那些放高利贷人的富，济自己的贫。没有一点儿心理负担，反而还挺光荣的。

如果全村人都这么干，大哥不说二哥，就更不怕信息曝光了。

这般情形下，起始大多数人还在将信将疑，等到几个胆大的当真把钱借来，网贷平台当真拿他们没办法以后，整个村子都轰动了。他们完全把吴有德当成了财神爷，纷纷找上门，向吴有德讨教这门赚钱的手艺。

吴有德很仗义，倾囊相授。

怎么借网贷还真是一门大学问。可不仅仅是如何上网，如何下载 App，登陆那些网贷平台，还要学会如何提供网贷平台认可的申请资料，更要用不同的手机，不同的身份证，规避被网贷平台列入黑名单，尤其是借钱以后如何合理合法地赖账。

那些村民全都是社会最底层的人，大多数人甚至都没有用过智能手机。如果没有吴有德帮助，根本不可能从那些网贷平台借到钱。正因为如此，吴有德很容易就组织起了一个反杀网贷平台的团队。

虽然限于身份、地位、资产的缘故，他们能够借贷到的钱并不多，可是在财富效应下，穷怕的人发现有这样一个躺赚的途径，争着抢着跑来。渐渐地，就从吴有德身边几个熟人推广到了全村，甚至还扩展到了其他村子，累积起来，这资金就非常庞大了。

偏偏吴有德并没有从中捞取一分钱的好处，他看上去完全就是热心地帮助乡梓脱贫致富。这让他得到了很多人的感激和信任，赢得了巨大的声望。凭借这份声望，他很轻松就说服了其中的大多数人跟他一起炒股。

其实并不算炒股。

他仅仅让这些人注册了证券账户，然后把他们从网贷平台借来的资金都投入进去，少则三五万，多则十几二十万，每天按照他指定的价格挂好买单、卖单，买卖他指定的股票。

这样的买卖并不一定能赚钱。确切地说，赚钱的概率远远小于输钱的概率。但是没有人在意。因为赚到的利润归他们，输钱了，吴有德会按照承诺，每周将亏损的金额补贴给他们。

这些从村民变身而来的小散户们要做的，只是提供他们的资金和账户，每个月根据成交量，得到一定比例的奖励。按照吴有德的说法，他是在用一种非常先进的理念来炒股。按照这样的理念，局部的盈亏换来的是整体稳定持续的利润。

听上去绝对高大上。追随吴有德的股民心中哪怕有疑虑也没关系，跟着吴有德做，收益当然不会很多，却稳赚不赔。每天只需要花几秒钟的时间，就能得到一笔稳定的收益。

这对于那些靠出卖苦力生活的村民来说，绝对是一个天上掉下来的馅饼，无法抗拒。

哪怕他们完全想不明白，吴有德这么做是怎么赚钱的。有钱赚，谁会去在意这些？他们发自内心地感激吴有德，这份口碑又进一步推动了吴有德的事业。

短短几个月，他的名声从偏僻的山村传到了县城，县城那些公务员、小老板都知道了吴有德的大名，认定吴老师就是股神，一个个争先恐后加入吴有德的工作室。

源源不断的收益让他们对吴有德越来越信任，越来越崇拜，有些人简直都成了狂信徒。唯独吴有德明白，这一切是有代价的。代价就是他和小马一样，成了被那个大老板推到明面上的白手套。

和小马成立金融公司不同，他更草根。说白了，他就是掌握了一群散户，一群只有几万、十几万，连信用账户都没有资格开立的小散户。

在动辄亿万的资本市场上，这些散户完全就是小虾米，是被鳄鱼们无视的韭菜，是被海豚一口吞下都不够填牙缝的沙丁鱼。他们文化素质极低，对于金融一窍不通，根本没有升级为海鸥的可能。

但那位大老板愣是化腐朽为神奇，把一群乌合之众变成了资本市场上的一股蝗虫。单个的散户微不足道，数量一旦多了，却能轻轻松松煽动起市场的情绪，炮制出疯狂的暴涨暴跌，帮助大老板凶猛地吞噬财富。

偏偏从表面上看，这些散户都是真实存在的。真实的身份证，真实的账户，甚至连钱都是账户真实的持有人通过网贷平台借来的，查不出任何账户持有人和任何一个庄家有资金往来。此外，所有的账户也都是由一个个真实的人分散在各地，用各自的手机、电脑真实地操作。

不存在子母账户，没有统一的 IP 地址，如果不专门调查的话，根本无法通过大数据监控来发现异常。就算去举报，去专门调查，也同样不好办，想要收集到足够的证据，难度非常大。

可即便如此，吴有德目睹自己参与其中的一次又一次资本盛宴，心里忍不住越来越恐慌——这样子赚钱太疯狂了！就好像是行走在高空的钢丝上，风光的同时，随时都有可能万劫不复。

也正因为如此，早在帅朗还没有出狱的时候，当吴有德发现有人试图打探自己参与的一场资本盛宴——海鸥资产时，他第一时间警觉了起来。

他知道，麻烦来了。

第九章
开战

在吴有德的目光锁定住帅朗的时候，帅朗也在打量对方。

帅朗早就有了吴有德的照片，自然一眼就认出了吴有德。根据之前的那些调查，帅朗非常笃定，吴有德并没有当地人想象的那么富有。

现在吴有德名下所有资产加起来，恐怕也就上千万的样子。在这种偏远的小城，资产千万已经算不小的家当，可是对于庞大的资本市场，却不过是沧海一粟，掀不起半点儿浪花。

这样的角色，在当年海鸥资产收购长林集团的资本绞杀中，充其量就是个龙套而已，问题是吴有德现在的经营模式，给他打下了一个非常深厚的人脉基础。在这座城市，吴有德拥有的关系网络已经非常惊人，无论黑白两道，他有的是朋友，只消开口说句话，就没有他办不成的事情。

这样的吴有德已经有了足够的底气。就算袍哥世家的田大力发动了所有人脉，无论是旁敲侧击，还是正面询问，都没法让吴有德吐露出海鸥资产收购战的相关真相。所以……

心念电转之间，帅朗的眼睛不由微微眯了起来。

“哼！”车内的吴有德和帅朗目光交错，轻轻冷哼了一声。

如果可以，他并不希望和袍哥风气浓厚的田家作对。不是怕，双方实在不是一路人。他是靠智商吃饭的，何必去和那些头脑简单的莽夫斗气呢？偏偏田家想要问的事情他真的不能说，一点儿都不能说。

说到底，他就是一个被推到台面上的小人物。他只是那位大人物在资本市场上的一枚棋子，赚的都是微薄的辛苦钱，是那位大人物从指甲缝里漏出来的碎屑。没有那位大人物在背后提供技术、资金乃至法律援助，他分分秒秒就会被打回原形。到时候，财富也好，地位也好，声望也好，都将如同飘荡在空气中的肥皂泡泡，瞬间化为乌有，不复存在。

所以别说之前他做的事涉及法律的红线，不能曝光，就算可以说，他也必须咬紧牙关，死也不说。这也就意味着冲突不可避免。

说不害怕，那是假的。

他又不是混黑道的，如果和田家产生暴力冲突，他的处境会很危险。只是，吴有德无论如何都没有想到，田家居然没有选择武力，而是开了个名叫昇财的公司。什么股市义诊，什么大师坐镇，什么玩意儿啊！真是很可笑，完全就是骗人的江湖把戏嘛，他甚至把这事儿当笑话说给了小马听。

当时小马听了也不以为然，可是没几天他却打电话转述了那位大老板的意见。那位大老板点拨之后，吴有德方才后知后觉，原来这个昇财玩的是釜底抽薪的恶毒招数。

资金总是逐利的，一旦昇财在县城立足，那就等于在和吴有德抢资金，抢口碑。到时候，那些散户的钱肯定就会流向带给他们更多利益的地方去。

吴有德如果不能够胜过昇财，他的声望就会下降，他的口碑就会弱化，愿意跟随他的人就会减少，他能够掌控的资金就会缩水，他在那位大人物面前的价值就要降低，他在当地的人脉和号召力，就会削弱。

太可怕了！

吴有德意识到了这点，终于重视起来，所以才有了今天这么一出。断人财路，如杀人父母，就别怪他心狠狠辣了！吴有德的嘴角泛起了一丝冷笑，吩咐了一声“走吧”，车很快就消失在了漆黑的夜幕里。就好像什么事情都没有发生过。

可是，战争却已经开始。

战争的后果立竿见影。第二天一大清早，急促的门铃声响起，帅朗不得不从沉沉的睡梦里醒来，走出卧室，打开了房门。

门外站着的不是别人，正是田大力和田小可两兄妹。

田大力看到帅朗还没睡醒，不好意思地挠了挠头。他结巴，仓促间根本说不出话来。

“阿朗哥哥，三个！昨天晚上就有三个学员打电话过来要求退款！”田小可一点儿都不客气了，冲了进来道，“缺德吴的目的达到了。所有学员都知道了昨晚的事情，知道他要对付我们！”

“意料之中啊！”帅朗给满头大汗的田小可倒了一碗水，不慌不忙道，“县城这么小，巴掌大的地方，什么事情都会传得很快。不过这也没有什么，反正我们本来就是要和吴有德打擂台，翻脸是迟早的事情。吴有德昨天晚上的那种手段，你们应该能应付吧？”

“当……当然！”田小可感觉到被小觑了，立马挺直了脖子，气哼哼道，“我们袍哥人家，才不怕这种恶心人的小动作。放心吧，今天就还击给他看！”

“这不就结了！兵来将挡，水来土掩而已！”帅朗胸有成竹地笑了笑，“说实在的，我倒觉得吴有德昨天这一出完全就是一个大昏招。你们想啊，他的工作室存在很多年了，早有口碑，昇财刚开张。这样彼此恶心下去，只有他怕我们，哪有我们怕他的道理？”

“真的吗？”田小可将信将疑。听上去帅朗的话好像很有些道理，但是——

“现在大家伙确实更相信缺德吴，这三个学员就是听吴有德说咱们是坑蒙拐骗，这才来退款的。哦，对了，最可气的是，这家伙山寨了我们。昨天晚上他放出话来，说是从北京请来了一位美女股神，也要给股民做股市义诊，也要开培训班。”

帅朗哑然一笑：“那就打擂台咯！”

田小可着急了：“阿朗哥哥，我知道你本领大。不过这次吴有德请来的美女股神应该也有真本领。昨天，吴有德在宴席上把那个美女股神介绍给了他的朋友，据说美女股神当场就点评这些人手里的股票，真是一说一个准。所有人都服帖……”

“雕虫小技罢了！”帅朗依旧没有显出太多的紧张。

不过看田小可如此着急，他不得不解释道：“比如说，有股民主动过来请教他手里的股票该怎么处理，你就相当于医生。医生问病人病情不是很正常吗？几句话一问，你当然就知道他手里有没有股票，有股票是套牢了还是涨钱了。如果套牢了，就告诉他，这股票目前确实很糟糕，钱途晦暗。然后安慰他，不要着急，只要拿住了，忍受住暂时的亏损，不远的将来必定守得云开见月明，最终肯定能扭亏为盈的。这么一来，既点出了他套牢亏损的事实，又给了他赚钱的希望，自然让他满意。”

田小可听得格外认真，眼睛一眨都不眨，恨不得立马掏出小本本当场记录。好不容易等到帅朗这一大段话说完，她赶紧追问：“那如果股民手里的股票赚钱了呢？”

帅朗耸了耸肩：“赚钱了也简单啊！你可以先恭喜他买到了好股票，接下来这股票肯定还有大把上涨空间。同时呢，又提醒他小心短线回调，一定要认真盯着行情，及时入袋为安，避免坐电车。”

“那么没有股票呢？”田小可立刻又想到了新的问题，“总会有人空仓想买股票，又或者不满意手里的股票，想要换仓对吧？”

帅朗慢慢悠悠喝了一口水，淡淡地道：“荐股也没有问题。荐股的话，有一类股票，你无论什么时候推荐，都绝对可以！”

田小可是真把这当成大学问来学的，听到帅朗如此说，眼睛不由亮了起来：“什么股票啊？”

帅朗呵呵一笑，笑而不语。

田小可多机灵，立马跳了起来，赶紧给帅朗泡了一壶好茶，又百般讨好，终于听到帅朗慢慢说出了三个字：“银行股！”

“银行股？”田小可茫然。

她这女袍哥虽然完全没有涉足股市，却也多少知道，世上绝对没有只涨不跌的股票。可为什么帅朗会说无论什么时候推荐银行股都没有错呢？

第十章
布局

“银行股估值很低。很多银行股都跌破净值了，处于估值的洼地，从道理上说没有太大的下跌空间。然后，银行股分红高，每年都能大量分红。这样，你在维持股票数量不变的同时，可以得到大量的现金流。

“另外，历年的数据表明，银行股只会迟到，绝不会缺席。每次牛市，银行板块总会有一波大涨的。最多就是要熬到牛市末期才涨而已。

“所以，重点来了。下跌空间不大意味着股价很平稳，大量分红意味着股价平稳的情况下，你的年化收益会相当不错。不会缺席牛市代表成长空间巨大。买入这样的股票，资产总值肯定不会有太多的折损，自然就特别适合成为打新的门票。

“什么？你不懂打新？现在股市实行的是市值打新。你手里有多少股票，还必须是连续二十日的资产均值，决定了你能申购多少新股。你手里账户数量越多，申购额度越大，申购的中签率也就相应提高，就越有可能申购到新股。而一般情况下，每一个申购到的新股，在 T+1，并且每日 10% 涨跌幅情况下，只要不破板，就可以安心持有。翻倍是常态，翻几倍，乃至十倍百倍，也不是不可能哦。”

帅朗如今住在田大力帮他找的出租房内，那是一套坐落于高档小区的高层公寓。

田小可这丫头做事情向来利索，今儿个风风火火跑来，都没有忘记落下早点。

因为帅朗不吃辣，大名鼎鼎的抄手就没有了，取而代之的是三角粑。这三角粑是用米糊烤出来的，里面绵密香甜，表皮又烤得格外焦脆，吃上去非常香，有的还会加一些鸡蛋、火腿肠进去，味道非常不错。

这真是托了田家兄妹的福。这种三角粑，眼下市面上已经很少做了，也就他们这样土生土长的本地人才会做这样的早点。

大清早坐在正对着落地玻璃的餐桌前，吃如此美味，顺带居高临下，远眺窗外的城市，自然赏心悦目。唯独可惜的是，有田小可在身边，想要悠闲是不可能的了。

这家伙听得满脸震撼，感觉自己好像找到了宝藏一样。

她连连点头，恍然大悟：“哇，阿朗哥哥，你就是这么说服那些来股市义诊的股民？让他们相信你推荐的银行股？”

“当然不是！”帅朗干脆利落否定，“我刚才说的都是银行股值得持有的理由，但这些都只是银行股好的一方面，事实上银行股也有过大跌。很多人买了银行股，照样亏得血本无归。如果只说这些理由，你觉得真有人会信你吗？毕竟大家投入股市都是想赚钱的，最好分分秒秒翻倍不是？莫说银行股同样有亏损的风险，就算没有，但凡盈利少一些，大家也不会满意。”

“是啊……”田小可蒙了，想起那些跑去和帅朗一对一义诊之后，个个好像打了鸡血成为狂信徒一样的股民，她耐不住好奇，催问：“阿朗哥哥，那你怎么做到的？”

“这就涉及人性了！”帅朗淡淡一笑，“不能太纠缠于银行股如何保险，或者单单强调长期持有不会亏本，更不要纠结于银行股究竟能有多少年化。用具体的数字去比较，会弱化你的说服力。你要努力让大家高大上起来，不屑去计较眼前的得失，主动放眼未来，重视情怀相信祖国，他们就会认可你推荐的银行股，到时候谁敢说银行股不好，他们就会跟谁急，你信不？”

听到这话，一直都安静坐在一旁没有说话的田大力，不由脸涨得通红，结结巴巴道：“这……这不是骗……骗人吗？”

第一时间，他想到的就是算命的那个梗——古代有三个读书人去赶考，路上遇到一个算命先生。读书人就问算命先生，这次他们赴考的结果如何。算命先生没有说话，只是竖起一根手指。这一根手指，可以代表只考中一个人，也可以代表没有考中一个人，更可以代表一起都考中，又或者一起都没考中。总之，正话反话全都说了，把所有可能性都罗列了，怎么都不会错。

此刻，他感觉帅朗跟那算命先生一样，纯粹是在运用话术。

田小可反倒摇头：“这怎么叫骗子呢？阿朗哥哥说得没有一点儿错，我们也没让他们损失什么钱财啊！”

“小可这话说到点子上了。”帅朗又抿了一口茶，淡淡笑道，“我是学金融的。读大学的时候，有一门选修课叫营销心理学。教的就是怎么面带微笑频频点头，然后给你的潜在客户温柔一刀，让他被你卖了还替你数钱。这是科学。唯一的红线就是你必须有货真价实的商品推销，否则就是非法传销。”

田大力眉头皱得更紧：“那……那我……我们……”

他这般结巴，田小可听得都累，忍不住帮自己大哥说道：“那我们股神速成班，这个……好像也没什么真实的商品吧？”

“谁说没有？我们卖出去的是知识。货真价实，能立马变成财富的知识！”

帅朗决定好好纠正兄妹俩的错误思想，他拿出手机操作了一番，田小可和田大力的手机，都同时传来了微信的提示音。两人不约而同拿出手机一看，都吃了一惊。因为帅朗传给了他们一份资金转账的截图。

个、十、百、千、万……田小可用力眨了眨眼睛，又用心数了两遍，这才难以置信地道："六百万！阿……阿朗哥哥，你……你刚才转了六百万现金到……到咱们公司账户？"

这孩子前两天赚了十万都感觉史无前例。六百万？她真是从来都不敢想。

帅朗很淡定："对，六百万！"

当初父亲郎杰自杀以前，为他准备了一个信托基金，每月可以给他十二万。这点儿钱对于上市公司董秘来说，肯定不值一提，但好处是豁免于郎杰的债务纠纷之外，固定长远，可以一直到帅朗死亡。哪怕帅朗死亡，只要他有指定的血缘后代，也依旧可以继续领取。

他做了五年牢，没有任何花销，就积攒了七百多万现金。他转了一百万给母亲，自己留了一个零头，剩下的全都转到了昇财投资的公司账户上。

押上自己所有身家财产之后，帅朗开始分派任务："就今天，你们负责弄三个证券账户。把这些钱分别打进这三个账户里面，作为咱们培训班的公示账户……"

帅朗的话这才出口，田小可的眼睛就不由一亮："阿朗哥哥，这就是你要出售的，可以转化成财富的知识？嗯，也对，吴有德本来就玩代客理财，有实盘账户。咱们现在也开账户，正好和他们打个擂台，真刀实枪的比一比。哈哈，这才是咱们袍哥人家的风范。不玩虚的，是骡子是马牵出来遛遛！"

"不错，事实胜于雄辩！"帅朗将盘中最后一块三角粑吃了，继续道，“别打岔，听我说！我分别按照稳健、中性以及激进三种策略，操作这三个账户。低级培训班的学员，只能看到稳健账户的具体操作，以及中性、激进账户的每日盈亏。中级培训班的学员，则可以看到稳健、中性两个账户的具体操作，以及激进账户的每日盈亏。而高级培训班的学员，则可以看到三个账户的所有操作和盈亏。他们可以跟随这三个账户操作他们的资金，级别越高，他们的收益越是巨大。”

田大力只是傻傻地点头，还没有反应过来什么。田小可这姑娘是真机灵，她几乎瞬间就醒悟了：“明白了！这就是财富效应。只要咱们不断地赚钱，赚大钱，赚得比吴有德多很多，就不愁那些股民不乖乖过来参加咱们的培训班。不过……”说到这里，田小可皱起眉头，有些担心地道，“咱们真的能够压住吴有德吗？”

帅朗淡淡一笑：“那就比一比喽！”

第十一章 抢板

三个月后，证券营业部的大户室内。

田小可满脸都是崇拜："哇，阿朗哥哥，你好厉害！"

这些天，她一直都盯着新开立的这三个账户，稳健和中性账户还好，稳健账户有一半资金购买了转债和国债，一半资金买入了帅朗所说的银行股。然后就如帅朗说的那样，一边每天用部分仓位进行上下T，降低持有成本。一边则以持仓去申购新股、新转债，一旦中签，都是暴利。这样一来，三个月的时间，稳健型账户不知不觉，积少成多，赚了将近10%的盈利。战绩相当不错，不过也不算如何惊艳。

中性账户，则是在如此稳健操作的情况下，将一半的仓位转为权益类投资。盈利曲线就没有稳健型账户那么稳了，回撤也大了许多。不过确实是盈亏同源，三个月下来，获得了25%的收益。

相比之下，激进型账户可就堪称惊艳了。

田小可这段时间，每当股市开盘，她就雷打不动地坐在帅朗身旁，目睹帅朗每一次都是选择已经涨了4%以上的股票，重仓买入。

很神奇！这些股票大部分居然都在当天就涨停，第二天继续连板的概率也很大。如此短线操作，一旦成功，收益就至少在15%以上。虽然也有运气不好的时候，一旦失败，搞不好就要亏个10%，甚至20%都曾经遇到过。

不过帅朗的操作很果断。如果遇到做错，每次都毫不犹豫以五档卖出，甚至是以跌停板的价格抛售，总是很惊险地抢在跌停无法交易之前，抛掉了股票。更重要的是，帅朗选股的成功率很高。十次投入，至少有六七次是大赚的，两三次亏损有限，足以弥补掉了大亏的那一两次。

如此这般，经过了将近三个月五十多个交易日，这激进型账户的盈利，居然已经高达330%。二百万本金，愣是赚了六百多万的利润出来。这样的成绩，已经比财经频道那些专家每日公布的账户盈利都高了。

这样丰厚的盈利，在城里的股民当中引起了轰动。原本就因为田大力的信誉加成，如今又有实打实的实盘战绩，自然让昇财的口碑越来越好。这些日子，询问乃至正式报名参加股神速成班的学员，简直成几何数地增加，轻轻松松就化解了吴有德那边的中伤。

“运气而已！”帅朗倒是很淡定，“我们运气不错，最近正好是一波结构性牛市。指数不知不觉涨了四百多点。在这种情况下，我用激进型账户的资金，捕捉那些热点板块里面，被资金重点关注的强势股票，以及刚刚上市的次新股，这叫抢板战术。”

田小可不懂就问：“抢板战术？”

“嗯，抢涨停板的战术！呵呵，玩这种战术的，都是敢死队！”帅朗见田小可确实对于交易很感兴趣，便耐心解释道，“首先是强者恒强。比如KDJ、RSI这种指标，到了超买区间，按道理就应该清仓离场对吧？可如果股价到了超买区迟迟不掉头，反而出现指标钝化，那么再配合量价等数据，就可以轻松确定这是超级强势股。这一类股票越是被资金关注，自然越有可能在行情向好的时候爆发不是？

“另一方面，A股实行的是T+1制度，每天涨跌幅有10%的限制。这固然保护了股民，但是也让股价不能在第一时间得到充分的发挥。这样一来，那些进入超买区指标钝化的强势股，只要大盘不跳水，就有七成以上的概率会在当天封涨停板。封了涨停板以后，第二天则多半会继续惯性上涨，甚至是连续涨停。只要抓对了一个，就只管无脑拿着，不开板不走人，自然可以赚得盆满钵满了。”

“哦……难怪阿朗哥哥你这些天赚了这么多钱！”田小可听得半懂不懂，不过这并不妨碍她看着帅朗，犹如看着股神一样。只是她还没来得及斟酌好言辞，继续套发财秘籍，就看到一个后生仔拿着一份表格匆匆走过来，将表格递给了帅朗。

田姑娘把脑袋凑了过去，随即得意地哈哈大笑起来。原来，这份表格正是昇财的公示账户，和吴有德工作室的股票账户之间的盈利对比。完胜！

连续三个月，十二周，帅朗的激进型账户都稳稳压住吴有德工作室的账户，而且领先的距离越来越大。到了如今，吴有德工作室的账户三个月来的总共盈利才57%。平心而论，这战绩已经相当不错了。奈何既生瑜何生亮，有帅朗的激进型账户珠玉在前，可就一点儿都不够看了。哪怕帅朗将稳健、中性和激进三个账户的盈利加权平均，也依旧能够胜过吴有德一筹。

不过……贪财的小姑娘又看了一眼帅朗那三个账户的盈利情况，满脸肉痛地唉声叹气：“阿朗哥哥，你把资金分成三个账户，少赚很多啊！”

“说什么傻话！”帅朗拿起手边的一本财经杂志，想也不想就敲了一下田小可的脑袋。这些天，这动作他真是越来越熟练了。好在田小可皮厚，抱着头“唉哟哟”惨叫震天，其实都是装可怜，继续让帅朗多解释解释，她也好偷偷多学些本领。

帅朗一眼看穿田小可的小算盘，真是又好气又好笑，只能解释道："你傻啊！又不是所有股民都喜欢那么刺激的。虽然炒股的人都想赚钱，不过有人玩的就是心跳，也有人就喜欢安安心心赚点儿超过银行理财的钱，让自己的资金保值就行。这样的人，你说他会对咱们的稳健性账户感兴趣，还是吴有德那一锅烩的？"

"对啊！"田小可恍然大悟，"原来咱们这三个账户，是分别照顾各种不同类型的股民？难怪这些天，越来越多的人加入咱们的培训班。嘻嘻，听说吴有德已经气得连摔好几个杯子了。不过，吴有德这不要脸的东西也不是省油的灯，他最近偷偷收买了咱们的学员，好像在抄咱们的作业，也玩起了抢板战术，所以本周的收益，他提升了不少，要不要紧啊？"

帅朗诧异地扬了扬眉，眼中闪过了一丝古怪："吴有德抄我们的作业？你确定，和我们激进账户买的股票一模一样？"

田小可："一模一样肯定不会了，不过，也都是些连续涨停的强势股。"

帅朗好奇："有没有办法弄到他们具体操作的是哪些股票？"

"早弄到了！"田小可得意地拍了拍胸脯，从包包里翻出来一份资料。

很显然，田小可指责吴有德不要脸，实际上这些不要脸的事情她也没少做。田家兄妹毕竟是这里的地头蛇，做这些事情肯定没什么难度。帅朗不但看到了吴有德工作室近期买卖股票的详细记录，甚至还看到了交割单的复印件。

看着这些交易清单，帅朗不由皱了皱眉，脸上不觉闪过了一丝疑惑。

高手！他必须承认，吴有德工作室的操盘手水平不低，无论是选股，还是买卖的时间，都表现出了相当水准。问题是，吴有德居然放弃了以前的玩法，不再像蝗虫一样帮助庄家坑韭菜，反而当真正儿八经炒股赚钱了？

这着实超出了帅朗的预料。

要知道他搞了昇财出来，玩的是阳谋。就是通过财富效应，将跟随在吴有德身边的资金拉过来，从而达到削弱吴有德的目的。没想到吴有德居然选择了正面应战！这可是他事先估算中，出现几率最小的一个可能。莫非是他身后的人出手支援他了？

就在他暗暗沉吟之际，田小可自觉立了大功的，笑吟吟地凑过来，迫不及待地道："怎么样？这些资料有用吧？咱们要不要来个将计就计反间计？嗯，或者打个提前量，伏击他们的股票？"

帅朗满头黑线，不得不揉了揉太阳穴，好艰难地压制住再次暴打她的冲动，无奈地道："你想多了！真当自己在玩三国志啊？是不是还要来个蒋干盗书？"

田小可嘿嘿傻笑："我这不是想帮你嘛！你是不知道吴有德有多下作，这就是个脚底长疮，坏到流脓的家伙。我有可靠消息，这王八蛋蛋正在走关系，想要举报我们昇财违规。"

举报违规？帅朗的瞳孔不由收缩了一下。

不用田小可细说，帅朗也猜到，吴有德的所谓举报，多半就是查到了自己的身份来历，认为自己刚刚坐牢出狱，没有资格荐股析股。这是正面斗不过，要玩盘外招了？

确实是很歹毒的谋划。可惜，帅朗早在决定成立昇财对付吴有德的时候，就已经预先防备到了这个问题。此刻他甚至有些失望，这有些掉水准啊！

帅朗不由暗暗握住拳，要好好逼一逼吴有德，看看能不能把他身后的人逼出来。

第十二章
照片

“阿朗哥哥，你要成立私募基金？”田小可的小脸蛋满是苦涩了，因为帅朗给了她一个很长的清单。

“成立一家私募基金，至少需要设立总经理，投资部，风控部，行政部，市场部，人事部，起码五到十个员工。而且，法人代表、总经理、风控负责人都必须有基金从业资格。实缴资本比例也要在注册资本的25%以上。”帅朗一边说，一边将这些全都记录在手边的笔记本电脑上。

这还没完，他继续道：“哦，对了，到时候我们还要去找律所，花个几千块搞一份法律意见书，再找个PB服务商，提供交易、托管、外包。搞定这些以后，才到了真正麻烦的一步，那就是向协会申请注册。一般得排队等很长时间才能开始审核。我忘了，连续审核几次不通过，前期准备就全打水漂，要从头再来……”

田小可忍不住了：“那……那为什么我们还要成立私募基金？”

“放眼未来啊！”帅朗却是理所当然，“如果只是想要窝在这么一个小地方赚钱当土财主，当然也可以和吴有德一样，弄个代客理财就行了。性质差不多，但是这是擦边球。他还想用盘外招对付我们，其实他自己的屁股都不干净。”

田小可吃惊地眨了眨眼睛：“他玩代客理财很多年了，难道我们也可以举报他？”

“如果抓住机会，也不是不可以。”帅朗耸了耸肩，很无所谓。因为这不是重点，重点是偷偷摸摸的代客理财，就好像小米加步枪的土八路，玩的都是低端。私募基金就不同了，可以拿到很多金融牌照，如果运作得好，比如国债正回购啊，Q债啊什么的，都能参与，甚至都不一定局限于证券市场，单单是投资的花样就多了不知道多少。

当然，前提还是要筹集到资金。

流动的资金就是资本，资本当然是越大越好。

事实上，但凡设立私募基金，如果不是满足于拿个金融牌照，用自有资金玩，筹集资金就是大头。尤其是想要个人设立私募基金，多半就要先扮股神打名气，然后开立账户公示，展现实打实的财富效应，最后才是申请注册，拉人入伙。

当年，像他父亲郎杰这样的交易员，多半就是走的这样一条路，获得真正踏入资本市场呼风唤雨的门票。相比之下，他现在一方面是要对付吴有德，一方面则是有田小可兄妹帮忙，倒更像是一个线下版。好处是有足够人脉的话，开局更容易些，坏处是准客户群体肯定更加小一些。

所以，帅朗仔细叮嘱田小可：“这段时间，趁着咱们公示账户盈利喜人，你要抓紧机会在培训班的学员中间好好吹吹风，争取多忽悠些人加入咱们的私募基金。接下来一段时间，我不准备再玩抢板战术，而是防御了。”

“为什么啊？”田小可完全无法理解帅朗这是什么思路，难道有钱也不赚吗？

帅朗却好像看着傻子一样看着田小可：“既然已经证明了昇财的专业能力，我们第一阶段的战略目标就完成了啊。你总不会天真地以为，股市会只涨不跌？”

“股市要调整了？”田小可愣了一愣。不过这段时间，她屁颠屁颠跟在帅朗身边，耳濡目染之下当真学了不少东西，自觉肚子里有点儿货了，居然梗起了脖子，“其实下跌也不怕啊。我回测了过去十年的股市，发现越是股市低迷的时候，资金越是喜欢抱团，反而越容易出涨到天上去的妖股。”

帅朗气笑了。这徒弟翅膀长硬了，居然敢跟他顶嘴。

田小可还没完了，就好像那些刚在股市里尝到了甜头，就觉得自己是天生异禀的初代股民一样，越说越自信：“阿朗哥哥，我觉得就算回调应该也没什么大不了。你看，咱们股市在3000点下方转悠了好多年了。就好比造房子，基础已经夯实了，万事俱备，只欠东风。只要涨起来了，在疯狂的牛市里面，是头猪也能被吹起来。哦，对了，吴有德那边都已经在喊，今年股市肯定能到6124！”

6124？帅朗差点儿没把自己呛到了。他看着田小可，已经感觉对方不再是傻瓜了，分明就是一颗粉嫩粉嫩，随时都要被收割的韭菜。

“你知道6124是什么意思吗？是中国股市这么多年来的最高点！”他哭笑不得地指了指田小可，忽然没有兴趣给小姑娘科普了，只懒洋洋抛下一句话：“知不知道股市里最经典的一句话是什么——熊市常大涨，牛市常大跌。”

确实，危险就危险在这里。

什么牛市熊市，都是事后的定义。身在股市里，你又没有后视镜，完全是“不识庐山真面目，只缘身在此山中”。

如果你把熊市里面的反弹反抽，看成是牛市的开始，一个加仓追高，结果反弹反抽结束，指数也好股票也罢，继续回落，不仅回落原位，甚至再创新低。完蛋！所有钱都被套住，完全是做了一个称职的接盘侠，就进入了看着自己的钱一天天减少的煎熬时刻。很多人就是因为看着指数一天天新低，越来越绝望越来越恐慌，开始不肯止损，后来舍不得止损，最后却自暴自弃，忙不迭地止损。狠狠一刀，把自己腰斩再腰斩。

另一方面，如果你把牛市的大跌，当成熊市的反弹反抽结束，赶紧跑路，想要在更下方捡回来，结果回头发现T空了，别人都赚大钱了。想想那会儿你是什么滋味？多数人肯定先是犹豫，再是怀疑，最后看着股价越来越高，别人的钱越赚越多，这么多钱居然和自己一毛钱关系都没有，终于忍不住了，头脑一热，不顾三七二十一，再追进去。搞不好就是高位站岗，完美地经历牛熊市转换，从新嫩韭菜熬成老黄韭菜。

正因为如此，在股市里，想一时赚钱其实并不难。你会技术分析，你懂基本面懂财务数据，甚至你什么都不会仅仅只是运气好，都能买什么涨什么，赚个盆满钵满。更大的问题是，如果你不懂进退不知道及时收手，那么保证你刚刚还买什么涨什么，一根大阴线就会打回原形。盈亏同源，当初怎么赚，现在就怎么亏回来。

这些道理，帅朗都懒得和田小可说。不过田小可多会察言观色，眼见帅朗态度很坚决，显然不想和吴有德打擂台了，不由有些气馁："那咱们不就等于认输了？任由吴有德那王八蛋嚣张？"

"嚣张？不存在的！"帅朗胸有成竹地笑了一笑，随口说了一句，"昇财从一开始就是明面上吸引吴有德注意力的幌子而已，无论打擂台谁胜谁负都不重要，我早就准备好了对付他的真正撒手锏。"

田小可精神一振："什么撒手锏啊！"

"新三板！"

田小可一脸懵懂："新……什么？"

可怜她中专毕业就不读书了，虽然这些天恶补了不少证券方面的知识，但是新三板太冷门了，她听都没有听过。

"那就是一个非上市股份公司的股权交易平台，主要针对的是中小微型企业。等于给这些中小微企业一个扩股增资的机会。而且只要他们发展好，满足相应条件，日后也能转板上市。”帅朗随口解释了两句。

说话间，他微微一愣，忽然想到了让父亲郎杰走上人生巅峰的海鸥资产，其实最初也是三板。只不过郎杰显然更厉害，他在三板筹集了一定资金后，不是经营实业，然后挖空心思去满足转板的条件，而是选择了直接出击，在资本市场上吞并主板的上市公司。

当然，这样狼性的资本扩张很少见的，海鸥资产是少有的特例。大多数新三板的股票，从基础层到创新层再到精选层，然后转板，就好像玩游戏一样，过五关斩六将，一步步升级才是正途。

投资者玩的就好似风投。三板的股票级别越低，股价越便宜。一旦升级，自然就可以得到翻天覆地的惊人回报。当然，也必须承受这企业是扶不起来的阿斗，升不了级，最终血本无归的风险。

在很长一段时间里，新三板都比较沉寂，不像主板，这里的股票交易量很小，一度高达五百万的门槛足以挡住绝大多数散户。不过现在，高层越来越多的口风透露出来，明显要助推新三板。无论是降低门槛，还是要加速转板的传言，越来越多地扩散出来，让很多有心人嗅到了金钱的味道。帅朗便是其中一个。

他随手点开了笔记本电脑上一个又一个网页，飞速地浏览着网上关于新三板靠谱和不靠谱的消息，越看越是兴奋，本能地感觉到这里面蕴藏的巨大机会。不仅是针对吴有德，更重要的是，很有可能帮助他以更快的速度积攒起巨额资金，杀回大都市，杀回资本市场!

可惜，这所有的激动、所有的兴奋，在一个非常偏学术的网页跳出来以后，瞬间烟消云散了。因为帅朗看到了一张沈涟漪的照片。照片上，沈涟漪已经没有了昔日的青涩，满脸严肃认真，以学者专家的身份，气场很足地坐在会场的主席台上。

熟悉而又陌生。

第十三章
来去

沪海机场。

“真要去三个月？这么长的时间？”熊猫满脸无奈地看了一眼沈涟漪。

沈涟漪却很笃定地点头。她就背了一个双肩包，左耳塞了一个有线耳麦，坐在大厅的椅子上吃着手里的早点，怎么看都不像是出远门的样子。

熊猫叹了一口气：“你……你就真不怕陈教授有意见？喂，老朋友才提醒你啊，陈教授直到现在依旧是当红炸子鸡。那翩翩风度，啧啧，让一届又一届的小学妹飞蛾扑火。”

沈涟漪皱眉看了一眼熊猫。

自打五年前熊猫出卖了帅朗，她就对这个发小很有意见，只是成人的世界从来没有绝对的对错。毕竟认识了这么多年，她终究狠不下心来和熊猫割袍断义，不过这并不意味着熊猫可以肆无忌惮地干涉自己的生活。

沈涟漪终于拿下耳麦，冷冷地道：“陈思给了你什么好处，让你这么积极？又是送行，又是当说客！”

“打住，打住！”熊猫连忙摇头，义正词严，“咱们什么交情？那是穿开裆裤时代走过来的发小，区区好处，能收买得了我……”

声音不知不觉轻了下来。在沈涟漪冷冷地注视下，熊猫往日一贯嬉皮笑脸、口若悬河，此时有些发虚，做出举手投降状，干脆承认道：“好吧，好吧！陈教授确实希望我劝劝你，所以透露了一些小道消息给我。不过……真的啊，我可不是被这些好处收买。”

他拍着胸脯，声音忽然提了起来，这一次倒是真有底气，也确实真心诚意：“你看啊，涟漪，你也老大不小了。陈思呢，长得不错，学问也不错，地位更不错。师生恋啊，在这年代也不犯忌讳，尤其你都毕业多年了，绝对是一段佳话。你呀，还有什么可以患得患失，犹犹豫豫的？”

沈涟漪皱眉，“啧”了一声，质问：“我怎么就患得患失，犹犹豫豫了？”

这些年沈美女学问见长，气场也明显强大了很多。听到沈涟漪的质问，熊猫下意识地缩了缩脖子，很有点儿回到了学生时代，面对班主任的感觉。一时间他竟然不敢说话，只是将目光很无辜地瞥了一眼沈涟漪背着的双肩包。

“我这是去工作！”沈涟漪第一时间，注意到了熊猫的目光，“去年申报的国家级课题终于批下来了，需要深入企业，调研金融市场对于企业发展的影响。眼下我要去的那家企业很典型，恰好符合我的课题研究。”

“真的只是为了工作？”熊猫挠了挠头，犹豫了一下，还是忍不住道，“涟漪，咱们多少年老朋友了，你瞒得过我？自己说吧，要真是单纯为了工作，以你的性子会跟我解释这么多？”

沈涟漪站起来正准备去扔掉手里垃圾，身子微微顿了一顿，随即还是以原来的节奏处理掉垃圾，然后又走回来，从头到尾没有说话，即不认同也不反驳。

熊猫难得占了上风，步步进逼："别骗自己了！是不是因为帅朗？"

"不是！"沈涟漪否认，斩钉截铁。

"真的？"

沈涟漪没有一丁点儿犹豫："当然！你觉得我和帅朗谁是那种犹犹豫豫，婆婆妈妈，做出决定又反悔的人？"

熊猫一愣，摇了摇头，叹了一口气："这倒也是！唉，可是……当初我不明白，现在我还是不明白。你们明明感情这么好，当初也谈不上有啥小三插足，怎么说断就断了？"

沈涟漪的眼中掠过了一丝黯然，话语却分外坚定："可能我和他都不是把爱情当作生命唯一意义的人。我们啊，就如同茫茫大海中的两艘帆船。感谢苍天，给了我们曾经并肩同行的缘分。那段同行的经历我永远不会忘怀，可惜，他有他的航向，我有我的航标。当我们都坚持要走自己的人生路时，无关对错，无关爱与不爱，就是这么自然而然，注定了要渐行渐远。"

熊猫耸了耸肩："那么，陈思呢？他是你的同道吗？"

"至少现在是啊！"沈涟漪笑了笑，"就像你说的，长得不错，学问也不错，地位更不错。师生恋还能成为一段佳话。这样的优质股，好像没有理由放弃吧？所以别乱打听了，更不要做什么说客。我可没准备悔婚逃婚什么的，这次真的就是为了工作。另外，万一哪天道不同了，你当说客也没用。你们做交易的，不是向来讲究操作要果断，不犹豫也不后悔吗？"

熊猫僵硬地牵动了一下嘴角。这是沈涟漪的风格，冷静、理智，愣是将爱情的选择当成了选股换股。一时间熊猫无言以对，只能无奈地看着她。

沈涟漪嘻嘻一笑，拍了拍他的肩膀："好了，我要进安检了。你这家伙啊，是老朋友才劝你一句，不妨平常心一些。"

说话间，她背着背包，很潇洒地排进了安检的队伍，很快就通过安检，消失在了熊猫的视线之外。

熊猫走出机场，驱车返回了自己的公司。

他完全没有想到，就在这同一个机场，同一个时间，仅仅相隔了几百米的距离，帅朗西装革履，俨然商界精英的打扮，下了飞机走出机场。

田小可屁颠屁颠跟在他身后，却完全没有担当秘书的自觉。她睁大了眼睛东张西望，就好像土包子一样，连声惊呼："哇，大城市果然和我们那里处处都不一样啊！"

帅朗无奈地咳嗽了一声："放机灵点儿，待会儿我们可是要去考察新三板哦！"

"考……考察？"在知根知底的小城市里天不怕地不怕的女袍哥，这会儿难得有些露怯。她紧张之下，小腿都有些发软了。她敢打架，敢飙车，敢和男人吹啤酒瓶。但是，考察上市公司……哪怕是次一等级的新三板，这种事情真是她做梦也没有想过的。

"放心吧！你也别把这玩意儿看得太高大上了，其实新三板的套路都一样。"帅朗见状，安慰道，"就是找一家某某高新区的奄奄一息的公司，名字要起得高大上一些，故事要讲得好听，公司每股一块钱，然后包装、申请、过审、挂牌，然后在三板市场价格打到十块。这个时候进行财富发布会，以内部价五块钱协议转卖给整天想发财的股民。四块钱利润给代理人五五开。反正一年之后才能解禁，在这一年之内可以尽情地玩……总而言之，就是利用人对于财富的渴望，对于原始股的崇拜，把新三板的股票弄出来，卖出去。"

"就这么简单？"田小可真不信。

在她的脑袋里，但凡涉及金融的，那可全都是高山仰止的东西，她这学渣是怎么也搞不懂的。可是到了帅朗嘴里成什么样子了？哪怕新三板的上市公司，那也是上市公司啊，怎么会被帅朗说得好像包装销售假冒伪劣产品一样？

“真的就是这么简单！而且都不用骗，明摆着的事实就在眼前。今年上半年，新三板就特别火爆，做市商指数半年涨幅超过150%，涨幅超过10倍的数百家，这就是赤裸裸的财富神话。而且还是眼下发生过和正在发生的，比真金还真的财富神话。你说，有这样的财富神话摆在面前，去搞新三板有多省力？”

帅朗信誓旦旦，见田小可还是满脸的怀疑，他叹了一口气，懒得多解释，干脆话锋一转，重新变得玄妙起来：“这世上的事情啊，你得透过现象看本质。看懂了本质，再复杂的事情，也都成了简单。”

别说，田小可反而听得进这样的话，顿时恍然大悟。天晓得她悟出了什么，但不管怎样，总算不再忐忑，开始积极主动起来：“那……咱们现在怎么着手啊？就咱们俩？会不会被人赶出去啊！嗯，赶出去还好，万一被当成骗子报警就麻烦了……“

看着田小可满脸紧张，帅朗真是被她气笑了：“打住，打住！我们一不偷二不抢，正大光明怕什么报警？不要这么做贼心虚的样子好吗？另外，可不止我们两个人。确切地说，今天唱主角的可不是我们！”

“嗯？”田小可一愣，随即发现，自己不知不觉跟着帅朗来到了停车场。这时，一个白发苍苍，却满脸红光，精神矍铄，并且西装革履，看上去很有派头气势的老人恭候在一辆黑色劳斯莱斯旁。

第十四章
哈士奇

车疾行于路上。

帅朗开着车，田小可有些局促地坐在后座的一角，手里捏着一张名片。名片上写着：图雅开发有限公司董事长，刀飞白。

除此之外，就是一个联系电话。很简洁，没有什么花里胡哨的东西。但是名片拿在手里，感觉纸张的质地很好。淡金色的背景和花纹，也不知道是谁设计的，看上去很高端大气，一如给她这张名片的老人。

老人同样坐在后座，满脸亲和的笑容，和帅朗说话的时候明显带了几分巴结："朗爷，按照您的吩咐，我注册了这一家图雅开发。不过……咳咳，就是一个皮包公司。"

"皮包公司也是公司啊！哦，对了，别叫我朗爷！"开车的帅朗倒是很随意，"现在我就是个司机外加跟班，小可是秘书。老道，你才是大老板，刀董事长！"

"不敢，不敢！"老道诚惶诚恐，就好像狂信徒面对真神一样恭敬。

这样的恭敬，绝对发自内心。前几年在监狱里，帅朗无异于为他推开了一扇通往新世界的大门。他第一次发现，自己玩了一辈子的坑蒙拐骗，和资本堂而皇之合理合法的收割比起来，是那么可笑落后。正因为如此，帅朗只是一个电话，他就心甘情愿听从了帅朗的安排，屁颠屁颠跑来和帅朗会合。

老道摩拳擦掌，跃跃欲试："朗爷，咱们接下来怎么干？"

"接下来？算是踩点吧！找陆家嘴哈士奇去！"帅朗淡然一笑。

和华尔街之狼一样，陆家嘴哈士奇也喜欢推销股票。就在陆家嘴林立的高楼大厦内，随便找找就能找到一大堆专门经营新三板股票的公司。

还别说，单单公司办公地点选择在这样富丽堂皇的大厦内，给人的感觉就非常高端。至少对于来自西南的土包子田小可来说，很有些喘不过气来。让她几乎是小心翼翼，战战兢兢，跟着帅朗还有老道去前台登记，被保安安检，然后进入动辄二十多层楼，需要在两排甚至三排按键里面寻找楼层的电梯。

电梯缓缓上升，直到"叮当"一声，电梯门开。

哈士奇，哦不，应该是那些拥有销售新三板股票牌照的金融公司，至少也包了半层，实力强的甚至包了两三层楼。前台登记之后，被西装革履的白领帅哥或者白领丽人，引入会客的办公隔间。一切看上去都是那么正规。

老道还好，这江湖骗子也算是见过世面的，很快就进入了状态，只管摆出董事长的架子，撑住场面，反正专业的问题都是帅朗出面来谈。

田小可可不行，她紧张得绷紧了身体，生怕出丑，紧张地看着那些帅哥美女殷勤地端来茶水，然后侃侃而谈，他们公司如何如何实力雄厚，从研发、包装到上市再到推销，完完全全的一条龙服务。迄今为止，已经有多少家新三板成功登陆，获得了怎样的财富神话。

田小可忍不住眨了眨眼睛，忽然有一种莫名的熟悉感。

感觉……好像以往无数次在商场，被柜台小姐姐缠着，推销她们手里的口红。尤其是那些帅哥美女，听说帅朗准备出资几百上千万入股新三板，那小眼神完全就和柜台小姐姐看到自己被口红吸引住的时候一模一样。

当然，推销口红的只能说这口红怎么怎么好，适合你的嘴唇、衬托您的美丽。像她那边的小地方，最贵的口红也就几百块，推销新三板股票就不一样了。

“这家公司是光伏企业。您也知道，光伏目前是我们国家重点扶持的项目……”

“嗯，这家公司是想要打造一个网络销售平台。目前重点是经营三四线城市和农村，努力开拓出被京东、淘宝忽略的空白地区。公司老总是个温州人，十多岁就开始经商。能力很强，也很实干，关键是气魄非常大，目标是未来十年，成为第二家京东、第二家淘宝……”

“没问题！刀董，如果您交易量大的话，我可以向领导请示，给您七到八折的优惠。”

“放心吧！这家公司目前虽然还在基础层，但是它的底子不错，包装起来难度不大。上市流程大概需要三年，如果不出意外，应该两年就能拿下。为了保证股东们的利益，公司还特意附加了回售协议。对，就是这一条。嗯，回售的公司确实不是这家公司，那是因为要规避证交所的相关规定。实际上，这家基金公司是老板的弟弟注册成立的。一家人，左手换右手。总之，保证年化12%。也就是说，如果两年后不能上市，您就相当于存了两年的钱，每年拿12%的利息，远远比银行理财划算吧。”

这些话都很专业。从行业分析，到回售、年化，很多都是金融术语。推销的东西价格也很惊人，可不是几百块，而是动辄几十万起步，几百万才能有优惠。推出来的条件更是诱人。如果不上市，就有12%的年化利息？那就是没有什么风险？大不了就当是存钱那高利息？

这么优厚的条件，听得田小可都心动。那些帅哥美女也像帅朗说的那样，拿出了今年上半年新三板的火爆作为例子。看着那些一个个翻了几倍、几十倍的股票K线，活灵活现，真实无比发生在眼前的财富示范，能不诱人吗？

亏得她没钱，有钱真是忍不住也想买。

“可这还是销售啊。他们再高大上，还是想要你掏钱包的销售啊？”跟着帅朗跑了几家哈士奇以后，田小可忍不住说出了自己的感觉。

帅朗笑了笑，理所当然：“当然是销售，而且还是收取佣金贼贵的那种。知道吗？圈内曾经传出笑话，有一家经营原本相当不错的企业，因为被哈士奇们忽悠得去上市，结果借贷了太多款项，严重影响到企业的后续发展，差一点儿没撑到上市企业就倒闭了。而那些贷款，固然主要用于上市的包装，但是支付给哈士奇们的佣金，可一点儿都不少。

“事实上，倘若不能有规划、科学合理地推进，就算上市成功，圈到了钱，这圈到的钱和支付的成本一对照，搞不好就比高利贷还坑。

“好在有反面的例子，自然也有正面的。也确实有许多企业通过陆家嘴哈士奇们的帮忙，愣是把原本私家作坊一般的企业包装成了远景喜人的集团公司，然后跑去新三板走一圈，圈到了十倍百倍的钱，反过来又推动了企业的进一步发展壮大，从此走上了传奇人生的康庄大路。”

“还能这么玩啊……”田小可越听越是懵懂，满脸都是“城里套路深，俺要回乡下”的震惊。只觉得哈士奇太牛了。好像无论是哪一种情况，哈士奇们都好像庄家，肯定是稳赚不赔的。

好半天她才恢复了财迷的本性，兴奋起来：“那么，阿朗哥哥，你准备也开一家这样的公司？”

帅朗摇了摇头：“这可是拿牌照圈钱的活儿。倒不是弄一家这样的公司很难，问题是很麻烦，需要花很多时间，走很多程序。”

“那我们该怎么入手？”田小可瞥了一眼帅朗手里拿着的一大堆资料。这些全都是从那些哈士奇，哦不，是正儿八经金融公司里面拿来的，无一不是新三板股票的推介。

在田小可的眼里，帅朗就好像是进了菜市场，这么半天光忙着挑挑拣拣，似乎半点儿都没有掏钱的意思。

确切地说，不仅仅是这半天，接下来整整一个星期，帅朗把时间都花在了结新三板的股票上。白天不是拜访那些哈士奇，就是亲自去新三板的公司实地了解，晚上则拿着笔记本电脑，弄出了一大堆田小可想学，却根本看不懂，好像看天书一样的图标、数据——按照帅朗的说法，那都是对新三板公司的分析。分析他们目前的盈利能力，预测他们未来的发展远景，评估他们真正的价值。

然后……没有然后了。因为股市跌了。

第十五章 股灾

股市的下跌出乎大多数人的意料，毕竟股市已经不知不觉上涨了好几个月。年初的时候，还在讨论3000点能不能成为支撑线，一晃眼，股市就这么势如破竹地猛攻上去。股市专家们口中的结构牛，不知道什么时候变成了疯牛。

直奔6124的口号，可不单单吴有德工作室那边在嚷嚷。事实上，很多财经频道的节目里，都有人信誓旦旦宣称股市今年必定突破6124新高，甚至都有人喊出了一万点指日可待。可就是这么火爆的行情，忽然就迎来了一根根阴线。

6月12日，周五，主板指数还在继续推高，创出了5178点的高位。股市里一片欢呼，似乎无论6124，还是一万点，当真已经不再是那么遥不可及。哪里料到，6月15日周一，开盘稍微涨了一点以后，根本没有半点儿预兆，指数就急转直下，收盘低了两个百分点。

第二天，大盘继续下跌，-3.47%收盘。

到了周三，帅朗也保持不住一贯的从容了，顾不上继续去调研新三板的股票，他留在宾馆，提前打开了交易软件。结果，开盘又是大跌。大盘一路下跌，一度跌了2%，哪怕之前大盘还在气势如虹上涨的时候，帅朗就提前停止了冒险的抢板战术。可是这会儿是普跌，公示账户内的好几支股票都跌了5%以上，甚至有的再度跌停。

短短三天工夫，公示账户已经损失了一百多万。

田小可见状，有些沉不住气了："我们要不要平仓？要不……减点儿仓位？"

"再等等……"帅朗摇了摇头，不过话语中也有些摇摆不定。

好在他的迟疑，很快证明是对的。奇迹发生了。大盘在盘中居然V型反转，不但收复失地还涨了1.7%。

田小可顿时又高兴了起来，摇头摆脑，完全就是股神的样子，信心满满地指点道："太好了！洗盘，这就是洗盘！是诱空！洗掉不坚定的股民，然后继续大涨！就像上个月那样。"

确实，股票软件上的K线图清楚明白地显示，上个月底，大盘也出现过一根大阴线，跌了足足6%还多。不过很快，一根又一根阳线就覆盖了这根大阴线的跌幅，还进一步创了指数新高。

田小可理所当然认为，这是历史的重演。

和所有股市小白一样，一阳改三观。女袍哥这会儿完全忘记了上午的忐忑不安，反而蠢蠢欲动建议道："阿朗哥哥，要不明天咱们再开始抢板怎么样？你看，这段时间，咱们停了，吴有德那边可一点儿都没停。要不是这两天下跌，他们的战绩都要超过我们了！"

"抢你个头！"帅朗随手敲了一下田小可的脑袋，"记住了，股市里面连续大涨后的第一次回调，几乎百分百会反弹回去，甚至创新高。因为这个时候，庄家也没法把筹码全部抛完离场。但是这么短的时间，第二次回调就说不准了。而且还有一点有些不太好，上次一天跌6%，急跌之后必然有急速的反抽。这次却是连续三天百分之二、三的跌幅，虽然今天盘中就V型反转了，感觉总有些不对头……"

说归说，看着盘面上涨势如虹的K线图，帅朗犹豫了一下，终究也没舍得减仓。

隔天他就后悔了。周四，大盘跌了3.68%。周五，再跌6.42%。收盘共有900多家跌停。短短一周时间，大盘跌了15%，很多个股已经跌了30%多。

帅朗急匆匆乘坐飞机回来，饶是他素来沉稳，看着账面上再度亏损的一百多万，额头也冒出了冷汗。唯一的好消息是，听说吴有德那边因为一直推动抢板的冒险战术，比昇财损失更大。已经有客户开始质疑吴有德了。

可惜，吴老板毕竟在本地扎根多年，虽然放到外面大城市不值一提，在这自家的地盘上，面子里子都有，多年的积累肯定不可能因为这么几根阴线就玩完，多年的声望也足以让大多数委托他理财的客户继续支持他。

恰逢这次周末赶上端午节。吴有德以端午节之名，在城里最好的饭馆摆下三百席，大宴宾客，又去本地电视台露了一把脸，总之红红火火，半点儿都没有要垮台的样子。他还乘机指桑骂槐，隔空发声连连质疑昇财。

一时间，昇财炒股亏钱，昇财马上要倒闭，昇财招摇撞骗，没什么真本事，开培训班纯属骗钱的风言风语，很快就遍布全城。气得田小可哇哇大叫，向来好脾气的田大力也忍不住青筋暴突。

昇财根基浅，才成立没多久，信誉口碑比不上吴有德的工作室。被吴有德明里暗里煽风点火一把，明明损失比吴有德小了很多，却陷入了极度被动之中。

就在这样的喧嚣中，6月23日，周二，大盘重新开盘，再次跌4%+之后反弹两个多百分点。6月24日，周三，继续上涨超过2%。可惜，指数并没有像市场期盼的那样再度挑战新高，甚至都没有像老股民们暗地里预测的那样形成双头。这样振奋人心的上涨仅仅持续了两天，就急转直下了。

6月25日大盘下跌3.46%。6月26日，大盘下跌7.40%。因为周末有降息的传闻出来，6月29日周一，大盘高开2%，老司机们蜂拥而出，大盘再次下跌9%，最后收跌3.3%，1500家跌停。当天晚上有几百家公司主动公告，申请停牌。

周二来了一个低开高走，看似阳线，实际上指数不涨不跌，只是给了股民一个虚假的反弹假象。等到7月1日周三，果然又是941家上市公司跌停，大盘跌5.2%。

当天晚上传出消息，又有几百多家公司准备共襄盛举搞大事，申请停牌。7月2日大盘跌3.5%，1525家跌停。没有停牌的公司悔死了，赶紧申请停牌。7月3日1475家上市公司跌停，大盘跌5.8%。总之，短短十四个交易日，大盘跌了29%，6次千股跌停。

前所未有，连老司机都忍不住心惊肉跳的股灾！

帅朗在端午节后的反弹里面，果断把所有权益类股票都抛了，剩下的都是防御性的，比如银行，比如转债之类，就算有亏损也是浮亏。这样的成绩在一片哀号的股市里，其实已经十分亮眼了，强过99%的股民。然而账面还是不可避免地又亏了几十万。

“还好，还好！吴有德那边都有人去他家堵门了，听说委托他炒股的那些客户基本上都被腰斩了！”看着昇财的财务数据，田小可忍不住捂住了胸口，心疼得好像随时都要倒下去的样子。她也只好一边和吴有德“比烂”来找回安慰，一边上网努力找出利好的消息。别说，这当口好消息还真是不少——

二十一家券商宣布联合救市，出资不少于1200亿；几百家公司公布说要增持；证券公司赌咒发誓4500点以下，自营盘坚决只买不卖。甚至还传说暂停IPO了，周一券商会退还打新股的钱……

“周一肯定涨！”看了这些消息，田小可好像打了鸡血一样振奋起来，她撸起袖子，满脸通红，斗志昂扬，“阿朗哥哥，我觉得我们周一应该把资金全投进去，正好抄底，将亏损挽救回来！”

“亏损？”帅朗有些头疼地揉了揉太阳穴，很想纠正田小可，公示账户初始资金是六百万。现在哪怕这么大跌，有赖于他提前进入防御，依旧还有一千多万。所以根本不存在亏损，只有盈利，只不过少了一点儿浮盈而已。

当然，田小可的想法其实很普遍，几乎所有股市小白都会下意识地把他们最高浮盈当作了他们的成本，少一分钱都是亏损。这种错误的想法，只有经历股市的毒打才能改变，提醒是提醒不了的。

帅朗也懒得给田小可科普，他只是拍了拍田小可的脑袋，声音很轻却很坚定地摇头道：“不，周一我不准备抄底。恰恰相反，周一我准备继续清仓！”

第十六章
输惨了

周一，上午，九点十五分。

“清仓？”吴有德的声音猛地在办公室内爆发，满是震惊和不甘，“你要我现在清仓？你知道我损失了多少钱？要割多少肉？”

他赤红着双眼，狠狠地盯着坐在自己面前的美女股神。在外人眼里，这是他高薪请来的外援，实际上，这位美女股神是小马派过来给他撑场面的。

若是平时，看在小马的面子上，他肯定得把这美女股神当成菩萨，客客气气供着，可是今天美女股神转达来的建议实在太离谱了。居然叫他清仓？明明集合竞价已经是红盘，明明大盘明显将要跳空高开。很明显，就算不是反转不是反弹，至少也该是一次很有规模的反抽吧。这当口居然叫他开盘就清仓？

清仓的话，他就等于认输离场啊！之前那些天的亏损，就真的是亏损了！吴有德不甘心啊！这两天小道消息满天飞。救市的传言成了所有股民最大的心灵寄托。吴有德也同样指望着周一出现救市行情，指望救市行情能够帮他翻身呢。

最近几天，他的手机几乎都要被人打爆了。恐怖的暴跌、可怕的亏损，让原先最信任他的那些同村老乡都坐不住了。有的动之以情，有的晓之以理，有的则眼红脖子粗，无一例外，全都是要求回到原先的合作模式。他们不想再委托理财了，不想要分红了，就想着老老实实拿固定收益。而账户的亏损，要像以前一样由吴有德负责补贴。

这样的要求，吴有德当然不肯答应了。有收益就要分红，来了亏损就要保本金？天下哪有这么好的事情？真当他开慈善堂的？就算想开慈善堂，他也没有这么多钱啊！

只是他也不敢就这么当面拒绝。拒绝了，可就再没有转圜的余地了。虽说大家当时都签过协议，盈亏自负。不过损人钱财，如杀人父母。真要撕破脸，他在村里乃至县里的名声可就彻底臭大街了。到时候，这些年辛辛苦苦积攒起来的号召力，还有人脉，很有可能转眼之间化作子虚乌有。所以他只好拖着，一天天拖下去，就盼着有一波像样的反弹，哪怕是像样的反抽也好，来挽回他的损失。此刻他怎么能够甘心清仓离场？

念及于此，他不由愤恨地看了一眼面前的美女股神。后悔！当真很后悔！他本来就不是从股市高买低卖中赚钱，他明明就是蝗虫，根本不用动脑筋，只需要配合大资金收割股市中韭菜的蝗虫！

当初就不应该去理那劳什子的昇财，尤其不该和昇财打擂台，比赛谁赚钱多。这样的话，就算被昇财拉走一些资金，也不会有这么大的损失啊！

是眼前这女人，带来了小马……不，是小马通过这个女人转达了那位大老板的建议，建议他改变以往一贯的策略，去和昇财打擂台。现在到了这个地步，却轻飘飘的一句清仓离场，那么大的损失怎么办？

吴有德的声音不由有些阴沉下来："那马总说过怎么收场吗？我可把话说到前头，我的那些老乡，一个个眼皮子都很浅，都只认眼前的收益。要是不能保证他们本金安全，哼哼，我肯定得卷铺盖走人，但是老板以后也别想再动这些账户了。”

美女股神很无辜地眨了眨眼睛，耸了耸肩：“怎么收场，马总可没跟我说。他只是很明确要你今天开盘以后立刻清仓离场，避免更大的损失。”

更大的损失？看着电脑屏幕上，一只只集合竞价挂在了涨停板上的股票，吴有德怎么都不觉得现在应该清仓离场。

“涨了！涨了！”营业部内，股民的欢呼声随着9：25分开盘，瞬间爆发了起来。

不一会儿，田小可兴冲冲地跑了进来，两眼发光：“上证高开7.82%，沪深300高开8.5%，创业板因为停牌数量不少高开7%，IC涨停。阿朗哥哥，我刚才听人说很多玩股指的空头都要爆仓了！咱们还要清仓吗？我觉得，接下来多头要绝地大反击了！”

“清仓！”帅朗没犹豫，依旧坚持自己的意见。

田小可几乎忍不住跳了起来：“为什么啊？”

帅朗冷冷地道：“多头不死，空头不止。连你都这么坚定地认为会涨，你说空头会放弃这么好的收割韭菜的机会吗？”

“我？韭菜？”田小可不服气地指了指自己的鼻子，不满地抱怨，“不带这么侮辱人啊！”

“好吧，就算你不是韭菜。我们换另外一个角度，你看看，上半年股市涨了多少？这里面有多少获利盘？而这几天虽然跌，但是跌得这么急，又能有多少获利盘能够轻松获利离场？尤其是那些大资金的主力。”

田小可一愣，若有所思：“所以……”

“所以，只要稍微有些反抽，获利盘，尤其是基金的获利盘就会离场。今年他们赚得可不少，落袋为安以后，他们的业绩就会很好看，年终就能拿丰厚的奖金。为什么要冒险呢？”帅朗一边说着，一边给老道发微信。相比起眼前的股市，此刻他更在意的还是新三板的布局。这才是他真正的撒手锏。

田小可看着电脑屏幕上火红火红的行情，依旧不甘心：“阿朗哥哥，你难道认为等会儿这大盘还会跌？”

帅朗头也不抬，斩钉截铁：“肯定！”

果然大跌了！

吴有德脸色煞白地看着眼前的电脑屏幕，虽然美女股神要他清仓离场，可是他真的不甘心，加上持有的仓位又很重，所以难免有些犹豫。万万没有想到，真的仅仅几分钟，吴有德犹犹豫豫，满心肉痛地才减了三成的仓位，股市就开始大跌了，一下子就跌穿了3900、3800、3700。创业板更是一马当先，一下子就跌了6%，振幅13%。涨停的IC1507反而跌了1%。期货公司更是目瞪口呆，早上才催空头补保证金，中午又开始催多头补保证金，不然下午就要强平了。

这样令人绝望的暴跌一直到下午两点才有了转机。传说中的国家队终于入场。一出手就是直接拉50指数，一些大蓝筹从跌停到涨停。但是，当天大盘高开低走收涨2%，相比开盘跌了6%，在大盘蓝筹暴涨的同时，964只股票跌停，股市依然一地鸡毛。

吴有德痛苦万分。他没有蓝筹，买的都是牛市的时候疯涨的热门股。只是现在，曾经涨到一百多的热门股，却来了连续十七个跌停，国家队救市都没他沾光的份儿。

这还没完。A股才收盘，外盘就传来消息。欧债危机升级，希腊要赖账了。于是欧洲开盘大跌，恒生尾盘狂跌，到了晚上，美国跟着暴跌。

果然，周二大盘低开3.8%，盘中一度跌幅5%，最后拉起来，收盘跌幅1.4%，1765跌停。创业板从早上十点半开始就跌5.69%，对应一半停牌的创业板实际上是相当于全部跌停了，期货IC全部跌停。

周三更惨，低开6.97%，几乎所有股票一开盘就跌停。哪怕后来指数上涨了一点，最后收盘终于出现了一根阳线。可惜还是跌了5.9%，只是一根假阳线，面子上好看而已，并没有改变实际上的大跌，还是跳空大跌。

吴有德不得不承认，这一次他输惨了。

第十七章
暴利

几家欢喜几家愁。老道就很欢喜。

晚上，他悄悄来到帅朗住处。之前因为股市暴跌，帅朗匆匆赶回来，把老道一个人留在上海，继续跟进新三板的事情。老道很认真也很投入，成果更是相当不错。

他以很低的姿态将一沓资料递给了帅朗，开始汇报：“朗爷，这几天我和您中意的那几家公司都进一步交流过了，最后我选择了隆远光伏。虽然这只是一家市值不足千万的小企业，不过这段时间已经被包装得十分光鲜，财务数据非常漂亮。预测的利润增长点也十分诱人。另外国家对光伏行业的补贴支持，以及光伏行业未来的发展远景，都足以让我们从容编出一个个故事，画出一个个大饼。

“更重要的是，按照隆远光伏的对外宣传，这次定向增发只要10元，而现价就已经13元了。锁定一年，就有30%的收益。如果能够成功转去创业板，估计50元起步，更是翻了整整五倍。这么美好的财富远景，就不信没人动心。”老道神采奕奕，就好像厨师看到了上等的食材，学者遇见了珍惜的孤本，战士拿到了趁手的兵刃。

帅朗依旧冷静，不动声色地问："什么条件拿下这个隆远光伏的？"

"区域总代理！"老道赶紧汇报，"根据协议，我们可以代销两百万股票。每股10元。我们得到七折的优惠。也就是说我们的成本是每股7元。同时对方也同意，这两百万股可以分成五批销售，第二批交易返回第一批的点。"

帅朗目光一闪："不错！也就是说，我们实际上只需要四百万的资金，就可以启动这批新三板股票的销售。嗯，到了第二批以后，资金还可以减少到两百八十万。"

"是的！"老道的眼睛都冒出了闪闪的光芒，"到时候，我们等于用两百万的本金，滚动五次，就可以拿到六百万的收益。"

老道越说越激动，甚至忍不住唏嘘起来。这钱未免也太好赚了。这才只是一只新三板股票呢。按照这个模式推广开去，那么多新三板股票推销出去得赚多少钱啊！而且还是完全合法，正大光明。

果然，真正的财富来源于知识，和这样子赚钱相比，他以前搞什么算命啊，伪造文件啊，传销啊，简直就像是去工地搬砖一样可笑。

帅朗轻轻摇了摇头，很不以为然："六百万？那只是零头。"

老道不由一愣："朗爷，您的意思是……"

"我们总共销售的可不是只有两百万股票。我希望每一批，你都能销售出去至少四百万股！"

"每次四百万股？那……那五次就是要销售两千万股票？预计回笼两亿资金？"老道倒吸了一口凉气。

回笼资金两亿，而他们实际上只需要返还给隆远光伏两百万股的资金，扣除30%的返利，成本只有一千四百万，也就是说能够净赚一亿八千六百万？

和这个数字相比，六百万确实只是一个零头。问题是……他们只得到两百万股的销售授权，怎么可能卖出两千万股票?

帅朗拿起面前的茶杯，轻轻抿了一口茶，淡淡地道:“看来你对于新三板股票还是没有研究透彻。提醒你一句，新三板股票的门槛很高，目前需要证券账户上持续拥有五百万以上资产至少二十个工作日的合格投资者，才能进行新三板股票的买卖。听说以后会降低门槛，但估计没有百万以上资产，也是不可能开通权限的。”

看到老道还是茫然，帅朗只好进一步掰碎了说:“也就是说，我们如果把这些股票拆分出来卖给散户的话，那些散户实际上是没办法自己持有的。他们没有资格开立三板账户，就算我们借钱给他们周转，让他们拥有开通权限的资格，这借资的费用也很大，对他们这种资金体量来说非常不划算，成本大得惊人。而且如果过户到他们名下，如果哪天股票大涨，他们想要卖掉会很麻烦。因为他们没有资格交易。在这种情况下，我们应该很容易说服这些散户，同意签订代持协议，将股票挂在我们公司的名下。”

好吧，说了这么多，在金融方面基本就是门外汉的老道，其实并没有听懂，不过当帅朗说出这最后一句话，江湖经验丰富的老道顿时醒悟了:“这样一来，我们完全可以能卖多少就卖多少……”

帅朗随手打了一个响指:“不错！这就等于我们加了杠杆，融券卖出！”

老道不笨，他虽然不知道什么叫融券，可还是跟上了帅朗的思路，甚至还一针见血找到了这个方法的弊端所在:“嗯，唯一的风险，就是到时候卖了太多会穿帮。”

帅朗淡然一笑:“穿帮啊?其实做得好的话，穿不了帮的！我们要做利用规则的人，而不是对抗规则的人！”

他并没有细说，胸有成竹地朝窗外望去，望的正是吴有德工作室的方向。

老道将信将疑："真能不穿帮啊！嘿嘿，其实穿帮也无所谓！反正到时候，这钱已经到我们手里了。"

他是真无所谓。拿到钱就走人呗，抓住了也不怕。他这一辈子，坐牢就和回家一样。所以见帅朗并不准备透露后续的手段，老道也没有追问，亢奋地道："现在的时机真是不错。恰好今年爆发了新三板财富神话，这样强大的财富效应，足以让任何人贪婪，任何人都无法抗拒。"老道敬畏地看了帅朗一眼，"更神奇的是，您选择的时机太好了。眼下刚巧股市暴跌，股民们腰斩复腰斩。虽然这会套住很多人。但是那些割肉的，还有那些侥幸逃离或者尚未入场的闲散资金，在畏惧不敢继续进入主板的情况下，自然需要寻找新的方向。在这种情势下，这样一个新三板股票要是还销售不出去，嘿嘿，我不如找块豆腐砸死自己算了。"

看着老道跃跃欲试，恨不得马上撸起袖子大干一场的样子，帅朗微微摇了摇头："这两天先做好准备。等我再加一把火，时机就成熟了。"

说着他看了眼面前的电脑。电脑屏幕上全是分级基金的资料。

翌日，7月9日，周四，清早。

吴有德没有如往日般去工作室。他去不了了！

这两天的大跌已经让那些散户彻底失去了耐心。原先给这些散户赚钱的时候，他们对他有多感恩戴德，现在输钱了，他们就对他就有多深恶痛绝。

这帮人现在把他当作杀父夺妻、不共戴天的仇人了，正满世界找他，要他赔钱。完全不管当初委托理财时，签订的自担风险的协议。无奈之下，吴有德就好像过街老鼠一般东躲西藏，哪里还敢去工作室。

他也算是地头蛇，狡兔三窟，在这一亩三分地上存心躲起来，还是能找到几套住处的。比如现在，他就躲在一个手下的家里，满脸的憔悴，原本油光发亮的头发，不知不觉几天工夫，居然已经花白了，整个人也失去了精气神。

他也不再看盘了，更不去理会外面的风风雨雨，整日由手下送来一日三餐，自己则窝在屋子内。吃其实真是没有心情吃，反正送来什么就吞几口填肚子，烟却是没日没夜抽着，一边抽烟，一边发呆当鸵鸟。

就在他发呆之际，忽然，门“砰”的一声被人从外面推开。原本因为大势已去，说好今天就离开县城的美女股神，风风火火快步走了进来，激动地连声道：“老板来电话了！事情有转机了！”

“转机？”听到这两个字，吴有德呆滞已久的目光终于稍微闪动了一下，“什么转机？”

“反弹！马总说股市今天有很大概率会反弹了！他让你现在立刻调动所有能够调动的钱，杀进去抢反弹！一切顺利的话，这两天我们就有可能挽回大部分损失。你这边就有钱了，他那边的资金也会宽松起来。哼哼，到时候，搞定那帮散户肯定没有任何问题。”

“真的假的？”吴有德的声音不知不觉都颤抖了起来。

不只是兴奋，更多的还是患得患失，没办法，最近实在是亏惨了。短短一个月的下跌，从金钱到人脉，差点儿将他这十几年来辛苦经营的一切都快亏光败完了。这会儿，美女股神居然建议他调动资金去抢反弹？

这些钱可都是他最后的退路了，他现在就只剩下这么点儿棺材本了。如果再输光，那就和当年赌钱输掉一样，彻底打回原形了。他已经年届五旬，一点儿都不想再经历当年的悲剧，也完全没有信心还能再东山再起。

美女股神见状很不满意，不由挑了挑眉，声音沉了下来：“怎么，你这是不相信马总了？”

吴有德打了一个哈哈，连忙否认，只是目光却闪烁不定，明显有自己的算计。真要投进去，那就是破釜沉舟，背水一战了。但当真就这么举手投降，全盘认输，吴有德也同样不甘心。

极度纠结中，吴有德打开了股票软件。结果失望无比，哪来的反弹？居然低开2.1%！不仅是低开，还低走！一根根一分钟K线，都是长长的大阴线。一会儿工夫，大盘指数就跌到4%。股市里的股票一半已经停牌，还有一半中的绝大部分都死死地躺在跌停板上，一动也不动。

说好的反弹呢？这是反弹吗？昨天哪怕是一根实际跌了5.9%的假阳线，可好歹也是红的，看上去挺好看的。或许，这就是小马背后那位大老板认为今天会反弹的缘故？

“这个……”美女股神也不由有些傻眼了。这么一根大阴线，是人都不可能睁眼说瞎话，坚持认为股市马上要反弹了。

她只好拿起手机，尴尬地支支吾吾：“我……我再问问……”

“等等！”就在美女股神拨号的当口，吴有德忽然叫了一声，他眼睛睁得大大的，满额头的青筋暴突，死死地盯着眼前的盘面，“涨了？涨了……涨了！”

真的涨了！刚才还跌得一地鸡毛、哀鸿遍野的大盘指数，开始渐渐减少下跌的百分比了。刚刚股票价格还挂在跌停板上，股民们排队在跌停板上割肉还无法如愿，这会儿不知不觉地就打破了跌停板，开始迅速向上冲。

这是诱多？还是真的反弹了？

见鬼，真是反弹了！

无论指数还是股价，涨得非常突然，也非常猛烈。领头的股票很快就翻红了。大盘指数也势不可挡地突破了分时均价线，同样朝着昨天的收盘价冲过去。这架势能否站稳在昨天收盘价上方还不得而知，至少这一波冲过昨天收盘价是毫无疑问的。

吴有德首先反应过来，连声催促道：“快！快说！马总有没有说要哪个股票？”

“买……买B类！”美女股神反应慢些，却没有墨迹，立刻尖叫道，“马总说买分级基金的B类，相当于加杠杆，可以涨更多，赚更多！”

第十八章
赚飞

“阿朗哥哥，我们买分级A基金抄底？”

时间稍稍往前拨几分钟。

大户室内，帅朗同样决定抄底。田小可盯着盘面有些忐忑，还有些迷惑。虽说周一开盘前她蠢蠢欲动，觉得国家队肯定要救市，大盘肯定要触底反弹。可经过周一的先涨后跌，以及周二、周三的大跌，这会儿她是真怕了。

就和大多数股民一样，一下子进入了另一个极端，只觉得大盘还会继续下跌，下跌的空间还大得可怕。万万没有想到，这当口帅朗居然决定把手里三分之一的资金都拿出来，买入各个类别的A类分级基金。

这可是好不容易保住的钱啊！

田小可又是担心又是不解：“为什么啊？你之前不是还说现在没到抄底的时候，应该见好就收，暂时远离股市吗？”

“是啊，我原本准备暂时避开这波大跌的。今天就算有反弹，也只是下跌中途的反弹。反弹之后还会下跌。第二波下跌，从技术上分析，不会比第一波弱。根据对称性原则，下跌幅度甚至可能还会稍大一点儿。”帅朗耸了耸肩，“可我也没有想到，市场居然在极度恐慌中，出现了这么明显的价格错乱。简直就是白捡钱的机会啊！”

田小可顿时眼睛亮了起来，就好像饿死鬼看到了一桌的满汉全席。然而她左看右看，只看到大盘低开2.1%以后继续一路下探，怎么看都似乎要继续延续前两天下跌的走势。鬼知道今天会跌到什么程度，而分级基金，无论A类还是B类都很不妙，一个个都在下跌，有的已经跌停了。

机会在哪里？田小可一脸懵懂。

她虽然是小白，可这段日子因为跟着帅朗搞异财，好歹也听说过分级基金。不过更多听说的是B类。据说，B类分级基金在之前股市大涨中表现十分突出，等于是加杠杆融资。同样体量的资金买股票，不融资不加杠杆，只能赚一分的钱，B类却可以赚两三倍的钱。A类是什么东西？

“折价啊！”帅朗恨铁不成钢地道，“你没有发现，分级A已经折价超过30%了吗？就算天天跌停板，这么大的折价，我也能撑一个星期才会真正亏本。而且更加重要的是……下折！”

“下折？”田小可有些抓狂。听帅朗说话，每个字她都懂，连起来就一团浆糊了，好在帅朗也没有卖关子。

他解释道：“分级基金……怎么说呢？其实就是把一个基金一分为二。不过不是均分，而是比如三七开、二八开的。虽然无论A类还是B类，其实都买卖一样的股票，进行一样的操作，但是稳健投资者会持有资金份额比较少的A类，基金投资者则会持有资金份额更多的B类。

“可想而知，当股市大涨的时候，拥有资金更多，买入股票更多的B类，肯定赚得更多。B类就相当于不支付利息的融资，无成本的多头杠杆，买股票的赚一块钱，他可以赚两块多。翻倍赚。A类就比较悲催，别人赚一块两块，他只能赚五毛都不到。

“而一旦股市大跌，无论A类B类都得亏钱，只不过B类是翻倍亏，A类是打折亏。另外呢，如果涨得太好，就会出现上折，对B类基金有利。而像现在这样暴跌，跌到一定阈值，就会出现下折。下折的话，就要把B类的一部分资金补给A类。现在明白了吗？”

明白？我……我明白什么了？田小可无辜地眨了眨眼睛。田小可忍着气，煞有其事地点了点头，摆出已经明白的样子：“所以，现在会出现下折？A类就会赚到很多钱。”

“不错！”帅朗随手打了一个响指，“正常情况下，A类基金可以看作具备一定的保底功能，应该会有年化4到6的收益。当股市大跌的时候，原本上涨时赚很多的B类会因为放大杠杆的缘故跌更多。而A类则应该跌得很少，甚至不跌反涨。

“可是这次股市崩盘了。恐慌之下，A类居然也和B类一样，一个跌停紧跟一个跌停。这绝对是不对的。绝对不该A类、B类都跌停板，这里面肯定有一个是错的。所以选错误低估的那个，我们就能赚更多。”

田小可眼睛一亮：“所以，你选择A类？你认为A类是被误杀的？”

“只能说A类被误杀的概率更大。这样的大跌，让它的折价扩大，年化收益也扩大。更要命的是，随着股市崩盘，原来在上涨过程中翻倍收益的B类，现在翻倍下跌。我查过了，现在市面上几乎九成以上的B类，已经到达或者无限接近下折阈值了。按照基金事先就定好的规则，它们很可能最近几天内下折。”

田小可再度眨了眨眼睛，决定不再去理解这里面到底是什么意思了。她直奔主题：“总之，咱们现在买A类就能碰到那什么下折，就能赚钱对不对？”

“大概率是这样！”帅朗点了点头。

说起分级基金，真是相当复杂的高级玩法，恐怕很多股民听都没听说过这类金融衍生品种。要不是蛇猎人提及过他父亲郎杰当年离婚之后，靠着分级基金白手起家，他也不会下大功夫了解分级基金。却没有想到无心栽柳柳成荫，现在他才能察觉到分级基金居然酝酿出这么大的机会。

他有一种很强烈的预感，预感自己这次恐怕要发大财了。

说话间，大盘涨起来了。不一会儿，大盘指数翻红。那些坚持到现在没有停牌的股票好像打了鸡血一样迅猛上攻，几只凶悍的股票甚至一下子从跌停到涨停，演绎了一个完美的天地板。不一会儿，刚刚还在跌停板排队卖股票的股民，已经开始在涨停板排队买股票了。

然而，A类分级基金的表现始终都很弱。不是不涨，但是和股票比起来，这个涨幅实在对不起这段时间的苦苦支撑。好在B类更加不堪。

“怎么回事？怎么不涨？”同样盯着盘面的吴有德，这一刻很不好受。他买的B类分级基金并没有如预期的加倍上涨，好几只依旧半死不活地停在跌停板上。即便是动起来的几只B类分级基金，涨幅也很小，甚至还不如A类。

这很反常。要知道以往一旦行情上涨，B类肯定会比A类涨得快才对。

究竟是因为市场被这轮暴跌跌怕了，暂时谨慎观望？还是另有其他原因？吴有德暗地里掠过了一丝不祥的预感，他忍不住看了美女股神一眼。美女股神很自觉地打电话联系小马，手机那头是忙音，小马正在通话中。

如此这般，直到中午收盘，吴有德和美女股神轮流上阵，都没联系上小马。

好在这个时候，随着大盘的行情越发火热，B类分级基金也终于开始动了。好几只都已经从跌停板上来，由绿翻红，继而有了百分之五六的涨幅。尽管依旧不是很理想，并不如开了天地板的那些牛股，和A类比起来也差强人意，但好歹还是上涨了，百分之十五、十六的收益也还算不错。

不料就在这时，小马主动打电话过来，直接打给了吴有德。吴有德接通电话的那一瞬间，就听见小马气急败坏地叫道："抛！赶紧抛！把手里所有B类分级基金全都抛掉，全部换成A类。"

"为……为什么？"吴有德愣了一愣。

眼下B类的涨势虽然有些弱，不过分时图看上去还是很好看的，笔直向上的价格曲线，怎么看都有一飞冲天，直接涨停的架势。这个时候换成理论上涨幅不会很大的A类，其中的交易磨损姑且不论，后面的收益也应该会大受影响。

吴有德想到了一件事情："等等，B类是早上根据你的吩咐才买的，怎么抛啊？"

"分拆合并啊……算了，把手机给小袁！"在小马惶急的吼声里，美女股神小袁接过了手机。

她当然比吴有德专业多了，听从小马的吩咐，先是将手里部分涨起来的股票卖掉，筹集来的资金买入等量的A类分级基金，然后和B类合并成母基金，再将母基金卖掉。跟着再买入A类。如此这般，虽然不可避免承受了相当大的交易磨损，终究还是实现了对B类分级基金T+0的买入卖出，并且筹码全换成了A类。

这时，她才有暇解释了一句："下折。分级基金毕竟是新的品种，新的玩法。所以马总那边虽然成功预测了反弹，却没有在第一时间警惕到B类分级基金正处于下折的阈值附近。"

"什么意思？"

"意思就是B类分级基金很可能要暴跌，而A类大概率会大赚了。"美女股神幽幽地叹了一口气。

“下折了！真的下折了！”当天晚上，田小可就兴奋地叫了起来。

当天成交量6.5亿的有色B、4.4亿的军工B级、3.6亿的环保B、2.2亿的改革B、1.6亿的地产B、1.6亿的有色800B、1.4亿的煤炭B，全都公告下折。这些被公告下折的B类分级基金，第二天基本上全都打了4折。

七月九日冲进去的这么多资金，有一个算一个，都成了烈士。

这么说吧，因为判定大盘反弹，很多投资者依旧延续惯性思维，依旧奋不顾身地杀入B类分级基金。毕竟，在过去一年多的牛市里面，实际上加了杠杆的B类分级基金，每逢股市大涨，都会收获两三倍于指数的利润。

他们和少数如帅朗这般看到A类机会的投资者，或者马总那样虽然买错了却及时发现问题的，就好像是同时上场对抗的两支足球队，纷纷穿好运动服，做好热身运动，跃跃欲试地来到了绿茵场的中央，面带微笑看着对方，内心却在咒骂对方，只等着哨声吹响，就开始无情收割对方的钱包。

可惜，这些B类分级基金的投资者，显然是没有掌握分级基金规则的学渣。这次他们碰到了下折条约的触发。B类分级基金的钱，按照规则划拨给了A类。结果大盘明明在强势地报复性反弹，所有股票都开始拉出一根根大阳线，买入这些股票的B类基金，净值却被腰斩再腰斩。

这些投入B类分级基金的投资者，直到钱都输光了，很多人仍然没有弄明白自己是怎么输钱的。他们欲哭无泪，叫骂哭嚎之余，开始相互联系，准备跑去证监会挂横幅了。

相比之下，买入A类的就赚得不要不要。

尤其是帅朗，在键盘上运指如飞，什么分拆啊，组合啊，愣是完成了一次又一次T+0的交易。一系列漂亮的套利，一天工夫，砸锅卖铁投入进去的一千多万，就赚了将近五百万出来。赚飞了！

第十九章
选择

这十年难遇的股灾，总算迎来了一次还算像样的反弹。

渐渐地，营业部内股民们的情绪开始放松了下来。自打反弹开始，哪怕是在安静的大户室内，也能听到外面传来股民们的欢声笑语。

看着账面上回笼的资金，美女股神也不由稍稍松了一口气："终于把问题给解决了！"

股市的崩盘来得突然又猛烈，眼看着工作室大把亏钱，她虽然只是老板和吴有德之间的传话筒，可毕竟顶了股神高手的名头，肯定难辞其咎，在吴有德面前也就有些底气不足。

幸好运气不错，马总那边第一时间判定了反弹行情，哪怕开始买错了B类分级基金，也在第一时间发现了问题。有赖于市场上韭菜和小白足够多，正是这些小白习惯使然的买入B类放弃A类，所以昨天B类还有逢高离场的机会，A类也没有被资金给予充分关注，没有第一时间涨停，于是他们争取到了换成A类的机会。

现在终于利用反弹，赚了不少钱回来，她这才稍稍放松了心情，笑吟吟道："现在知道马总厉害了吧？也就马总这样的高手，才能捕捉到这些稍纵即逝的机会，力挽狂澜！”

但吴有德仍是一脸颓丧的样子，美女股神不由一愣，皱眉问道：“吴总，你怎么不高兴？”

“高兴？”吴有德冷笑一声，抬起头来。

美女股神这才发现，不知道什么时候，吴有德的眼睛竟然已经血红，就好像是被逼到了绝地的亡命之徒。

她不由有些害怕：“怎……怎么了？”

“怎么了？你难道不知道，昇财那边先出手买了A类分级基金？”

“那……那又怎样？”

“你还不明白吗？相比我们先买错了B类再纠正，昇财的公示账户比我们先一步准确买入A类分级基金。所以，现在所有人都会认为，我们不如昇财。”吴有德恍若困兽，痛苦地揪着自己的头发，痛苦地道，“现在恶果已经出现了。刚刚我接到短信，说是有一家名叫图雅的公司，最近正在周边这些城市推销新三板股票。就在刚刚不久，昇财高调认购了一百万股。看着吧，以昇财现在在那些散户中间的声望，他们的行动就如同风向标。用不了多久，那些跟我们的散户都会跑来要求拿出资金，跟风抢购新三板的。

“哼哼，就跟我之前说的那样，这些人眼皮子浅，就只能看到眼前的盈亏得失，哪怕我们答应赔偿他们这次炒股的损失也没用……不对，正因为我们把亏损承担了下来，这些混蛋手里有钱，跟风就更积极了！”

吴有德的眼角越说越抽搐，很有一种为他人做了嫁衣裳的感觉。

“还有这样的事情？”美女股神也意识到事情的严重性，她连忙道，“你先等等！”

说完拿起手机跑到了大户室外面，显然是去请示小马了，好一会儿方才拿着手机回来。吴有德抱怨归抱怨，看着她走过来，眼中还是忍不住闪过了一丝期望。他知道小马底细，不会去指望小马，可小马背后的那位大老板保不准还真能创造奇迹。

吴有德连忙迎上前来问："马总怎么说？"

美女股神犹豫了一下："双簧！"

"双簧？"吴有德一头雾水，皱眉，"什么意思？"

美女股神："马总说那个图雅和昇财是一伙的，在玩双簧，搞的是杠杆做空的把戏。"

"说人话！"吴有德有些抓狂，美女股神说的话，每一个字他都明白，可整句话怎么听怎么糊涂。可怜他才小学文化，哪懂这些？

美女股神满脸无辜地道："马总就是这么说的。"

看到吴有德不懂，美女股神心情甚至有些舒畅，因为她也不怎么明白。她倒是大学毕业，读的也是金融专业，可惜她在大学就好像放羊一样，六十分万岁。好容易熬到毕业，拿了学位证书，才发现这年头金融专业说好真好，说不好也就那么回事。

一个没有任何工作经验，学习成绩也不怎么突出的金融专业大学生，显然是不可能杀入类似汇丰、高盛这样国际大牌金融机构的。再加上没有身份背景，想要挤入银行这类国内金饭碗铁饭碗也很难。如果混得不好，去推销保险都是有的。

好在她长得漂亮，机缘巧合下应聘了小马的公司，被小马看中，巧妙包装之后，终于混了一个美女股神的名头。但实际上，她和吴有德没什么两样，甚至还不如吴有德。吴有德好歹还有号召力，能控制一批资金和账户。她完全就是听从小马的指示，小马让她怎么做她就怎么做，日常就是保持美丽与智慧并存的完美人设而已。

幸亏小马的指示每一次都好准，居然每一次都能够精准地判断出涨跌顶底。她这才没有被人拆穿，沦为人人喊打的骗子。所以她是真不明白小马那段话是什么意思，隐隐觉得自己似乎正在旁观两大绝世高手的隔空过招，每一招看在眼里，都是雾里看花，根本不是她这个段位的人能够理解的。

只不过在吴有德面前她当然不想露底：“马总给了你两个选择。”

吴有德的眼睛微微眯了一下，他明白小马是在转达那位大老板的意见，他可不敢轻忽无视。

美女股神道：“马总的意思是，昇财那个叫帅朗的人很厉害，我们根本不是他的对手。偏偏马总现在正忙着一件大事，暂时抽不出空来和那个家伙直接过招。所以最简单的应对就是壮士断臂，放弃对抗。他想怎么玩，随他怎么玩你继续玩你的蝗虫去。其实做蝗虫就是赚少一些，还是能够保证本金不亏的，不会危及你的基本盘。”

“有这么厉害吗？”吴有德不由倒吸了一口凉气。怎么也没有想到，在他眼里无异于股神的那位大老板，竟然把那小年轻当成了大敌。

他不由有些悻悻。早这么说，那他一开始就不和昇财对抗了，本来大家玩的就不是一个路数。当然，他也明白双方不可能和平共处。毕竟昇财目的非常明显，就是要吸引资金。而这座城市就这么大，闲散资金就这么多，这就必然会和吴有德爆发冲突。另一方面，小马背后的那位大老板当时似乎想和昇财扳扳手腕。结果两虎相争，倒霉的就是他这个不幸卷入进来的虾米。

吴有德心中五味杂陈，如果现在退让，那就等于彻底认输。他之后再想要吸纳资金，号召力就会削弱很多了。

他忍不住问：“那第二个选择呢？”

“第二个选择？”美女股神玩味地看了吴有德一眼，“如果不退让，那就只好狭路相逢勇者胜喽。你可以号召你那些散户全去买图雅的新三板股票，买得越多越好。”

“什么？”吴有德吃惊地站起来，差点儿将面前的桌子都掀翻了。要真这么做，那可就不是投降了，而是彻底跪了啊！他狠狠盯着美女股神，这女人不会是被昇财收买了吧？

美女股神很无辜，眨了眨水汪汪的眼睛："马总就是这么说的。他认为帅朗要杠杆做空，那么我们就做多。不需要杠杆，简单做多就行了。到时候，如果新三板暴跌，帅朗做空，当然就是赢家通吃。如果涨呢？他杠杆做空，必然完蛋。你就有机会把昇财和图雅彻底弄垮，甚至有可能让帅朗再次蹲监狱。"

吴有德满脸狐疑："真的假的？有这么好的事情？"

"期望值不要太高！"美女股神翻了翻白眼，"关键是胜率。如果未来预期收益越大，那么成功收益的可能肯定就越小。这是经济规律。"

"具体说说！"

"嗯，马总认为帅朗这家伙很有眼光，新三板确实大有可为。而且，目前上层也正在关注新三板，可以预见，未来肯定会出台一系列措施，改变眼下新三板的窘境，推动中小微企业的大发展。这是大局，是战略大方向。所以你做多的胜率，其实是很高的。"

"不过呢？"吴有德好歹也是经历过大风大浪的人，没有被美女股神的大饼迷惑住。

美女股神耸了耸肩，伸出三根手指："问题出在三个方面。一个是时间上，你不能指望散户有这么好的大局观念，能耐心忍受亏损，等你十年八年。他们肯定更希望今天买入，明天翻倍。所以如果很长时间没有盈利，甚至亏损，即使后来涨再多，还是会让帅朗做空获胜。

"第二个是过程上。前途是光明的，道路是曲折的。上层要推动新三板是大势，但是从决策到执行，肯定需要时间。在这段时间里，随时都有可能出现风吹草动，使得新三板不再突飞猛进，甚至掉头向下。

“第三个是出在帅朗身上。马总对帅朗很赞赏，他认为帅朗既然敢杠杆做空。那么接下来，肯定有准备应对最坏局面。

“总之，如果你做多，赢面不会超过三成，反而有七成的危险被帅朗算计进去。何去何从，你得自己拿主意！“

吴有德着实纠结起来。

第二十章
暴露

“你是说，吴有德那边的工作室，先是错买了B类，不过很快纠错，抛掉B类以后，也买了A类分级基金？”

就在吴有德纠结的当口，帅朗从田小可这里听到了一个不算太好的消息——吴有德居然也买了A类分级基金，还狠狠地赚了一大笔钱。

吴有德当场宣布，愿意解除委托理财协议的客户可以贴补本金的损失，恢复到以前的合作模式。

“太无耻了！”田小可义愤填膺，“这家伙肯定是在抄咱们的作业。唉，早知道咱们就不该公示账户。”

“确实无耻！”帅朗随口附和了一声，却更加关注另外一件事情，“他这个本金怎么算？”

“当然算之前签订委托理财协议时的金额，哎呀……”田小可起始没有在意，但是被帅朗这么一提醒，也随即明白过来，“签订协议以后，股市可是狠狠涨了一大波，那些客户也狠狠赚了好多钱。虽然现在股市崩盘，让他们被腰斩又腰斩，亏损到了本金。不过真要按照入资时的金额来算，吴有德出的钱并不会很多，反倒赢得了很好的口碑。这样一来，他用很小的代价，就把大部分客户给重新稳住了。”

帅朗皱了皱眉，吴有德背后的人很高明啊！

他可不相信吴有德有这么高的水平，能够看出分级基金当时存在的巨大机会。他也不信吴有德有这么大的魄力，敢把最后的棺材本拿出来，孤注一掷抄袭昇财。否则吴有德也不至于快五十岁了还窝在这么一个小地方，做一群金融蝗虫的首领。

所以唯一能说明问题的，就是吴有德身后另有高人！而他想要从吴有德这里找到的，恐怕就是这位高人。这位高人很可能就是设计害了郎杰，注定和自己一决生死的对手。

“阿朗哥哥！”田小可忽然没轻没重地拍了一下帅朗的肩膀，不由分说拉着他往外走，一边走一边嘻嘻笑道，“快走啊！大功告成，今天必须得开庆功宴！”

两人才出门就不断听到有人招呼：“帅总！”

好多人都满脸堆笑地凑近过来，恭敬地奉承和迎合。

这样的情形，这几天都已经成为常态了。要知道，最近整个大盘虽然跌得惨无人道，不过帅朗先是及时减仓，而又果断买入A类分级基金，一来二去，昇财的公示账户盈利反而比股市创新高的时候还要大。在绝大多数股民被这场崩盘暴跌杀得体无完肤之际，无疑分外亮眼。

那些付了学费加入培训班，又紧跟着公示账户操作的学员，收益都是相当不错。这在股市一地鸡毛的当下堪称奇迹。正因为如此，这两天帅朗可以说是这个小城里最受欢迎的人，没有之一。

没有人嫌钱多。人们对于能够让自己发财的主儿肯定满怀敬意，渴望巴结亲近。所以吴有德才能够在这里经营出雄厚的人脉，现在帅朗也成了很多人争相拉拢的目标。

今天可不只热情的股民，连电视台的主持人也带着摄影师过来了，要把帅朗当成股神来采访。帅朗一问，原来是田小可想趁这个机会给昇财打一番广告，把昇财的招牌打出去，所以才利用私人关系，把电视台的人请了过来。

帅朗忍不住有些头大，闷声发大财不好吗？一直以来，他都觉得父亲郎杰那种高调，可不是一个真正的交易员应该有的风格。

“很好，就应该这么低调！”叶阑珊走出了监狱大门，下意识地眯了眯眼睛，好一会儿才适应了头顶的烈日。

她回头看了一眼监狱大门，跟着熊猫上了汽车。

叶阑珊坐在副驾驶上，拿起方向盘旁边的香烟抽出一支点燃，很享受地吸了一口，缓缓吐出烟圈：“你看现在多好，有你来接我就行了，没必要整什么虚头虚脑的仪式。我就是一个坐了好几年牢的中年妇女。搞那么隆重干什么？还不嫌丢人现眼的。”

“我是怕委屈了你！”熊猫叹了一口气。

叶阑珊如今是一头短发，举手投足依然还是散发出无可抵挡的魅力。至少在熊猫眼里是如此。不知怎的，这些年熊猫已经见过了很多大世面，看着眼前的叶阑珊，他居然还像刚毕业那会儿一样，呼吸有些急促，有些患得患失，手足无措。

叶阑珊毫不在意：“行了！我能有什么委屈的？赶紧开车，咱们找个地方好好吃一顿。有你这位如日中天的明星投资人亲自来接，我都受宠若惊了，哪里还委屈？”

“好好好，我已经订好了位子！”熊猫连忙点头，一脚油门，汽车扬尘而去，渐渐远离了监狱。

行程中，他眼睛的余光总是瞥向旁边的叶阑珊，仿佛一刻也不舍离开：“我算什么明星投资人，这钱还不都是阑珊姐你的？”

叶阑珊嫣然一笑：“今时不同往日了嘛！姐姐我入狱以后，基金全是你在打理，你真要拿去，还不是分分秒秒的事情。”

“姐，你放心，待会吃完饭我便和你交接。”叶阑珊仿佛很随意的话，让熊猫心中有些刺痛，他一字一句地道，“当初要不是阑珊姐你帮忙，我恐怕就毁了。我爸也会没钱治病，十有八九已经走了。我熊猫还不至于这么狼心狗肺。”

“喂喂喂，有话好好说，你急啥急！”叶阑珊连忙道，“行，我信你是受人滴水之恩必定涌泉相报的君子！”

“君子？”熊猫自嘲地笑了笑，“背后捅了兄弟一刀的君子？”

叶阑珊夹着烟的手微微顿了一顿。她自然听出，熊猫这话里的兄弟说的是帅朗。当初对帅朗的出手，熊猫还是耿耿于怀。正常情况下，她本该笑着安慰或者打岔，然而话到嘴边，她情不自禁地咽了回去：“他最近怎样？”

“他……”熊猫有些烦躁地皱了皱眉。

虽说成人的世界只有利益，不该有对错。熊猫每次扪心自问，也能找出一个又一个理由来安慰自己。比如当初那篇报道，他也没有想到会对帅朗影响那么大。比如说，以帅朗的本领完全可以化解当时的负面影响……可不知为何，他心中总是去不掉那一丝愧疚。这种愧疚又让他化作了敌意，强烈渴望有一次正面交锋的机会，将对方堂堂正正击败。

熊猫怀着复杂的情绪，良久才道：“他比你早几个月出来了。没有回家，也没有和任何人联系，消失不见了。我聘请了好几家调查公司去寻找他的下落，一直都没有任何消息，就好像人间蒸发了一样。”

叶阑珊皱眉：“一点儿都没有头绪？”

熊猫开着车，叹了一口气：“直到昨天为止，一点儿都没有！“

叶阑珊微微一笑：“昨天？也就是今天有了？”

在叶阑珊非常平静的注视下，熊猫老老实实回答道：“今天有一家调查公司给我发来了一份视频。”

他一手开车，一手将保存在手机里的视频打开。叶阑珊愕然发现，这竟然是一份电视台的访谈。看台标，显然不是什么大台，应该只是县市级别的地方小电视台。无论是布景，还是摄像的水准，或者女主持人的穿着和谈吐，都有很浓的模仿痕迹，这样一个草台班子搭出来的访谈中，和女主持人面对面坐着谈话的主角，不是别人，正是帅朗。

一别经年，帅朗似乎并没有什么变化，举手投足，一言一行，还是那么从容不迫，沉稳冷静。

听到女主持人言语中对帅朗的称呼，叶阑珊愣了一愣："股神？"

熊猫解释："他跑去西南一个听都没有听说过的三四线小城市，成立了一家公司，主业是开设培训班，指导股民炒股。说来也巧，前段时间股市正好崩盘，非常恐怖，很多股民都是被腰斩再腰斩。但是他却赚了不少钱。不但自己赚了钱，还带着那个培训班的学员一起赚了钱，在那个小地方就不得了了，一下子被他们惊为天人。这不，连采访都来了。"

叶阑珊呆了一呆，牙咬了咬，又灿烂地笑了起来："虎父无犬子啊！他这是要走他父亲的老路，做一个优秀的交易员？"

"好像没这么简单！"熊猫将手中的方向盘稍稍抓紧了一些，"我已经派人去收集更多信息了。我总觉得，他好像还有更大的图谋。"

"图谋？有什么图谋？"

"说不好！"熊猫迟疑了一下，车继续在公路上疾驰，"这么说吧，发来视频的那家调查公司还是很专业的。他们不仅查到了他的下落，还怀疑他正利用自己的名声，和一家名为图雅开发的公司合作，推销一个名叫隆远光伏的新三板公司的股票。

"嗯，我知道，这乍看上去确实有些不合逻辑。从常理而言，如果帅朗在股市投资上赢得了这么好的口碑，他理应好好珍惜这份口碑，才能够获得源源不断，更加丰厚的回报。帅朗不是只看重眼前蝇头小利的人。可是，如果你知道，图雅开发最近推销掉多少隆远光伏的股份，就不会这么想了。”

第二十一章
出手

“大功告成！”一直等到秋高气爽的十月，帅朗终于等来了老道这句话。

电话那头，老道的情绪异常激动：“太顺利了。从一开始就非常顺利。图雅的销售团队迅速扩展到了一百多人，这几个月跑了十几个城市进行推广。因为几乎没有同行竞争，简直就是势如破竹，市场反应非常好。可以说每一期都是一抢而光。没有买到的，都想要预定下一期的。

“您把这些股票分成一万股甚至一千股来卖，当真太英明了。很多散户都渴望享受原始股的暴利，只是以前新三板的门槛太高，他们没有资格介入。现在咱们给了他们一个机会，自然就疯狂了起来。”

说到这里，老道顿了一顿：“朗爷，我还是觉得现在咱们这么做实在太保守了。您看，单单第一期，我们只放出了四百万股票，拿下了四千万现金。扣除其中四十万股的成本两百八十万，获利三千七百二十万。十三倍的利润，简直比印钞机还要夸张。我们完全可以凭借充沛的资金扩大销售额度，而不是限定每一期都只卖四百万股。如果这样做的话，现在我们的利润……”

“利润？”帅朗冷笑一声，就好像听到了最愚蠢的笑话，“如果照你这么做，第二期就是四亿，第三期四十亿，第四期四百亿，第五期四千亿。姑且不说有没有这么多资金买股票，就算你真做到了，四千亿……你觉得万一出事的话，你的脑袋还能保住吗？”

老道呆了一呆，他还真没有算过，这样翻倍下去，金额会变得这么大。

不过他还是不以为然，忍不住咕噜道：“咱……咱们不搞这么多期，但肯定比现在赚得更快更多啊！”

“不不不。越是饥饿销售，越是能够让人觉得自己买到的东西宝贵。唯有如此，你才能卖得这么快。”帅朗很冷静地摇了摇头，“眼下环境对我们很有利，大家都被股市给跌怕了。侥幸离场的资金想要寻找新的盈利点，不幸割肉的资金迫切希望弥补损失，场外观望的资金同样也需要运转起来。这种情况下，我们保持高端的调性有利于后期的收场。”

“收场？”老道有些茫然。

他不太理解，帅朗为何这么胸有成竹。以他对于金融的理解，他只知道现在这些新三板很好卖，可以在非常短的时间里快速吸纳大笔资金。同时，在他看来，帅朗目前的方法肯定暗藏了巨大的隐患。毕竟他们实质上只是代销。真正被授权卖的股票只有两百万股，如今帅朗居然要卖出去两千万股，也就是多卖了子虚乌有的一千八百万股，以后不出乱子才怪。

当然，对于一个将终生乐趣都投入到行骗事业的江湖骗子来说，乱子根本无所谓，钱拿到手才是关键。钱一到手，一走了之，是他这辈子的日常操作。他就是单纯觉得，这么好的机会太难得了。

新三板又不是只有这么一家公司，完全可以多拿下几家区域销售权，这样不仅可以赚更多，而且充裕的资金补起缺口来也容易，大大延缓爆发乱子的时间。可惜，老道小心翼翼提出自己的建议之后，却遭到了帅朗断然拒绝。

“金融的问题自有金融的手段来解决。”帅朗给自己倒了一杯水，喝了一口之后，不慌不忙道，“我想赚钱，但是我更想合理合法正大光明地赚钱，而不是非法捞一笔，然后锒铛入狱，成为阶下囚。所以……”说到这里，帅朗刻意加重了语气，“所以，你千万不要自作主张，画蛇添足！”

“绝对不会！不会！”老道讪笑。其实老道暗地里依旧茫然，实在不明白只推销隆远光伏一家新三板，和多拿下几家新三板股票的授权，究竟有什么区别。听帅朗的口气，如果只是推销隆远光伏，大家就能安全脱身，合理合法把赚到的这些钱据为己有？

好吧，如果能不吃牢饭，肯定没有人愿意主动去吃。见帅朗没有透露后续措施的意思，老道没有再追问，哈哈笑着客套几句，就挂了电话。

帅朗也不以为意。老道做了一辈子的骗子，这推销能力肯定是一等一的强。另外，他早就安排了田大力兄妹监督，也不怕这老骗子玩出幺蛾子来。

至于新三板？帅朗看着电脑屏幕上，隆远光伏这几天的股价走势以及成交量，不由皱了皱眉。

“所以，我们要收网了？”就在帅朗和老道通电话的当口，吴有德也收到了一个等待很久的好消息。

尽管小马警告他，如果继续和帅朗斗，胜率并不高，可吴有德思来想去还是决定搏一下。不能不搏，他的根基就在这座小城。在这样的地方，任何风吹草动都可以在瞬间传到每一个人的耳朵里。

在这样的地方，财富效应是无比强大的。人们会第一时间确定谁更能赚钱，毫不犹豫地把自己的钱争先恐后投过去。所以，这里只允许有一个能赚钱的财神——赢者通吃。

吴有德要想继续他之前的模式，继续掌控那一大群散户，开开心心地做金融蝗虫，就必须干掉昇财。否则，以昇财赚钱的效率，那些想赚钱都想疯了的散户有一个算一个，全都会投到昇财那边去。

他别无选择，还是决定鼓动散户们去买隆远光伏的股票。然后吴有德就把命运交给了小马背后的那位大老板，等待他雷霆霹雳般出手，让帅朗杠杆做空爆仓完蛋。

这些天他都着急上火便秘了，今天美女股神终于带来了好消息。

美女股神微微笑着："老板让会计师仔细算过了。图雅这几个月卖出去的新三板隆远光伏的股票，差不多有两千万股，这显然超过了那家企业的自身消化能力。正常情况下，图雅只拿到西南地区销售权，大概只有两百万股的销售份额。

"也就是说，帅朗等于是杠杆融券，多卖了九倍的股票，而这些股票是根本不存在的。因为新三板需要五百万的高门槛，散户购买之后，如果不想支付高额的垫资费去开通权限，就只能签署股票代持协议，将他们购买的股票挂在图雅的账上。这就给了帅朗钻空子的机会。"

吴有德不由咂舌："多卖了九倍的股票？这帮小兔崽子胆子可真够肥啊！这不等于空手套白狼，平白套回来了一亿八千万？而且这些钱可都是纯利啊！"他皱了皱眉，有些狐疑："不对啊！他们这么玩，不怕出事？"

"正常情况下不会出事，至少是暂时不会出事。"美女股神这段时间也是做足了功课，终于有些明白帅朗的玩法了，"图雅都是卖给散户，人数多，份额少。因为达不到五百万资金的门槛，只能和图雅签订股票代持协议。图雅等于隔断了上游卖方和下游买方的联系，到底卖出去多少，只有图雅自己知道，很难抓住他们的把柄。

“还可以这样玩？”吴有德惊呆了，感觉自己的智商似乎被人碾压了。

他千辛万苦，做足了好人，这才从村里扩展到县里，赢得了一群散户的信任，结果也就是做个蝗虫，捞点儿金融大佬吃剩的残羹剩饭。可是帅朗怎么就能堂而皇之，轻轻松松地捞几千万，还很安全的样子？

美女股神又给了他第二重打击：“这才是首先呢，还有其次。其次，图雅卖掉的这些股票，实际上就是隆远光伏的定向增发，合同上约定要持有一年才能买卖。图雅只要在一年以后按照市价买回来这些股票，就完全合理合法。换而言之，哪怕图雅老老实实，没有打算吞下这笔钱，至少也可以将这两个亿的资金白用一年，还不用付利息。”

“岂有此理！”吴有德忍不住羡慕嫉妒恨，愤怒地拍了一下桌子，“既然这样，老板还让我买隆远光伏，这不是赶着给他送钱去？”

美女股神不慌不忙：“我说了，那些都只是正常情况！”

吴有德感觉又有希望了：“那什么是不正常情况？”

“不正常情况就是……”美女股神刻意顿了顿，这才很是崇拜地道，“老板出手了！”

吴有德迫不及待：“说，赶紧说详细点儿！”

“老板已经把整个隆远光伏都收购下来了。”美女股神明亮的眼睛眨了眨，“所以隆远光伏很快会发出回售公告，以公司实际控股人更换，属于公司重大变动为由，允许股东们不用经历一周年的封闭期，可以提前以市价把股票卖给公司。”

吴有德眼睛一亮：“哦，对啊！咱们可以发动所有股东把手里的股票卖掉，这不就造成那个什么……挤兑？嗯，挤兑！”

虽然没有正儿八经学过金融，可这些年玩下来，没吃过猪肉也见过猪跑，他第一时间就心领神会。吴有德有些兴奋：“这段时间我可一直都盯着隆远光伏呢。最近这股票天天都有交易，天天都在上涨。我看看，哎哟，都涨到17块了。也就是说，咱们买了股票的，每个人都赚了70%？哈哈，帅朗那小兔崽子惨了！让你们加杠杆卖股票，现在可不仅仅要把赚到一亿八千万吐出来，还得倒贴出去一亿两三千万！”

美女股神不慌不忙道：“股价就是老板抬上来的。新三板嘛，这股价很容易抬的。到时候抬到20块、30块都不难，真要按照市价，他们赔四五个亿都有可能。”

“好好好！就该这样！”吴有德大喜过望，想到这几个月来的憋屈，他一字一句，咬牙切齿道，“就按老板说的办！我这就去把股民给鼓动起来，狠狠玩死这帮小兔崽子！”

第二十二章
反击

“完了，完了！”作为把诈骗当作一生事业来奋斗的江湖骗子，老道绝对是敏感的。

他在第一时间就看到了隆远光伏的公告，也在第一时间察觉到吴有德在股民中间的煽动，同样在第一时间把这两件事情联系到了一起，判断出图雅开发即将面对的危险。

于是，他及时找到了帅朗。

“没事！”老道心急火燎地汇报，帅朗却很是从容地给自己沏茶。最近一段时间，他忽然对茶道有了很大兴趣，只觉得在这烟雾缭绕中耐心沏一壶好茶，确实是一个锻炼心性的方法。

老道把事情说得无比严重，帅朗却是不慌不忙地品了一口，才云淡风轻地道：“你还记得吗？之前跟客户的股票代持协议里面，我让你务必加进去的第三章第八条。”

“第三章第八条？”老道愣了愣，翻开帅朗递给他的股票代持协议，很快查到帅朗所说的条款，“哎呀，对啊！按照协议，如果是买入股票以后一年内，发生意外情况需要提前出售的，代持方拥有一个月的延迟期，届时将会以被代持方提出要求日之后的第二十个交易日收盘价为基准，进行回售。”老道惊喜交加，“也就是说，我们有一个月的时间来跑路？”

帅朗的眼皮子忍不住跳了跳，和江湖老骗子的思维真是很难调到同一个频道去。

他无奈地叹了一口气："为什么要逃？现在主要的问题是股价太高，我们如果回购，就等于用远高于卖出的价格回收十倍的股票。换而言之，也就是我们杠杆做空，结果遇到了股价翻倍暴涨，所以才会有巨大亏损，甚至是因为资金不足而崩盘，对不对？”

老道挠了挠头。他不学无术，不太懂帅朗嘴里冒出来的这么多金融术语。一旁的田小可这段时间确实学到了不少货真价实的本领，很快明白了帅朗的意思，一边点头，一边好奇地道："差不多就是这样。阿朗哥哥，难道一个月以后就会不同吗？”

“完全不同！”帅朗微微一笑。

他起身来到电脑桌前，操作鼠标，将一个早就保存在电脑里的文档，通过 Email 发送了出去。田小可和老道不由面面相觑，不懂帅朗这是葫芦里卖什么药。

接下来的一个月里面，老道遵照帅朗的嘱咐，面对不断上门要求出售股票的股民，咬定了代持协议里面的那一个条款，坚持要等一个月才能回收。

时间一天天过去。隆远光伏的股价一天天，很慢却很坚定地上涨，没几天就涨过了20块，奔着25块而去。那些买了隆远光伏的股民越来越骚动起来。

一方面是股价确实涨了很多，固然有不少股民贪心，想要赚更多，但还是有很多人想要见好就收，毕竟入袋为安才踏实。

另一方面，吴有德能够做这么多年的蝗虫首领，也确实很有一套。他很早之前就建立了隆远光伏的微信群、QQ 群，让手下不遗余力宣传隆远光伏可以提前回售股票了。每天还有人不断跳出来蛊惑，说什么已经涨了很多了，最好卖掉，否则万一跌下去，可就要吐血了。

如此这般，越来越多的股民开始找上了图雅。甚至在吴有德煽风点火之下，已经有人围堵图雅，隐隐有闹出群体事件的架势。恰恰就在这个节骨眼上，一家很有影响力的财经杂志刊登了一篇很专业的评论。

这篇评论开篇就很客观地承认了光伏各方面的优势，可是随即，作者就谈论起了光伏行业隐藏的弊端。比如研发能力弱。比如国内配套的政策设施，都远远没有跟上。再比如，整个行业目前都受到各国政府的补贴，但正因为要拿补贴，所以必然会受到宏观经济的影响。

评论为此还举了实例：2008年发生国际金融危机，德国采取削减对光伏行业补贴政策的措施，美国则延期推出原本计划的光伏产业扶持政策，从而直接导致2008年光伏行业整体急剧下滑。

这么林林总总的长篇大论之后，图穷匕见，却是罗列了一大串数字，最终得出结论——受到贸易方面的国际压力，目前中国也很有可能取消对光伏行业的国家补贴，光伏企业短期内，很有可能会面临可怕的严冬。

这么专业的文章，一般股民根本不会去看，看了也多半看不懂。奈何这篇评论立刻就被很多杂志报刊，以及门户网站给引用了。一时间山雨欲来，就好像光伏行业真的已经到了岌岌可危的地步。

于是，所有涉及光伏行业的股票全都开始暴跌。

隆远光伏也不例外。相比主板的那些光伏企业，它更倒霉。因为这篇评论推出来后，舆论开始关注起了近年来很火爆的新三板市场。一开始还只是各方的讨论，渐渐地，风向却变了。越来越多的观点认为新三板市场目前制度很不完善，成交非常清淡，完全没有达到帮助中小企业的初衷。何况眼下主板市场刚刚经历了一轮恐怖的暴跌，六月中旬还高达五千多点，到了八月底已经只有两千八了，完全就是熊市的样子。

这样的情况下，新三板市场的所谓火爆显然很反常，也非常危险，分明是一种建立在海市蜃楼中的虚假火爆，需要警惕，甚至严控。

这样情形下，便是主力也不敢托盘。隆远光伏的股价很快就爆发出断崖式的下跌，从23块多开始一路下跌。等到第一批要求出售股票的股民，好不容易熬满一个月，股价已经只有8块多了。

这个时候回售，自然是要亏本的，亏了10%还多。股民自然不肯答应。图雅却依旧格外强硬地坚持，要严格按照合同来办事，如果有异议，欢迎通过法律渠道解决。局面顿时再度僵持了起来。

田小可欢喜得笑开了脸，一个劲儿追问帅朗，这是怎么做到的?

帅朗笑而不答，十足地保持了高人的形象。其实他当初选择新三板，乃至具体到选择隆远光伏这类股票的时候，就已经看到了这些企业隐藏的问题。

新三板中间确实存在极少数黑马，能够凤凰涅槃，一飞冲天。但是巨大的财富效应之下，更多的却是累累白骨。那些企业包装得表面光鲜，实际经营却已经千疮百孔。对于这样的实体，这样的股票，只要把握好舆论风向，让他们暴跌，其实并不是什么很难的事情。

帅朗是毕业于名牌大学的金融专业，同学好友可都是在金融圈子里混的，在媒体上发表一些夹带私货的文章，自然非常容易。在关注到隆远光伏的异动之后，他就开始着手准备了。

而吴有德那边的神秘资金收购了隆远光伏，公告允许提前回售股票，固然给帅朗带来了资金崩盘的威胁和压力，另一方面其实也给他们自己挖了一个坑。

毕竟，可不只有图雅一个公司在销售隆远光伏，图雅只是拿到了西南的总销售权，其他公司销售这些股票的时候，可不会设定一个月的拖延期。这就导致了好多股民开始抛售他们手里的股票，最终造成恐慌性的踩踏，让事情完全失去了控制。只可惜……

老道也意识到了："可惜，要是一年以后回购的时候，股价也跌这么惨就好了，我们可以多赚很多钱。"

帅朗自然也明白这个道理，不过他并不以为意："现在也不错。你看股价还在暴跌，肯定很多股民都沉不住气了。已经有人选择回售了，以现在的价格，每回售一股，我们都是净赚。至于那些头铁的，也不要紧。他们若是跟图雅打官司，胜败未知，拖延下去的时间成本，可都是他们自己来扛。"

"可总有些隐患吧？"老道舔了舔嘴唇，"那些股东不肯现在回售，他们把股票拿在手里，到时候暴涨了怎么办？图雅是杠杆做空，到时候多卖出去的股票，可是要翻倍承受损失的。"

这就是人心不足蛇吞象了，原本都打算跑路了，看到帅朗不动声色，愣是把这单生意做成了合法赚钱的买卖，他又担心起后面的问题了。

"那至少也要等一年以后。"帅朗笑了笑，"知道什么叫资本吗？资本就是流动的现金。如果把钱藏起来，存起来，那只是死钱，再多也没用。只有动起来的钱才是活钱。有一年的时间拿着这么大一笔活钱，这本身就是最大的收益。这一年的收益，足够我化解将来的危机了。"

说话间，他若有所思地敲了敲面前的桌子，现在，该对吴有德收网了。

第二十三章
怎么办

“人都叫来了？”吴有德脸色阴沉地看着不远处的昇财。

这几天，他又有了当初欠下赌债之后的恐惧。而且，这次更糟糕。上一次是他自己作死，乍富忘形，膨胀了，飘了，这一次，吴有德却感觉自己是被人用一张看不见摸不着的网给网住了。随着隆远光伏的股价从天上跌到了地板，那些跟着他买了隆远光伏的散户们越来越恐慌。

毕竟，一个月前隆远光伏可是涨到了二十多块，本金翻倍还不止。一个月后的今天，却跌破了十元的成本价，继而跌破了五块，简直就是腰斩啊！

这些散户哪受得了本金出现这么大的损失？越来越多的人开始找上了吴有德，开始还挺客气的，只是旁敲侧击，笑呵呵地探问一下。毕竟这几年吴有德带着他们赚了不少钱，前段时间的大熊市，吴老板最后也化险为夷了。大家伙还是认可吴有德的。

可随着隆远光伏的股价一天比一天跌得凶，这耐心，这认可，渐渐就消失了。

这些家伙本来就没有什么文化，更不懂得什么叫温文尔雅。话赶话，一旦起了头，就会脸红脖子粗，一边抡起拳头，一边骂出无数难以入耳的话来。

单单抡起拳头，吴有德倒也不怕。这两年为了对付那些高利贷的催债，他雇了好几个保镖的，根本不怕动武。被人骂就更加无所谓了，骂一骂还能少掉身上的肉不成？问题是这些人都跟他一个村出来的，都是沾亲搭故，真要撕破脸了，他吴有德可就成了孤家寡人，众叛亲离了。

而比这些亲戚更麻烦的，则是那些投了钱的公务员。

吴有德咬了咬牙，最终决定兵行险招，鼓动起那些散户去图雅闹事。

尽管这样做，无异于承认自己的失败，但是吴有德也没有办法啊。图雅从一开始就在条款里设定好了退路，现在他们坚持要在投资人申请之后一个月才能回购，并且是以一个月后的市价作为回购价格。这下子就把所有投资人都逼到了绝境。

如果同意，无异于让自己的投资腰斩。如果不同意，鬼知道这股票还会跌到哪里去。反正就现在的情况，每拖延一天，都在大幅损失，至于要从法律上否定这个条款，更是需要旷日持久的官司。

吴有德毫不怀疑，没等官司打出结果来，自己就会被愤怒的投资人撕成碎片。

现在唯一的转机，就是把这些投资者的怒火引向图雅。一方面多少缓解自己的压力，另一方面，则是一旦闹出群体性事件，就有很大可能出现转机。不管怎么说，群体性事件是最让官员们头疼的，他们第一反应肯定是动用行政力量介入，尽快平息。而在公司和一大群投资者之间，官员们选择谁，偏向谁，不言而喻。

只可惜，这个完美的计划刚刚开始就出了大问题。吴有德怎么也没有想到，图雅在县城的办事处，居然关门歇业。人全跑了！

大门口只留下一则公告，内容很简单，同意回购，但必须按照合同的条约来办。同时留下他们在省会的总部地址，对公司决定不满者，建议走法律途径解决。

吴有德的心彻底凉凉!

省会不同于小地方。吴有德很确定，自己如果真的带人去省会闹事，恐怕连图雅公司的影子都没看到，就会被人拦下来。在图雅占据了法律优势，又龟缩去省会的情况下，吴有德已经不可能针对图雅搞事情了。

意识到这一点之后，吴有德又把这些投资者引向了昇财。不管怎么说，是昇财在散户中间引发了巨大财富效应，大家才会去买隆远光伏对吧?

这会儿的吴有德哪怕要死，也准备把帅朗拉下水。然而，当他煽动起那些散户涌向昇财的时候，一群警察犹如神兵天降，及时地出现在了昇财门口，把闹事的人群挡在门外。

吴有德的拳头悄然握紧。他看得分明，带头的是辖区派出所的所长。

这个所长曾经投过二十万在吴有德这里，如今他却来保护昇财，也就是说……吴有德忍不住打了一个寒战，自己曾经引以为豪的人脉、关系，现在都已经改变了立场，成为置自己于死地的力量。

第二十四章
绝望

“你们干什么？”昇财的方向传来了一声怒喝。田小可拿着一个高音喇叭，毫无畏惧地站在昇财门口的一张桌子上，居高临下，气势十足。

面对群情汹涌，田小可一点儿都不怵，厉声斥责：“下套？什么叫下套？别以为老子不知道，你们这伙人是怎么集结起来的？是缺德吴叫你们来的吧？

“当初确实是我们昇财先买了隆远光伏，可现在，隆远光伏跌了，我们昇财也是受害者啊！当初是谁让你们买隆源光伏的？现在出了事负不起责，却要把脏水泼到我们昇财来？

“一个个脑壳子搞搞清楚！莫要被人卖了，还替人数钱！你们现在是什么性质？聚众闹事，敲诈勒索，这是要坐牢的！

“好了，都不要闹了，安静下来听我说。帅总说，虽然你们是抄昇财的作业买隆远光伏，但归根到底是信任昇财，帅总仁义，不忍心你们遭受这么惨重的损失，现在当众宣布，如果图雅坚持自申请日起一个月后才能交易，我们昇财愿意以市价上浮10%的价格，回购大家手里的股票。”

远处的吴有德听到这话，差点儿没有把一口老血吐出来。

不错，正如田小可所指责的那样，确实是他煽动股民来闹事。问题是，昇财和图雅就没有勾结了？目前隆远光伏股已经跌到五元左右，昇财所谓仁义，以现价收购隆远光伏的股份，分明就是乘着股民恐慌，趁机低价买回来。买回来的每一股，都是收购韭菜的暴利啊！明明就是又当婊子又立牌坊！真当大家都是傻子吗？

吴有德真是气不打一处来，然而那些来闹事的散户居然还真吃这一套。一听说听说昇财愿意出比图雅更高的价钱回购他，他们顿时就好像溺水的人抓住了一根救命稻草。

这当口，他们根本不管股价已经腰斩的情况下，上浮10%能有多少钱，满脑子想的都是尽可能减少损失。原本找昇财闹事的心思早抛到了九霄云外去了，所有人都开始哀求，讨价还价，哀求昇财再提高一点儿回购的价格。

大势已去！吴有德的脸色灰白到了没有一丝血色，他自己都不知道是怎么跌跌撞撞返回住处的。那些所谓亲信也意识到吴有德的窘境，全都没了影踪，美女股神也早在两天前就急匆匆走人了。

至于小马……小马倒还是很仗义，但是很明确告知他，现在大老板正在谋划一个大行动，腾不出手支援他了，要求他干脆认输止损。实在不行，可以带家人逃离这座小城。小马保证，只要吴有德过来投奔他，公司副总裁一职虚位以待。

吴有德挂断手机，心底里一片冰凉。他相信小马肯定会履行这个诺言。

可现实是残酷的。他就是一个奔五十的老男人，没有什么文化，没有什么技能，以往唯一的凭仗就是那些把他当作财神，狂热追随他的散户。有了这些散户，他就可以成为二级市场的金融蝗虫，成为帮助大佬们收割韭菜的得力干将。如果没有了这些散户，他就什么都不是了。

一个什么都不是的人，凭啥还能高薪厚禄？真以为自己是小马的爹啊！

吴有德忽然有些理解西楚霸王项羽为什么要自刎乌江，曾经站在巅峰领略过了高处的风光，真是很难忍受被打回底层的痛苦。已经经历过一次了，他不想再经历第二次。

吴有德的眼中渐渐闪过了一丝狠厉，他开始拨号，拨的正是帅朗的手机号码。

第二十五章
蹊跷

马福明，男，三十二岁。本科毕业。现为腾龙私募基金首席执行官。

手机“叮咚”一声声响，帅朗看到了一份邮件，里面是一份关于马福明的详细调查资料，也就是吴有德所说的小马。

这算是他昨天和吴有德通话之后的成果，吴有德把小马交了出来。作为代价，帅朗同意无论隆远光伏未来一年的股价如何涨跌，昇财都将在一年后，以十元，也就是投资者购入隆远光伏的成本价，回购他们手中的股票。

如此一来，吴有德算是彻底化解了他现在的危机。散户们手中的隆远光伏股票，不再是每天都在暴跌的烫手山芋，而是一份保证本金，上不封顶的看涨期权。这样的让步不可谓不大，条件也不可谓不优渥，自然就不会再有散户去找吴有德的麻烦。吴有德依旧是能带着散户发财的财神爷。隆远光伏未来涨跌的压力，一下子全都压在了帅朗身上。

这让田小可耿耿于怀，忧心忡忡。

哪怕这会儿交易谈成了，小姑娘还是死死抓着头发，满脸抓狂："啊啊啊……为什么？为什么啊！阿郎你真是疯了！疯了！疯了！怎么可以答应缺德吴这样的条件？知道不知道打蛇不死反被咬？你明明就已经举起屠刀了，居然放了他一条生路？而且还答应这样的条件。你你……你就不怕到时候隆远光伏的股价，又像一个月前那么大涨？那咱们哪有钱来回购啊！你是十倍杠杆卖出去的啊！"

"是啊，十倍杠杆！"帅朗不以为然地耸了耸肩，笑道，"这不是很好吗？我们得到了十倍的资金，还安抚了那些散户。这意味着什么？意味着我们可以无偿使用这十倍资金足足一年啊！不然的话，那些输钱的散户你认为真的会偃旗息鼓？如果闹出什么事情，你以为我们真的可以高枕无忧？"

田小可愣了一愣，眨了眨眼睛，依旧还是有些郁闷："可可……可是一年后……"

"这么多钱无偿使用一年，我还不能化解危机的话，也该卷起铺盖滚蛋，哪还有资格玩金融的游戏？"帅朗抬头看着远方，目光投出了强烈的自信。

田小可有些看呆了，就这么痴痴地看着帅朗，完全忘了要说什么。

帅朗继续说道："你不觉得这就是交易的本质吗？"

田小可不明所以："交易的本质？"

"是啊，交易的本质。你看，市场上价格永远在波动。之所以成交，不就是卖家觉得价格贵了，买家觉得价格便宜了，然后一个买，一个卖。彼此擦肩而过，都流露出满意的笑容，却在心底里暗骂了对方一声傻瓜。"帅朗一边低头看着手机，一边笑道，"具体到吴有德和我们的这笔协议，其实大家也是各取所需。吴有德化解了他的危机，我们呢……嗯，这么说吧，我虽然做了让步，看上去吃了很大的亏，其实也就是把原来看跌的认沽，变成了看不大涨也不大跌的卖购。只要能让隆远光伏在一年之内不出现超乎常理的疯涨，我们还是能将这份卖购的利润通吃，或者吃掉一大部分。至少也能用这一年赚到的钱抗住可能的损失。所以我不觉得亏啊。毕竟作为交换，我也得到了我想要的东西！”

说着，他盯着手机的目光微微收缩了一下，眼前的这份调查资料就是他想要的收获，就是吴有德交代给他的线索。

帅朗也没有想到，吴有德居然不知道他背后的大老板是谁。按照吴有德的说法，小马虽然和他称兄道弟，但是显然把他和大老板之间的这份人脉资源看得很重，始终都没有在吴有德面前透露出分毫来。不过，知道了小马也够了。帅朗相信自己一定能顺藤摸瓜，挖出更多真相。

为此他特意重金请了商务咨询公司来调查马福明，严格来说，马福明并非是吴有德的同乡，而是来自相邻的另一个县城。

马福明的人生经历，在明面上堪称是草根逆袭的传奇。

他出生在贫困的农村，但是自幼就非常聪明，学习成绩十分优秀。教过他的好几位老师都不忍心这样一个天才因为贫困而辍学，几次三番劝说他的父母，甚至自掏腰包资助，这才打消了他父母让他辍学的打算。

他本人也很懂事，学习之余，挤出时间打工，赚钱贴补家用，这才有机会和吴有德认识。

更神奇的是，他哪怕打工也没有影响到学习，成绩一直名列前茅，还考了县城的高考状元。进入985名校之后，依旧在各方面都表现得非常好。

毕业后一踏入社会，就在知名的金融机构镀金，锻炼了几年后辞职出来，就加入了一家私募基金，很快就因为表现出众，晋升为一个明星基金的基金经理。

单单从这些信息看，马福明完全就是一个金融才俊，走的路堂堂正正，顺顺当当，谁都不会想到，他居然只是台面上的牵线傀儡。好在帅朗确定他是某个神秘大佬扶持的牵线傀儡之后，再进行倒推，终于找到了其中的蛛丝马迹——马福明入职的这家私募基金，很多年前曾经有过一次股东变更。

转让了股份的那个大股东，名字既熟悉又陌生：熊有财。

熊有财……熊法师！这个名字帅朗很熟悉。熊法师是和父亲郎杰、蛇猎人齐名的顶级交易员，甚至从某些方面而言，熊法师资历更深，经验更丰富，算是父亲的引路人。

但这个名字帅朗也很陌生。因为帅朗迄今为止还从未见过熊有财，更没有和熊有财发生过任何瓜葛。在海鸥资产辉煌崛起又迅速衰落的过程里，帅朗一点儿都没有发现熊法师曾经参与其中的痕迹。

相比起受益最大的齐军、齐华兄弟，相比起高迈、叶阑珊这些董事高管，相比起后来同样出手收购长林的蛇猎人，熊法师一点儿都不起眼，更像是一个已经退隐，远离了金融，远离了是非的长者。

如果不是发现了吴有德和马福明这条线索，帅朗即便看到熊有财曾经是马福明那个基金公司的大股东，恐怕也不会太过在意。毕竟那次股东转让发生在很久之前，那时候马福明根本没有进基金公司。从时间上推算，他那会儿还在读书呢。可是现在，这么多因素叠加在一起，终于引起了帅朗的警觉。

这可是一个丝毫不逊色于狼战士和蛇猎人的存在啊！无论是财力还是交易的能力，都有足够的资本参与海鸥资产收购长林集团的盛宴中来。难道，当初导致海鸥资产收购长林集团失败，导致父亲被迫跳楼的幕后元凶，就是熊有财熊法师？

当年郎杰和蛇猎人、熊法师堪称良师益友，他们一起联手在交易员圈子里创造出了赫赫神话。如果熊法师真的是幕后元凶，究竟是什么导致他们反目成仇的?

感觉就好像是在某一个时间点，亲密无间的三人就各奔东西了。其中的缘由，当事人至今讳莫如深。父亲的日记里面从来没有提过一句，而蛇猎人当初絮絮叨叨诉说了很多往事，唯独对他们当初为何分道扬镳，始终都没有说起。

这里面一定有大文章。

帅朗非常强烈地直觉到，自己渐渐触及到了父亲六七年前被暗算的真相。所以，这个熊有财一定要查!

“咦?”就在帅朗心念电转之际，田小可不知道什么时候把脑袋凑了过来，一点都儿不把自己当外人，瞄了一眼帅朗的手机。

这一看，她立刻惊讶地叫了起来:“这不是熊老板吗?”

“你……认识他?”帅朗呆了一呆，脑子有些没有转过来。在他印象里，田小可就是一个乡下妹子。她居然会认识熊有财这样的金融大佬?而且看田小可的神情，听她的语气，还非常熟络的样子。

第二十六章
调查

“认识！认识欸！”田小可好像小鸡啄米一样点头。

女袍哥难得看到帅朗也会惊讶，不由有些得意，她本就藏不住事情，叽叽喳喳地说了起来：“这熊老板啊，咱们这地块儿你去打听打听，好多人都知道他！他可厉害了，赚了好多钱。嗯，不但自己赚了好多钱，还带着好多人发了财……”

田小可的叙述有些乱，好一会儿帅朗才厘清，原来熊有财的老家居然就在邻近的另一个县。两个县紧贴在一起，据说历史上都归属于一个大土司统辖，后来改土归流，这才划分成了两个不同的行政区域。不过这并不影响民间的往来流动，这边好多人都是从那边嫁过来的，那边好多媳妇都是从这里娶过去的。

你来我往之下，两地的消息自然流传得很快。哪怕是田小可这样的小丫头片子，都知道十几年前那边出了一个了不得的大老板。这大老板就是熊有财。

她小时候被父母带去吃酒宴，还在亲戚的婚礼上见过熊有财本人。听说熊有财原本和这里许多人一样，因为太穷，就跑去大城市打工当厨子，不知道怎么的，就炒股发财了。

出去打工，本来就是一个厨子，炒股发财……听到这些话，帅朗肯定这个熊有财就是熊法师，而非凑巧同名同姓。

田小可继续说道："打工的人多了，可惜大多数人到头来还是苦哈哈，能够攒点儿钱回家翻修一下房子，就算是了不得的能人了。这位熊老板不但赚了大钱，还有了自己的公司——"

帅朗打断了田小可的话："公司的名字……熊氏投资咨询公司？"

就在田小可叽里咕噜说话的同时，帅朗没有闲着，他登录了天眼，然而在天眼上输入熊有财三个字，居然找到了一堆公司。不过基本都显示已经注销，又或者已经变更了所有人，其中注册时间最早的就是这家投资咨询公司了。看名字就知道成立于差不多二十年前，后来要注册带有投资咨询这类名称的公司可就没那么容易了。

注册资金只有十万，而且还不是实缴，就是一个地道的皮包公司。法人代表：熊有财。股东：郎杰、佘道林……

帅朗忽然想起来，五年前蛇猎人跟他说的话："你父亲离婚的时候确实很狼狈，好像无家可归的流浪狗，就被老熊招揽去了。当时，老熊给郎杰开了十万的年薪。在当时绝对算是高薪了。那会儿国企两千万资金的操盘手，一个月的基本工资才八百呢。你父亲拿了这样的高薪，就成了老熊手下的打工仔，负责帮老熊拉客户，拉来客户又负责操盘。"

这全都对上了！父亲和母亲离婚之后，应该去投奔了熊有财。

帅朗联系了商业调查公司，很快得到反馈，这家已经注销了十多年的公司，当初的主要业务和帅朗之前做的一样，代客理财。

熊氏投资咨询公司当年是在东南沿海城市经营发展，等赚到钱以后，熊有财衣锦还乡，砸了一大笔钱给村子修了路，也给村里的乡亲很多钱，让他们盖了楼房，甚至还赞助村委会，在村里建了一个休闲广场，添置了很多休闲娱乐的设施。他也提携了不少乡亲一起去城里发展，他早年注册了那么多公司，铺了那么大的摊子，很大程度上就是资助这些人发家致富。

但诡异的是，所有一切都在十一二年前的某个时间点上，戛然而止。

郎杰和蛇猎人就在那个时间点上离开了蒸蒸日上的熊氏投资咨询公司，一个通过海鸥论坛最终发展出了海鸥资产这般庞然大物，一个则创立了赤虺投资。至于熊氏投资咨询公司，却在这个时候注销了。

熊有财不但注销了熊氏投资咨询公司，还将他之前创立的许多公司同样注销。除此之外，他还转让了他名下许多公司的股权，其中就包括了马福明就职的那家私募基金。

眼见帅朗对熊老板这么感兴趣，田小可拿起电话联络了一些熟悉的亲朋好友，打听起熊老板的消息。不过很快，她便神色古怪地看着帅朗："好奇怪，现在居然没有人知道熊老板的下落了。"

帅朗皱眉："怎么说？"

"熊家在村里本来就是小姓，人丁非常单薄，家里除了父母就只有一个兄弟。在他的父母和兄弟都相继病故以后，熊有财就渐渐不再回乡了。而且不知道什么缘故，他也不再过问那些公司的经营，也不再联系，相当于把公司送给了那些乡亲。现在村里年轻一代，很多人都不知道自己家乡居然还出过这么一个传奇的大老板。老一辈偶尔会私下猜测，有说熊有财在犯事了，有说熊有财出国了，甚至有猜测熊有财死了。众说纷纭，但是一点儿靠谱的都没有。"

田小可也忍不住替帅朗犯愁："哎呀，怎么办？这个家伙很重要吗？好像没啥办法找到他啊！"

"没事。"帅朗依旧淡定从容道，"不管怎样，咱们还是查出了很多信息，现在嘛……"帅朗屈指弹了一下桌面，沉吟，"我们还可以从两个方面入手。”

田小可精神一振：“哪两个方面？”

帅朗竖起一根手指：“首先，熊有财之前转让股权的那些公司很多都还在经营，我继续委托商务调查公司，调查一下它们近年来的商业活动，熊有财可以把马福明推荐过去，那么有些公司肯定和他藕断丝连，甚至是在他暗中掌控之下。”

田小可有些失望地“哦”了一声。帅朗说得很有道理，可这事情她帮不上忙啊。田小可不甘地问道：“另一方面呢？”

“另一方面自然是调查当年的熊氏投资咨询公司究竟有什么投资，有什么经营。”帅朗皱着眉头，“这个也是目前比较容易查到的东西，希望能够带来有用的线索……”

帅朗的话还没有说完，田小可眉开眼笑地拍着胸脯道：“这个不用查！”

“不用查？”帅朗疑惑地看了田小可一眼。

田小可自信：“真不用查，我知道。嗯，确切地说，咱们这块地儿，但凡知道熊老板的人都知道，那会儿可真是一件大事——熊老板收购了县里最红火的明星企业，沙县机械铸造厂。”

第二十七章
人命

黄昏。黑色的汽车悄无声息地停在了一家破败的工厂门口。

门口的牌匾剥落了漆皮，歪歪斜斜。围栏里面的厂区到处可见半人高的杂草。厂房也已经破败，里面空空荡荡，没有了机器，没有了铸造用的生铁，更没有了工人。明显不知道停工了多少年。

坐在副驾驶位上的田小可啧啧了几声，感慨道："这里还是老样子啊！小时候我们常来这里躲猫猫，想不到这么久了还一点儿没有变。"

田大力负责开车，用力点头附和："没……没变！"

帅朗倒是很理解："这里毕竟是内陆，又是三四线城市，房产开发的力度和沿海比起来弱了很多。看上去这家机械铸造厂当年规模应该很大啊！"

"是啊，可大了！"田小可立刻叽叽喳喳回应，"听说当年全县的财政收入，一大半来自这家工厂。尤其是机关干部，还有学校教师逢年过节的福利，很多都是这家工厂赞助的。好多人家的孩子都是挤破脑袋想进去，如果被工厂招收了，啧啧，肯定要放鞭炮，请客吃饭，闹腾得好像考进了大学。"

帅朗有些疑惑："那怎么会成了现在这样？"

田大力吃力地道："改……改制……"

田小可看自家哥哥词不达意，只好补充解释道："那会儿流行什么国退民进。本来是集体所有制的工厂，公开招标让私人承包经营权，后来呢，又允许私人拿下工厂。熊氏投资咨询公司就来了。不过，他们又不肯全资把工厂买下，只收购了30%的股份。另外49%的股份由县里啊，镇上啊，还有工厂的老职工持有。本来是觉得这样可以保障老职工的利益，也能让县里对工厂继续有发言权，对民营资本也是一个有效的监督……"

说话间，田小可拍了拍脑袋，忽然想起了什么，打开自己的包包，一阵乱翻，终于找出了一张照片递给了帅朗："差点儿忘记了。这是我托朋友从县文史办找到的。"

帅朗接过来随意看了一眼，立刻心头一震。田小可递过来的是一张发黄了的，明显有些年头的照片。照片的背景正是这家沙县机械铸造厂的工厂门口。

当时照片上的沙县机械铸造厂，可没有眼前这么残破。照片上的工厂大门很是光鲜，横匾看上去也是崭新的，四周张灯结彩。隐约可见有人在敲锣打鼓，似乎在兴高采烈地庆祝什么。而照片的主角不是别人，正是郎杰。

年轻的朗杰穿了一身笔挺的西装，拿了一把剪刀，似乎正在主持一个剪彩仪式，在两个干部模样的中年人陪同下，神采奕奕地站在照片的C位。

田小可幽幽地叹了一口气："那会儿大家都很高兴，都觉得改制也不错。私营企业确实比国营企业更灵活，也更懂得经营，懂得革新，没有了空降下来的外行领导，工厂肯定能够有更好的发展。

"可是谁也没有想到，没多久县里和资方就产生了矛盾。具体什么情况就不太清楚了，传言很多，有人说是入资方不肯承担退休职工的包袱，也有人说县里换届以后，新的领导不满意原来的出让条件，想要得到更多利益。还有人说是原来的厂方领导层起了心思争权夺利。更有人说，是熊氏投资咨询公司从一开始就打着坏主意。

“反正啊，人事斗争就这么爆发了，还越来越激烈。县里和原来的厂方领导达成了协议，准备把工厂收回来。只不过那位熊老板可不是善茬，他先下手为强，神不知鬼不觉，在另一个城市建了一座一模一样的工厂，然后把沙县机械有用的设备，一点点儿贱卖给了那家工厂。还挖走了厂里有技术的工人，有能力的中层干部。那家工厂因此生产出来了一模一样的产品，迅速占据了整个市场。

“结果等到县里花了好大精力，自以为得计地夺回沙县机械，却发现整个工厂早就已经是一个空壳了。不，不仅是空壳，而且还背负了一屁股债，财务上也是剪不断理还乱的烂账。一年！仅仅一年工夫，这么好的沙县机械就彻底垮了！”

克隆！这是企业克隆！

在田小可的絮叨中，帅朗的目光微微闪了一下。以他的专业能力，自然在第一时间就看清楚了熊氏投资咨询公司在这场资本游戏中施展的手段。

说实在，这样的手段并不高明。企业克隆，通过复制类似的企业来搬空目标企业，在资本吞并和资产转移中，只能算是很简单很原始的一种方法。然而在那个市场经济刚刚蹒跚起步的蛮荒年代，对付那些贪婪而无能的官僚却已经绰绰有余。

——不得不说，人往往会情感决定对错。既然父亲参与其中，身为人子，帅朗下意识地想要美化这次资本收割，美化自己父亲过往的作为。

他完全没有理会田小可义愤填膺地讲述工厂倒闭后，那些工人是如何凄惨。他也没有思考那些资本碾压下的小人物，为何会这么倒霉。他甚至觉得这只是时代的悲剧，不能怪父亲，怪只怪时代的转型下，每一粒灰尘都是如此沉重。

可是接下来陆续反馈回来的信息却让他无法淡定了。因为出了人命！

起因是熊有财的儿子。大名鼎鼎的熊老板当时已经五十出头了，自然早就结婚生子，只是这位熊公子却是一个悲剧的角色。

他曾经是那个时代农村里最为常见的留守儿童，父亲只身在城市里打拼赚钱，母亲守不住贫穷和寂寞跟人跑了，自己跟着年迈的祖父母生活在偏僻的乡村，自然不可能接受良好的教育。

如果没意外的话，他这辈子就是一个面朝黄土背朝天的农民，又或者等到十六七岁的年纪，他就会和父亲、和村里的许多年轻人一样辍学离乡，进入大城市做一个农民工二代。

哪想到，就在他十四五岁的时候，父亲居然发大财了。

父亲意气飞扬地衣锦还乡，起楼房，宴宾客，修桥铺路，折腾了一通之后，便带着在乡间长大的儿子去了繁华的大都市。为了弥补这些年的遗憾，熊法师只管给儿子砸钱，衣食住行，几十万上百万地扔出来，还不惜支付大笔赞助，把儿子安排到最好的私立学校去读书。

所有可以用钱解决的问题，熊老板眼睛都不眨，全都用钱帮儿子解决了。然而越是如此，年轻人越是感到绝望。他缺失的那些教育已经很难弥补了，他没有扎实的知识基础，更没有学霸们的学习能力，却被父亲用金钱堆进了顶尖的学校，推进了那些精英学霸中。

熊法师自己就没有怎么读过书，理解不了和身边同龄人差距巨大的感受，那当真极其可怕，可怕到了许多在中考、高考中脱颖而出，杀入重点高中、名牌大学的神童学霸，都因为落差太大而颓丧、堕落。

一个过去十几年都只是在乡村破楼的教室里，被民办教师教育出来的少年，骤然面对这样的环境是多么无助。在发现自己和同学们的差距根本不是勤奋可以弥补之后，他丧失了自信，丧失了朝气和进取。

熊法师的巨额财富让他顺利获得了名校学历，成为父亲名下投资公司的高管，娶了年轻漂亮的妻子，直接跳到很多人奋斗一辈子都无法企及的终点，但却始终都是扶不起来的刘阿斗。

熊公子渐渐在一群狐朋狗友的撺掇下，开始了花天酒地醉生梦死的日子。他的身边从来不缺女人，三天两头，就好像换衣服一样更换身边的女人。结果夜路走多了，终于撞到了鬼。

他刚刚上手的一个女人是有夫之妇，丈夫恰恰是沙县机械的工人。他就是因为沙县机械铸造厂衰败，失去了工作，经济陷入了窘境，家庭才产生了裂痕，老婆也因此下海，成了那所谓的失足妇女。

男人知道自己的女人居然被熊大公子勾搭上，心中怒火万丈。新仇旧恨之下，男人拿了刀在夜里杀过去，先杀了自己的老婆，又杀了熊大公子，最后自己跳楼自杀。

三条人命就这样没了。

第二十八章 新发现

“仙人板板，想不到还有这样的事情！”田小可万万没有想到，原本只是调查熊氏投资咨询公司，最后居然探听到这么劲爆的刑案。

帅朗狐疑地瞥了她一眼：“你这土生土长的地头蛇也不知道？”

“听说过啊！”田小可委屈，“我当然听说过。那会儿还在读书呢，有这边的亲戚大老远跑我们家讲这件事。不过也就是说，老公发现自己的老婆被一个富家子弟勾搭了，就热血上头，杀了奸夫淫妇。当时，老子还拍手叫好，赞这个老公有血性，是个男子汉。就是不知道被杀的竟然是熊老板的儿子。”

“这是涉及三个人死亡的血腥命案，很多地方官员对于这种事情都想遮掩下来，以免影响到当地的投资环境，影响到经济的发展。何况牵涉到熊老板，就或多或少牵扯到企业改制的问题，自然更加不容曝光了。”帅朗叹了一口气。

为了调查熊氏投资咨询公司这笔资产收购，他已经在这里待了五六天了。虽然还有许多疑问，但这件事已经过了这么多年，又牵扯到地方上这么多利害关系，一时间很难再有进展，只能打道回府了。

倒是田小可依旧兴致勃勃，意犹未尽地道：“哼哼，不是都说什么无风不起浪吗？我就觉得是那个总经理郎杰在暗地里捣鬼……”

“不要胡说！”帅朗皱眉。

田小可说的是当地流传的一个说法，说是熊大公子被杀之前，郎杰就已经和熊有财在公司的经营上产生了矛盾。否则怎么就那么凑巧？熊大公子勾搭上一个女人，这女人的老公还恰好是沙县机械的失业员工，这一系列悲剧其实是郎杰在推波助澜，暗中策划。

帅朗自然不相信这样的流言。他心目中的父亲，那是驾着七彩祥云征战四方的英雄，怎么可能做这样卑劣的事情？何况，他真要这么做了，在出了三条人命之后，还不得立马被警察给抓了？哪有可能安然无恙？

相对而言，他倒是更相信另外一个传说。传说，在命案发生之后，郎杰本着做人的良心，举报了熊有财资产吞并的内幕，以免更多的工厂被弄垮，更多的家庭出现悲剧。因为郎杰的举报，熊氏投资咨询公司方才会被迫注销，交易员圈子里面大名鼎鼎的熊法师、狼战士、蛇猎人因此分道扬镳。

对，一定是这样！帅朗忍不住悄悄紧握了拳头，这才是他心目中的父亲。而这也可以合理地解释，为什么熊法师会通过小马的基金、通过吴有德，在海鸥资产收购长林集团的关键时刻，悄悄布局对付海鸥资产。

现在唯一还无法确定的，就是蛇猎人佘道林在这场恩怨里面，扮演了怎样的角色？

到底是如他自己所说，只是为了逐利，还是当年也同样结下了深深的仇怨？他和熊法师又是什么关系？帅朗忍不住拿出笔，在随身携带的笔记本上，写下了熊有财、佘道林、郎杰三个人的名字。

三人各占一方，形成了一个等边三角形。

对于熊氏投资咨询公司的调查，一时间无法查到更多的信息，也就止步于此了。帅朗只能打道回府。

回到昇财，帅朗听到自己的手机响起，打开一看，露出一丝兴奋。

田小可多机灵，立马探问："有好消息？"

"嗯……一个意想不到的发现！"帅朗三步并作两步进了办公室，打开了桌子上的电脑接收了一封邮件，里面是他重金聘请的商务咨询公司发过来的调查报告。

按照帅朗的委托，这家商务咨询公司很尽职地调查了所有熊有财创立或者持有股份，后来又转让的公司，结果竟然有十二家公司曾经持有过海鸥资产的股份。

最早一次购入海鸥资产股份的时间，竟然是在海鸥资产上市伊始。虽然海鸥资产那几年近乎神话一般飞速发展壮大，收益水涨船高，但是金额并不大，而且海鸥资产连续几次并购、分红和定增，股份不断被稀释，这些投资单独列出来看，就是一笔很平常的证券投资。

后来海鸥资产要约收购长林集团前后，他们又有几次购入，金额也同样不大，而且也不是持续不断地增持，不显山不露水，不见半点儿异常。

也就是如今因为熊有财的缘故，帅朗将这些公司都调查出来，并且将这些公司购入海鸥资产股份的时间，海鸥资产要约收购长林的时间，以及在这收购中的K线图变化，进行了十分仔细的对照，这才终于暴露了出来。

最让帅朗吃惊的是，一直到最近，这些公司依旧还在陆陆续续地买入卖出海鸥资产的股份。太不合常理了！

如果说在海鸥资产快速成长阶段买入，可以解释为看好它的前景，享受海鸥资产成长的红利；在海鸥资产收购长林集团前后买入，或许是为了趁火打劫，甚至是对郎杰早有预谋的暗算。那么在父亲跳楼、海鸥资产破败之后，再购买海鸥资产的股份是什么鬼？

要知道，海鸥资产这几年负面消息不断，又是断了资金链，又是公司高层内讧，大股东也作了鸟兽散。更糟糕的是，海鸥资产早就因为连续两个会计年度净利润负值，在二级市场上更名为ST海鸥。公司也陷入了极其复杂的债务纠纷中，一直官司缠身，几乎所有资产都被法院冻结，退市、破产的传闻隔三岔五就会传出来。正常情况下，显然不会有人把这样一家公司，这样一个股票，当作投资标的。除非别有所图！

帅朗心中一动，迅速打开了电脑上的交易软件。此刻正是交易时间。

过去帅朗也曾经浏览过海鸥资产的股票界面，不过他并没有关注股价在二级市场上的表现，因为它确实没有什么好看的。已经更名为ST海鸥的公司股价，从巅峰时期的一百多元，如同瀑布般狂泻而下，直到三十多元才稍微有了一次像样的反弹。可惜，这轮反弹也仅仅是从三十多元，反弹到了五十多元，然后继续一字板连续跌停，一口气跌破了十元，跌到了个位数。

伴随着几次软弱无力的反抽，最终竟然跌到了一块多，在1.1元附近上下徘徊。一徘徊就是整整五六年。

由于戴上了“ST”的帽子，按照相关规定，每天只有5%涨跌停板，每个账户每天最多只能购买五十万股。所以，这些年来它的价格波动非常小，基本上每个月的振幅都没有超过1%。成交量同样萎靡，换手率只有百分之零点几，犹如一潭死水。

也就是今日，商务咨询公司发来的消息让帅朗重视起来，认真留意起海鸥资产——确切地说是ST海鸥——在二级市场的表现。结果这一看，他不由挑了挑眉头，惊咦了一声。

“怎么了？怎么了？”田小可一直像跟屁虫一样跟在帅朗身边

的，虽然完全搞不清状况，却并不妨碍她情绪激动。

“成交量……成交量有些不对头……”帅朗轻轻自言自语。与其说是在回答田小可，不如说是在肯定自己的判断。他双手噼里啪啦地敲打键盘，迅速打开了自己的资金账号，输入了交易密码，一百手买单，以买方第一档的价格挂了上去。

结果，没有成交。

第二十九章 大有文章

“嘀嗒、嘀嗒——”墙壁上挂钟的秒针，转了足足五圈，ST海鸥的股票界面上始终没有一手股票成交。

帅朗挂单之前，买方第一档的价格是1.10元，挂了20手。随着帅朗扔出这10手买单，买方第一档的挂单变成了30手。然后30手跳到了50手，又迅速变成了40手、20手、10手。

跳到10手，也就是只剩下帅朗挂的这10手，随即却重新增加到了20手。又从20手瞬息数变为：30手、15手、12手……如此这般，忽多，忽少。

而上面卖方第一档，当帅朗投入买单的时候，是在1.11元这个价位上，有5手。等到帅朗投入买单，下面买方一档变成30手的时候，卖方一档也随之增加到了50手。然而眨眼间的工夫，这50手卖单很突兀地就被撤走了。卖方第一档的价位，顿时变成了1.12元。

在1.12元这个价位上，也和买方第一档一样，几次变化了数字。挂着的手数，多的时候甚至到了120手，少的时候只有一两手。间或还有几次第一档的价格，下落到了1.11元。

不过在这1.11元的价位上，并没有驻留太久。简直就好像是存心逗人玩一般，每次都是瞬间跳到1.11元，可连鼠标挪动的时间都不给，又迅速撤走了1.11上的卖单，价格直接跳到1.12。甚至还有一次，连1.12元价格上的卖单也都撤走了，跳到了1.13元。

诡异的是，无论这买方第一档和卖方第一档如何活跃变动，始终都没有人在1.11元卖出股票，也没有人按捺不住买入1.11，或者1.12，甚至是1.13元的股票。

整整五分钟，没有成交一手。

确切地说，不止这五分钟，ST海鸥从早上九点十五分开始集合竞价到现在，只有寥寥三五次成交。以至于1分钟K线图，就变成非常难看，忽上忽下乱窜，毫无连续性的线段。分时图，更是每次变化一个价位，就必然是一段很长很长的横线。

便是田小可也觉察出不对头来，皱眉道，“这……这还让不让人买股票了？”

“看上去，还真是不想让人交易啊！”帅朗冷冷一笑。

他拨动键盘，索性撤走了刚才那10手买单。结果这10手买单一撤走，买方的挂单价格迅速就回落。就好像卖方刚反应过来，刚才真的有投资者真心诚意想要买入股票。于是，后知后觉地紧紧追随下去。奈何买方在帅朗撤单以后，恍若受到了惊吓的老鼠，开始一路往下，从1.11元一下子跌掉了三个价位，来到了1.08元。

自始至终，卖方总是慢了半拍。一直到1.08元，这才好不容易成交了一笔，总共也只有三手。待到成交了，买卖双方的价格再次好像被点中了穴道一样不动了。

没有成交，没有买档、卖档的变动，仿佛软件宕机了一般的情形，足足维持了六七分钟，价格方才开始缓缓回升。买档和卖档，犹如跳起了配合默契的华尔兹。刚才是卖档步步进逼下挫。现在轮到卖方后退，买方跟进了。但依旧没有什么成交。

足足十多分钟，当买单的价格从1.08元重新回到1.11元，市场上仅仅只有三十手的交易量。

“果然！”帅朗的嘴角泛起了一丝嘲弄。

“什么果然？”田小可依旧还是一头雾水，“师父，你发现什么了？”

“嗯……还要再确定一下！”帅朗显然没想给田小可释疑。他紧紧盯着盘面，随口敷衍了一声，手指则再次敲打键盘。

“三万手！”田小可将帅朗的操作看得清清楚楚，顿时忍不住跳了起来。

因为帅朗居然开出了三万手的买单。更让田小可惊诧的是，帅朗这三万手的买单，价格居然输入了1.18元！

1.18元，看上去只是比当前买方第一档1.11元高了7分而已。可是ST海鸥昨天的收盘价只有1.12元。按照交易所的规定，海鸥资产戴了ST帽子以后每天只有5%的涨幅。所以，1.18元就是ST海鸥今天能够交易的最高价，帅朗直接以涨停板的价格开出了三万手买单。

这意味着什么？意味着帅朗真金白银地拿出了三百多万，不计成本地扫货，将现在二级市场上所有挂着的抛单一网打尽——如果这一刻二级市场上挂出来的，从1.12元到1.18元的抛单不够三万手的话。

田小可不由倒吸了一口凉气，咧了咧嘴，很有些肉痛。虽说这些日子见识了帅朗赚钱的能耐，可这毕竟三百多万现金啊！就算她地道的小白一枚，也能看出这个ST海鸥完全就是赔钱的货，根本不值得投入三百多万。

帅朗淡淡地道：“放心，用不掉这么多钱！”

“嗯？什么意思？”田小可愕然。

她下意识地瞥了一眼帅朗面前的电脑，帅朗的资金账户上，此刻多了一堆ST海鸥的股票。不过……个、十、百……千……田小可用力眨了眨眼睛，反复看了几次，方才确定自己没有看错。帅朗仅仅买到了三千四百多手？

也就是说，只用掉了百分之十多一点的资金，剩下的都成了挂单。

不错，挂单！随着帅朗这把大单扫货，ST海鸥如今已经涨了5%，涨停板了。

上方空空如也，再没有抛单了。下面买方一档，堆满了筹码。田小可很仔细地数了数，一共有两万七千多手。

帅朗还没有撤单，所以这封死涨停的买单，居然九成九都是刚才帅朗扔出来，却没有成交的手数。

田小可本能地感觉到古怪："怎么抛单这么少？"

"其实也正常！ST海鸥大多数股份都因为经济纠纷，被法院冻结了，二级市场上本来就没有多少可以流通买卖的股票了。"帅朗一边说着，一边撤下了那些买单。

ST海鸥封涨的买单，一下子就从两万七千多手变成了寥寥千余手。千余手的封单在屏幕上仅仅只是停留了几秒钟，无论是别有所图，还是冲动跟风，在看见大单撤离之后，也有一个算一个，纷纷离场。几秒钟，这剩下的千余手封单，也同样飞快地减少，瞬间便只有几十手孤零零地存在了。

古怪的是，涨停板并没有打开。确切地说，ST海鸥依旧没有任何成交。仅仅这几十手，就维持了ST海鸥的涨停不变。

看到这一幕，帅朗有些遗憾地摇了摇头："可惜了！"

田小可满脸都是懵懂，她全程目睹了帅朗的操作，可就是一点儿不没明白，帅朗这番折腾究竟是什么目的。

好在这时帅朗已经操作完了，顺手点了一支烟，解释道："我是想看看，在二级市场上能不能吸到筹码。"

"吸筹？"田小可眼珠子转了转，"师父，难道你准备做庄？"

“当然不是！”帅朗抬手敲了敲田小可的脑袋，“想什么呢？我们现在的资金实力，哪够资格做庄？要想做庄可不光光有钱就行的，还要对标的股票的基本面十分了解，最好能够和上市公司的管理层或者控股股东联手配合才行。我现在扫货，只是想看看这只股票有没有做庄的，有没有人在暗地里控盘。”

“那有没有？”田小可瞪大了眼睛，看着电脑屏幕上ST海鸥的K线图，可惜，任她怎么看都不可能看出花样来。

“应该……有。”帅朗迟疑了一下，“目前还不能确定。不过这两天，我天天都会调一些资金过来。试探个两三天，就可以得到答案了。”

帅朗运指如飞，一边飞快地敲打键盘，将海鸥资产的股票界面，从分时图切换成了日线图，继而又是周线图，一边说道：“其实试探不试探也不是很重要，我非常确定，这里面水很深，绝对大有文章。”

田小可好奇不已：“什么文章？”

“考考你，知道上市公司在哪些情况下会退市？”

“退市？”田小可愣了一愣，有些茫然地道，“资不抵债破产了？违反国家法律被查封了？还有什么……”

帅朗点头：“嗯，对，如果违反法律，严重危害国家公众安全，或者财务上面弄虚作假，造成严重后果，又或者经验不善，不得不申请破产、重组的，都会退市。除此之外，如果上市公司股本总额发生变化不再具备上市条件，且在证券交易所规定的期限内仍不能达到改正的，也会退市。还有，社会公众持股比例不足公司股份总数的25%，或者公司股本总额超过4亿元，社会公众持股比例不足公司股份总数的10%，同样要被退市。”

田小可吐了吐舌头：“哇，这么复杂啊！那么海鸥资产……”

“海鸥资产已经戴上ST帽子了，单单每个会计年度的审计，很大程度上就是它的鬼门关。市场上是很不看好它的，一直都有传闻，说它将资不抵债申请破产。可神奇的是，它居然一直撑下来了。”

帅朗按下了F10键，将电脑屏幕上的界面，切换到了基本面资料中的公司财务上，一边浏览，一边皱眉:“当然，如果只是这样，也不足为奇。毕竟ST的股票多了去，经营出了问题的企业也多了去，真有心避免破产退市，有的是办法。ST海鸥更大的麻烦在于，好多股票都因为打官司的缘故都被法庭冻结了。按照相关规定，上市公司在二级市场的成交量如果持续严重低迷，或者连续20个交易日，低于股票面值也会退市。”

“所以……”田小可多机灵，立马领会，“有人一直在维持ST海鸥的成交量，避免它退市？”

“只能这么解释！”帅朗移动键盘上的左右键，查看每一根K线的成交量，嘴角渐渐泛起了一丝嘲弄:“你看，文章这不就来了？就算ST海鸥现在是名副其实的垃圾股。可这么多年来，要想不显山不露水，控制住ST海鸥在二级市场的交易量，成本可不会低，偏偏一点儿都没有通过坐庄来牟利的意图，难不成是专门来做活雷锋的？这里面要没有问题，你信吗？”

帅朗拿起了手机，拨打给之前重金委托的商务咨询公司:“喂，魏总，您好……嗯，对，贵公司的调查报告我收到了。满意，非常满意贵公司的专业服务。所以，我希望继续委托一个业务。哈哈，魏总客气了。折扣不折扣无所谓，我可以再出一份额外的奖金。

“不不不，没有什么难度，相信贵公司这么专业，我这份委托一点儿难度也没有。其实，就是上次委托的延续，这一次我希望贵公司能够帮我调查一下ST海鸥……嗯，就是海鸥资产最近十年的财务报表，公司高管的变动，还有……”

第三十章
源头

子夜，宾馆。

“真是有大问题啊！”沈涟漪把正在通话的手机放到桌子上，然后惬意地伸了一个懒腰。

手机那头传来了陈思的声音：“什么问题？”

“这次我不是来做金融市场对于企业发展的调研吗？目前走了六七家中小企业，”沈涟漪伸手拿起了眼前的文件，一边翻开，一边说道，“结果，你猜我有什么发现？”

陈思很配合：“发现什么了？”

“我发现了阿郎的爸爸郎杰。”沈涟漪很坦然，没有丝毫避讳，“嗯，你应该很熟悉他吧！”

“当然。”电话那头的陈思，声音没有丝毫波动，很平静，“郎杰是海鸥资产的前任董事长，我是海鸥资产的联合创始人，前任董事会秘书。不过你说发现了郎杰……是什么意思？”

沈涟漪：“我不知道是巧合还是怎样，我一共就调研了三十五家企业，却发现有四家企业被海鸥资产并购，或者曾经有意并购。”

电话那头的陈思明显停顿了一下，不过再次开口，声音依然平常："嗯，海鸥资产当初确实并购了许多企业，正是通过这样的极限扩张，才缔造了海鸥资产千亿财富的神话。有什么不妥吗？"

"当然不妥！"沈涟漪在电话里的声音不知不觉激动起来，"仅仅根据我手头整理出来的资料，就可以确定至少这几家企业被海鸥资产并购以后，结局可并不好。海鸥资产通过种种手段，将企业价值百万乃至千万的优良资产转移吞并，纳入囊中。而那些原本经营良好的工厂，长则一两年，短则几个月，就变成了空壳。嗯，比如……"

说话间，沈涟漪再次翻了一下资料："比如我这里有一家制药厂，被海鸥资产入资以后，很快就在股东大会上通过了增资决议，而且还是短短两年内连续三次增资。这样的增资，首先淘汰了持有职工股的工厂老人。他们这些工薪阶层，根本不可能拿出那么多资金参与增资，所以他们的股份就被彻底稀释。

"除了职工股以外，其他一些小股东也跟着步了前辙，同样也是没有足够的资金跟上这样的增资扩股步伐，也同样被稀释了股权，丢失了话语权。结果，两年三次增资之后，海鸥资产控制的股份，从最初的27%，增加到了45%。这个时候，唯一还能对海鸥资产掣肘的就只有国资持有的大约30%的股份。

"如果国资能够发声，还是可以对海鸥资产进行监督和制约的。可惜，我没有从现有的资料里看到他们履行了监督的职责，竟然任由海鸥资产在接下来的股东会议、董事会议上，通过一系列不合常理的决议。其中就包括以五亿天价，拍下北京一家公司所谓不老仙药的配方和专利权。尽管这家公司从明面上看，和海鸥资产没有一丝一毫关系。

"三年之后，这家原本估值十亿，运行良好，年年都能创造出巨额税收的企业竟然摇摇欲坠，沦落到了破产的边缘。不仅业绩从利润变成亏损，而且还背负了高达二十亿的债务。

“而主导工厂运营的海鸥资产，却陆续卖出了手里的股份。根据我的统计，海鸥资产的撤离绝对是有步骤有预谋的，他们一次次利用操作起来的利好，以极为老练的操盘手法，逐步减持。等到最后离场，出售的股份均价，竟然比当初入场时的收购价还要高出大约30%，可谓赚得盆满钵满。喂喂喂，陈思，你在听吗？”

“……嗯，我在听。”陈思定了定神，依旧淡定从容，滴水不漏道，“当初在海鸥资产，我并不负责这方面的工作，对你说的这家制药企业也没有什么印象，或许只是一个特例吧。我可以很负责任地说，就全局而言，海鸥资产这样的资本运作，这样的资产并购，效果上还是优化了产业配置，催生出更加强大、更有竞争力、更有利于长远发展的企业。即便有吞噬和破坏，也是瑕不掩瑜，否则，金融市场的规则难容，国法也难容。”

“哼哼，陈教授果然不愧是海鸥资产的董事会秘书。好吧，我接受你这样的官方解释。在有更多证据之前，我也确实没有立场评价海鸥资产当初的资本运作。但是，我现在要完成课题啊，陈教授你作为海鸥资产联合创始人，又是前任董事会秘书，是不是可以指点一下小女子？”

“呵呵，这个……还真是抱歉。虽然我是最早出资的股东，但郎杰是一个掌控欲很强，喜欢独断专行的人。在海鸥资产发展壮大的整个过程里，很多事情都是他一言九鼎的。我们这些股东也好，联合创始人也罢，唯一能做的就是执行他的命令。”

沈涟漪微微皱眉：“一点儿内幕消息也透露不了？”

“……好吧！”电话那头沉默了一会儿，传来陈思无奈的声音，“这样吧，等你回来，我陪你去海鸥资产走一趟，那里或许有你感兴趣的东西。”

沈涟漪展眉：“好，一言为定！”

“一言为定！”千里之外的书房，陈思缓缓结束了通话，独坐在椅子上，脸色有些难看，“我当然会帮你……帮你完成这个课题。”

“不是吧？整整三天，我们连一万手ST海鸥的股票都没有买到？”田小可认真负责整理了这一周昇财的投资流水，她惊讶不已，“怎么可能？一天一个涨停，咱们都拉了三个涨停板了，居然没有什么人出货？”

“很多股票连续大涨之后，股民都会下意识地惜售，觉得把手里的股票廉价抛掉，可能会很亏，以后会后悔，所以大涨缩量不是稀罕事。”帅朗一脸平静，一副早有预料的样子。

他一边给白天的行情复盘，一边说道：“当然，ST海鸥的情况有些特殊。这个股票现在是标准的垃圾股，又在底部横盘了这么久。按照常理，忽然连续拉涨，说不定会有投机资金来抢筹，搏一个机会，也会有深套做网格的人抛出一部分减轻压力。可现在这些全都没有，绝对不正常。这恰恰说明，确实有资金深度介入了这个股票。”

田小可迷惑地皱了皱眉：“可是为什么呢？这样投入的资金不会少吧？不但消耗大量的精力，单单时间成本就非常巨大。如果真有这样的投入，难道不是为了拉升股价赚钱吗？可如果是为了日后拉升股价赚钱，现在碰到我们一头闯进来，难道不该出手碰一碰，较量一下，试探一下彼此的实力吗？为什么从盘面上根本看不出他们有任何动作？”

“说得好！这也是我很想知道的！”帅朗随手点烟，吸了一口。吐出的烟雾袅袅上升，帅朗盯着盘面的眼睛微微眯了一下，正待说话，放在桌角的手机响了起来。

他拿起手机，瞥了一眼来电显示，立刻笑了起来：“魏总？哈哈，我正翘首以盼贵公司的调查报告。”

“有劳帅总久候，幸不辱命！”手机那头，魏总的声音传来，“帅总，根据您的要求，我司对海鸥资产进行了一次尽调。海鸥资产最初是由郎杰，联合齐军、陈思、高迈、叶添锦，一共五位自然人发起成立的有限责任公司。启动资金两亿，只用了短短五年，就缔造了市值千亿的神话。

“这样的奇迹，之前业内普遍认为，主要源于海鸥资产大胆地控股了券商，收购了期货公司，还设立了一家人寿保险。这些大胆的布局为海鸥资产带来了源源不断的现金，更让海鸥资产拥有了各种金融牌照，可以推行当时几乎所有类型的金融业务。

“可惜，很多人都忽略了海鸥资产在 PE 方面同样进行了前所未有的探索和创新。事实上，海鸥资产对于那些并未上市，然而业绩十分良好的企业，一直都非常富有攻击性和侵略性。我司在这次商务调查中做了一个统计，发现从海鸥资产创立到登顶千亿市值的短短五年时间里，这家公司总计收购、吞并了三百四十五家企业。”

三百四十五家企业？

帅朗忍不住吃惊地挑了挑眉头，他真的不知道该如何评判父亲的这些商业行为。

从结果看，父亲无疑是成功的。券商、期货、保险公司所带来的巨额现金，增强了海鸥资产对外扩张的能力，因此得以收购吞并了如此众多的企业。而这些企业的优质资产一旦被剥离，注入海鸥资产的母体，自然又进一步反哺了海鸥资产。

这样的反哺，可不仅仅只是资金的增加，市值的上升，更重要的是给市场画出了一个又一个财富大饼。这些美好的财富愿景让市场欢呼，让市场狂热，让活跃在市场上的投资者们争先恐后地掏出钱包，一次次为海鸥资产的定向增发买单。

定向增发得来的资金，又帮助海鸥资产从容经营期货、券商、保险业务，确保拥有稳定丰厚的现金流去吞并收购更多的企业，吸纳更多优质的资产，再度反哺海鸥资产母体，最终形成一个十分完美的良性循环。

然而另一方面，帅朗也清楚，那些被海鸥资产以强大的资金收购，然后剥离了优质资产，很可能只剩下巨额负债的企业，将会陷入怎样的窘境。这些企业数量是如此之多，它们一旦垮掉，对整个国家，整个社会，整个经济的发展，肯定会产生难以估量的负面影响，天晓得有多少家庭，多少人的生活发生翻天覆地的变化。

更让帅朗不安的是，父亲如此粗暴野蛮的运作手段，恐怕已经触及到了法律法规的红线，至少也是游走在极其危险的灰色地带边缘。或许正是因为如此，父亲才会如此干脆利落地纵身一跃，结束自己的生命。

这也算是止损吧。一个优秀的交易员必备的技能——止损。

如父亲这样优秀的交易员，自然会比寻常人更加果断，更加决绝，为了避免更大的损失，哪怕结束自己的性命也在所不惜。那么，那可能出现的更大损失又是什么呢？人？还是海鸥资产这个商业帝国？

帅朗越想，心越是怦怦乱跳。他强烈地感觉到，自己正在触及海鸥资产，触及父亲背后的真相——一个神秘恐怖的真相！

手机那边，魏总继续说道：“……除此之外，我司还根据您的委托，调查了海鸥资产最近十年来的人事变动和所有大股东、高管的信息。我已经将调查报告发到您的信箱，请您查收。”

“好，谢谢！”帅朗挂了电话，打开电子邮箱，果然有一个邮件，附件正是商务咨询公司对海鸥资产的调查报告。

报告的内容非常详细，从郎杰等五个联合创始人开始，到收购长林集团失败后，海鸥资产高层、大股东和董事会的人事变动，以及股权结构的更迭。

帅朗很认真地看着，看了好几遍，足足半个小时之后才揉了揉眼睛，将目光从电脑屏幕上挪开。然后，他打开了订票 App，给自己订了一张回上海的机票。

尽管他并不想这么快回去，但那里显然是所有一切的源头。

第三十一章
短信

“这就是海鸥资产总部？”熊猫把车停在路边，好奇地张望了一眼几百米外的海鸥资产总部大厦。

眼前这幢大厦是海鸥资产最鼎盛时，出资自建自用的。大厦远比他想象得更加气派，足足三十八层楼高。若是放到三四线城市，搞不好就能成为地标。可惜，再气派也总归是将近十年的建筑了。建筑外层能看出不少地方因为缺乏维护，出现了明显的破损。

气派和破败，就这么同时出现在一幢大厦上。恰好完美诠释了海鸥资产跌宕而又传奇的起落。

熊猫浮想联翩，仰慕其成功，扼腕其失败，恨不得代入其中，竟然有了一种前来朝拜圣殿的感觉。

“是啊，海鸥大厦……”副驾的叶阑珊轻轻低语了一声，怔怔地看着前方的大厦，目光里闪过了一丝复杂。

熊猫是一个局外人，但叶阑珊和这里着实有着许多剪不断理还乱的纠葛。当年她第一次来，这里还只是一片荒地。她目睹了荒地变成工地，亲眼看着一个个桩子打下去，亲自参与了大厦设计图纸的讨论和修改。看着大厦一天天拔地而起，看着这里车水马龙。

而她也是在这里，最终完成了从土里土气的山里妹子到都市丽人的华丽转变，从什么都不懂的小白变成了参与无数资产并购重组的金融精英。也同样是在这里，她目睹了一个千亿帝国崛起的神话，以及覆灭的悲剧，看到这里从车水马龙，又重新变成了门可罗雀。

忽然叶阑珊诧异地扬了扬眉，一把拉住了准备下车的熊猫，只见两个人从海鸥大厦里面走了出来，一男一女，正是陈思和沈涟漪。

“海鸥大厦！”沈涟漪走出大厦，忍不住回头看了一眼大厦外壁上显得有些破旧的四个大字，目光微微闪动了一下。

五年前，帅朗锒铛入狱的时候，她正在国外读书。虽然当初很决绝地离开，可当真听到了帅朗入狱的消息，她还是忍不住调查了很多关于帅朗卧底长林和东华渔业的消息。

于是她知道了海鸥资产，知道了海鸥资产的创始人郎杰居然就是帅朗的父亲，也知道了郎杰后来的遭遇和帅朗毕业后发生如此剧变的缘故。

这一切都源于眼前这家公司。

也正因为如此，这次课题研究涉及了海鸥资产，沈涟漪便找到陈思，希望陈思能够帮助她，进一步深入了解海鸥资产的情况。

刚才陈思确实带她来了海鸥资产，只不过陈思早就退出了海鸥资产，所以他这位联合创始人、前任董事会秘书故地重游，前台的接待根本就不认识他。

看到陈思和沈涟漪走进来，这个前台接待爱理不理，像是国企混日子的老阿姨。陈思报出了海鸥资产现任财务总监的名字，前台察觉对方大有来头，才不敢怠慢，急忙帮陈思联系上了财务总监。

那位财务总监是陈思的旧识，陈思就算已经离职，也依旧是学术界有名的教授，自然还是要给三分面子的。沈涟漪和陈思被邀请去了财务总监的办公室，受到热情招待。

但是也仅止于此，那个财务总监是个老江湖，热烈欢迎沈涟漪来海鸥资产调研，信誓旦旦地答应全力配合。然而，当沈涟漪询问海鸥资产的资本运作，要求他提供海鸥资产过往的财务资料时，他立刻打起哈哈，顾左右而言他。最后陈思看不惯了，财务总监被逼得没办法，只好满脸无奈地苦笑摇头，直说他手头没有。

因为当初海鸥资产收购长林集团失败，董事长郎杰跳楼，公司陷入了巨大的危机中，公司高层纷纷出走，股东们也争先恐后脱手持有的股份。债权人——主要是银行和券商、基金这些大机构，则各自为战，都想抢先拿下公司的优质资产，生怕被人捷足先登，导致自己手中的债权无法兑现。就连底下普通的公司职员也纷纷辞职，各寻出路。

在这样的兵荒马乱中，海鸥资产很多重要的存档文件不知不觉就不见了。

这几年，海鸥资产前后有三次资金注入，风险投资人信心百倍地来，又狼狈不堪地走。股权结构历经好几次重大变故，董事会也是换了一拨又一拨，最短的一届董事会甚至只存续了半年时间。

陈思找的这个财务总监也就上任了十个多月，说到底不过是打工仔，只负责公司的资金往来，对海鸥资产历史上的种种过往并不知晓，也没有兴趣知晓。两人只好离开。

沈涟漪失望，也有些不甘。

“怎么，不开心了？”陈思感觉到了沈涟漪的情绪，看着沈涟漪道，“抱歉，我也没有想到海鸥资产乱成了这样子。不过放心，我好歹也是海鸥资产的联合创始人，我再找几个朋友想想办法。”

“那就辛苦你了！”沈涟漪勉强笑了一笑。

陈思的话并没有让她开心起来。刚才在海鸥大厦内，她的感觉很不好，曾经辉煌一时的海鸥资产如今真的是穷途末路了。总部大厦内完全看不到一个正常运行的企业应有的秩序和生机。同在这一幢大厦内的海鸥期货、海鸥保险，其实早就独立出来，和母公司剥离了所有的关系，海鸥资产自身几乎就是一个空架子。

更讽刺的是，之所以还没有破产清算，居然是因为它复杂的多角债务让各方互相牵制，不能动作而已。可想而知这样一家公司有多混乱。但沈涟漪隐隐察觉到，比混乱更可怕的是，这里面的水，恐怕深不见底。否则就算再混乱，谁会去偷走公司封存好的财务资料?

陈思的人脉多半无法帮自己找到想要的答案了，但他这次确实很尽心帮忙了。沈涟漪自然不好再说什么，怏怏地走到停车场的汽车旁边，和陈思上了各自的车。

陈思发动汽车率先离去，沈涟漪上车正待启动，忽然手机震动了一下，来了一条短信。这条短信上只有寥寥一句话：想不想知道海鸥资产的内幕?

就在沈涟漪吃惊之际，第二条短信接踵而来。这一次是发来一个人名，一个地址。

随即又是第三条短信：单独去见，莫要泄露给任何人。切记!切记!

第三十二章
声音

“你为什么要给沈涟漪这些信息？”海鸥大厦对面同一个停车场，距离沈涟漪大约四五个车位外的车内，熊猫看着叶阑珊，问道。

刚才，叶阑珊向他要来了沈涟漪的手机号码，然后用自己手机的副号给沈涟漪连发了三条短信。整个过程，叶阑珊丝毫没有回避，熊猫将这三条短信的内容看得清楚明白。

叶阑珊的手段他可领教过，眼前这貌美如花的尤物和一直待在象牙塔的沈涟漪完全就不是一个量级。他的目光满是警惕。

叶阑珊却很坦然，嫣然一笑：“怎么，紧张你的发小了？”

熊猫：“你想干什么？涟漪一直都在搞学术研究，你去招惹她干什么？”

“我这可是在帮她啊！”叶阑珊咯咯笑道，“这会儿来海鸥资产，可见你这个发小也对海鸥资产有了兴趣。不过海鸥资产的水太深了，陈思……”

提及“陈思”两字，叶阑珊的眉宇间掠过了一丝复杂，乍现又隐，迅速就消失，快得连正看着她的熊猫都没有察觉到。

叶阑珊倩目含笑：“陈教授虽然是海鸥资产的前任董事会秘书，

联合创始人，毕竟离开很多年了，人走茶凉，别人多半不会卖他的面子。如果我不帮她，你这个发小就会像无头的苍蝇，不管如何东奔西走，都会徒劳无功。”

熊猫的脸上一万个不信：“你这是在帮她？”

叶阑珊收敛了笑意，盯着熊猫：“不然呢？你觉得我是在害她？”

熊猫的目光和叶阑珊的目光在半空撞在了一起，须臾便败下阵来。他避开了叶阑珊的直视，好一会儿方才闷声道：“你给沈涟漪介绍的那个人到底是谁？”

“胡春江。一个老实巴交的会计师。”叶阑珊收回了咄咄逼人的目光，重新轻盈盈地笑道，“这个人以前是我姑姑的手下。在工作上只能说是中规中矩，没有太醒目的地方，但是他记忆力好。”

“记忆力？”

“是啊，过目不忘。而且还不是短期记忆，但凡他经手的账目，就算隔了几年都能立刻复写出来，一个数字都不带错的。”

熊猫心中一动，若有所思：“所以，你……”

“沈涟漪要想了解海鸥资产，胡春江是最佳人选！”叶阑珊随手打了一个响指，笑吟吟地道，“现在放心了吧？好了，下车。得抓紧时间了。连沈涟漪都注意到了海鸥资产，哼哼，这海鸥资产越来越像唐僧肉了，只怕会有越来越多的神仙鬼怪要下手！”

熊猫嘴角微微牵动了一下，如果叶阑珊没有说谎，胡春江确实不会对沈涟漪造成伤害。可叶阑珊真有这么好心？熊猫总觉得叶阑珊这个举动背后有什么深意，只是他清楚叶阑珊的个性，如果她不肯说，自己无论如何都没法从她嘴里套出真话。

熊猫怀着满腹的狐疑，还跟着叶阑珊下车，朝海鸥大厦走去。

池沟路？

沈涟漪掩起了鼻子。刚才的短信虽然来得蹊跷，她终究还是按捺不住心中的好奇，循着地址找来，结果发现还真有这么一条路。而且路如其名，真是一条又小又窄，从主干道分叉出去的小路。

僻静的路旁并排有几个弄堂，每个弄堂都有门牌号，但走入了弄堂，就好像是走入了迷宫。弄堂里有太多人家，每一家都住在逼仄的蜗居里——那种没有抽水马桶，几户人家公用一个厨房的蜗居。因此搭建出了不少违章建筑，这些违章建筑东突西出，让本就狭小的路更加曲曲折折，弯弯绕绕。

这里的街坊应该是几十年都住在一起的，早就知根知底，没有任何家长里短可以瞒过旁人。突然来了一个毫无关系的陌生人，自然引来了无数目光聚焦。甚至还有老阿姨主动上前询问："侬来寻啥宁？"

"阿姨，这里有没有一个叫胡春江的先生？"

"胡春江？哦，侬是讲胡家亚叔啊？晓得，晓得咯。朝前头走，左手拐弯，第五个楼梯就是了。伊住在两楼。"老阿姨很热心，先是给沈涟漪指路，后来可能觉得沈涟漪未必能搞清楚，就索性在前面带路，一边走，一边问个不停，"侬是胡家亚叔的啥宁？来寻伊啥事体啊？"

就这么说着走着，沈涟漪就被带到了一个楼梯口。那楼梯很黑很窄，骤然走进去，眼前一片漆黑，都看不到自己的脚尖。窄得仅能容一人上去，胖一点儿的人只怕都要侧身。楼梯也很陡，还没有扶手，沈涟漪只能伸手摸索着墙壁，着实有些战战兢兢。

好不容易上了二楼，眼前终于再度光亮起来。二楼依旧还是和弄堂一样杂乱，堆满了杂物，门却是开着。因为老阿姨已经在底下扯开嗓子喊："胡家亚叔，有宁寻侬！"

一个五十多岁，戴了一副厚厚的近视眼镜，脑袋已经秃了很大一片的男人，穿着背心，拖着拖鞋，看上去邋里邋遢的样子，从里间探出头来："你是谁？找我？"

“您是胡春江先生？”沈涟漪连忙问候，跟着道，“目前我准备对海鸥资产进行一项课题调研。有人向我推荐了您，说您能够帮助我……”

胡春江一听到“海鸥资产”几个字，立刻呼吸加重，青筋暴突，根本不等沈涟漪的话说完，就不耐烦地打断道：“我帮不了你，走走走！我早就和海鸥资产没有什么关系了！”

一边说，一边要关上房门。

“等等，胡先生！”沈涟漪本来只是抱着姑且一试的心理过来，但看到胡春江说话的语气，脸上的神情，立刻判断出他和海鸥资产瓜葛极深。沈涟漪自然不愿放弃，连忙上前一步，想要拦住胡春江。胡春江眼见沈涟漪抓住了门，下意识地就用力将沈涟漪往外推了一把。

沈涟漪猝不及防，顿时踉跄着向后倒退。这种老式的弄堂房子地方很小，沈涟漪才后退一两步，就到了楼梯处，半个脚踏空，发出惊呼一声，人向下栽了过去。

变故发生得太过突然，沈涟漪固然没有丝毫提防，胡春江也同样傻掉了，张大了嘴巴，惊恐地看着沈涟漪摔下去。眼看一场事故就要发生，忽然沈涟漪感觉到有一双坚强有力的手托住了自己的背部。

一个熟悉的声音传来：“涟漪？”

帅朗？听到这个声音，沈涟漪都不用回头，第一时间便确定是帅朗。

第三十三章
明白

帅朗也没有想到会这么巧，他是研究了商务咨询公司发来的资料，锁定了胡春江这个人的，恰好和沈涟漪前后脚来到这里。

沈涟漪的发丝轻轻拂过他的脸，鼻子又嗅到了曾经熟悉的幽香，帅朗不觉有些恍惚。恍惚回到了很多年以前。那时总有一个美丽的姑娘形影不离地陪伴左右，总能看见她灿烂的欢笑，听见她悦耳的声音。若是可以，帅朗愿意时光永远定格在那一刻。可惜……

帅朗强行按捺住心中翻涌的情绪，恢复了平静，朝沈涟漪微微一笑，随即就抬头望着胡春江。胡春江明显心虚，连连摇手："看我干什么？我……我可没有推她。她……她是自己不当心摔下去的，跟我没有一点儿关系……"

"你就是胡春江？"帅朗没有追究他刚才的动作，走到胡春江面前，"曾经做过海鸥资产的会计？"

胡春江完全被他这种气势给镇住了。帅朗早已经不再是当年的青衫少年，无论是当初做上市公司高管，还是后来做监狱的带头大哥，再到一手创建昇财，人生的阅历，岁月的痕迹，不知不觉间让他一举一动都散发出上位者的压迫。

胡春江心慌意乱，支支吾吾道：“我……我已经离开海鸥资产很多年了！”

“我知道。但我也知道，你在海鸥资产的财务部一直都有聪明谢顶的外号，但凡你过手的账目就不会忘记，无论隔多久都能背出来，连一个小数点都不会错。”帅朗完全无视胡春江，自顾自说着，走进了他逼仄杂乱的家中，毫不客气地坐在了胡家唯一还能容人落座的床上。

帅朗最后补充了一句：“我叫帅朗，是郎杰的儿子。”

胡春江直悚然动容，失声惊呼：“你……你是郎总的儿子？”

胡春江呆呆地看着帅朗，眼神中渐渐消融了原先的敌意和警惕，多了几分莫名的欣喜和亲近。帅朗也忍不住暗地里翻涌起了一丝骄傲，自己的父亲哪怕过世多年，依旧有这样的人格魅力。

胡春江神情欢欣，却依旧拒绝：“想不到！想不到郎总居然有儿子，还这么大了！不过对不起啊，我离开海鸥资产很多年了，真的帮不上你的忙。”

这样的态度完全在帅朗的意料之中，他也没觉得就凭自己的一张脸，外加父亲的名字，就能从胡春江这里得到想要的秘密。帅朗从怀里掏出一个信封，递到了胡春江的面前。

胡春江一愣：“什么？”

“滨江附属幼儿园的入学通知书。”帅朗淡淡地道，“据我所知，你孙女马上就要上幼儿园了。很巧，我的公司最近给一个教育基金捐了一笔钱，这个教育基金帮忙争取到了这么一份入学名额。我想，你很需要吧？“

“我……”胡春江下意识想要拒绝，身体却很诚实，不由自主伸出手接下了帅朗递过来的信封。

帅朗这个筹码可不是乱扔出来的，他来之前就调查过了胡春江的近况。当年因为海鸥资产出事，胡春江这个财务倒了大霉，也不知道被谁算计，海鸥资产财务方面的很多问题都让他背了锅，最后被法院判刑，入狱三年。

出来之后，但凡好一点儿的公司都不可能再聘用他，只能给一些小企业做账。这种活不仅薪水很低，而且又烦琐又劳累，长年积劳之下，还把眼睛都熬坏了，得了白内障，不得不做手术。家里本来就窘迫的经济更加雪上加霜。

偏偏他这两年又赶上儿子结婚、生娃，连番的巨大开支更是耗尽了他的积蓄。最近一段时间，对于这家人来说，头等大事就是他的小孙女要上幼儿园了。以胡春江现在的状况肯定没钱去那些私立幼儿园，公立幼儿园倒是省钱，可真正好的公立幼儿园是花钱都进不了的。

帅朗所说的滨江附属幼儿园，就是全区最好的公立幼儿园。胡春江可以拒绝给他个人的好处，但关系到小孙女的未来前途，却容不得他拒绝。

胡春江沉默了好一会儿，叹了一口气："好吧，我会把我知道的都告诉你！"

幽静的咖啡屋内，帅朗和沈涟漪相对而坐。两人之间唯有咖啡的香味，伴随腾腾热气飘逸。

帅朗微笑着："好久不见！"

"是啊，好久了！最近好吗？"

"……还好。"

对话客套里透着生疏。帅朗和沈涟漪不约而同地拿起调羹搅拌面前的咖啡，调羹和咖啡杯时不时碰撞在一起，发出清脆的声响。

沈涟漪显然不喜欢这样的状态，她清了清嗓子，主动转入正题："你相信胡春江的话吗？"

"胡春江啊……"帅朗手微微顿了一下，脑海里浮想起半个小时前，胡春江告诉自己的那些话来——

“郎总绝对是一个了不起的天才。他眼光十分精准，海鸥资产从建立伊始，并购来的每一家企业都是非常有潜力的优秀企业。这些企业一旦经过合理的重组和资源优化，能够爆发出一加一大于二的增长来。

“海鸥资产之所以能够迅速发展壮大，很大一部分原因就是源于这些成功的并购和重组。这些并购和重组提升了海鸥资产自身的价值，也吸引来更多资本，海鸥资产自然就能够轻松地进行一轮又一轮定向增发，成倍地扩张。

“海鸥资产出事的时候，郎总手里还有一百七十三家并购来的企业没有处理，五十六家企业资产的重组和优化正在进行，尚未最终完成。”

胡春江很干脆，在接受了帅朗的信封之后，他如同竹筒倒豆一般，毫不隐藏。他还不仅仅只是说，也在写，这时候真是可以看出他的记忆力有多好了。说话的当口，手中的笔刷刷地写个不停，不一会儿工夫就写满了一张又一张纸。每一张纸都是一个当初被海鸥资产收购的企业的名字。

在企业名字的后面，还罗列了当初的收购价，这家企业市值，以及预估的价值。其中有一些企业名字的前面被胡春江打了大叉，有些是打了勾，还有些是问号、三角、圆圈、方块。

“打叉的是已经完成了企业并购的。菱形的是海鸥资产当年要约收购长林集团失败，资金链出现问题之后，郎总第一时间忍痛剥离，试图借此回笼部分资金，来挽救海鸥资产的。三角的是当时资产并购和优化重组已经开始，却很可惜因为海鸥资产出事，半途而废的。方块的是之后债权人通过财务保全，由法院出面冻结的。圆圈的则是我离开时，还在海鸥资产手里尚未优化重组，且一直亏本的。打勾的是仍然留在海鸥资产手里尚未优化重组，却一直都还保持盈利的。剩下几个打问号的，则是被郎总亲自掌握，我们财务部也不清楚具体状况的。”

帅朗听到这里，不由挑了挑眉：“你们财务部也不清楚？”

“当然！”胡春江理直气壮地点了点头，一点儿都没有为自己不清楚而惭愧，眼中闪出了信徒般的狂热，“郎总那可是商界万里无一的绝顶天才。一般人哪有可能猜测出郎总的想法？我只能确定一点，郎总心中绝对有一盘大棋。不是所有企业都用来优化重组的，有些企业被郎总当作了重要的棋子。这样的棋子一般人如果去重组和整合资源的话，说不定会大亏特亏，唯有郎总出手，才会化腐朽为神奇，将常人眼中的不可能化为可能，缔造一个又一个财富神话。”

帅朗若有所思：“所以……”

“所以这几个打问号的企业，很难评估价值。运作得不好，十之八九会是赔本的买卖，但是在合适的时间进行合适的资本运作，却可能会获得十倍百倍的收益。”胡春江说到这里的时候，终于罗列完了他手中所有的企业，然后拿出了计算器计算了一番，“剔除了那些被剥离的企业，那些已经优化重组好了的企业，剩下的那些还留在海鸥资产手里的企业，价值差不多七十三亿。不过我提醒你，其中有相当一部分，在我离开海鸥资产以后陆续被法院冻结，剩下的也基本陷入复杂的债务纠纷中。”

帅朗第一时间听懂了胡春江的言外之意：“也就是说，如果运作好，这些企业的价值可以翻倍？”

“不不不！”胡春江有些狂热地连连摇头，“岂止翻倍？这些企业在不懂行的白痴手里就是一堆烂账，光是债务就能把他们压垮，可是在郎总这样的天才手里，那就是一个个财富神话。翻倍？郎总经手的资产重组，翻五倍、翻十倍的案例一抓一大把！”

“所以，你是想告诉我，如果运作得好，海鸥资产不仅不是咸鱼，反而是宝藏？”帅朗的脑袋快速地运转，计算。翻五倍、翻十倍……岂不是意味着海鸥资产实际上仍然有几百亿乃至上千亿的潜在价值？

虽然这些企业目前正陷入复杂的债务纠纷中，经营多半还是亏损的，甚至濒临破产，可以说是一堆躺在泥沼里，污秽不堪的臭石头。要想把这些臭石头包裹在外的尘泥洗干净，要想让这些臭石头绽放出光芒，变成黄金、钻石，不仅需要高超的资本运作能力，还需要相当大的一笔启动资金。

可这已经足够了。资本最钟爱的不就是这些能华丽蜕变的臭石头？唯有这样的臭石头才能最大限度发挥出资本的力量啊！相比于海鸥资产这些潜藏在暗处的巨大潜力，再看看它如今的市值——巅峰时高达一百多元，估值千亿，如今却躺在了一块钱附近。

这些年不断有资本进入，试图重组债务，试图将海鸥资产起死回生。在这样的过程中，不可避免会有增发，会有股本的扩张和稀释，所以海鸥资产目前的市值还是有几十亿，近百亿的。瘦死的骆驼比马大！

拿下近百亿的海鸥资产，博取五倍乃至十倍的收益，这买卖划得来。

想复活这些企业，其实并不需要太多的资金。可以贷款，可以通过折价来收回债权人手里的债权，可以用很便宜的价格法拍回来，甚至还可以通过谈判，迫使回收债券无望的债权人，不得不放手交给债务人免费运营，换取未来可能的清偿……

帅朗越想，眼中越是绽放出光亮。尽管还有许多疑问，不过他终于明白熊法师至今还插手海鸥资产的原因了。

第三十四章
蹊径

一定要阻止熊法师!

帅朗在第一时间就下定了决心，在他看来，海鸥资产就是父亲生命中最伟大的作品。他作为郎杰的儿子，无论如何都不能容忍害死父亲的仇人抢夺这件作品。

咖啡屋内依旧幽静。沈涟漪看着帅朗，踌躇了片刻，还是开口:“阿郎……你不会真的相信胡春江的那些话吧?”

帅朗目光微微一凝:“你觉得他在撒谎?”

沈涟漪摇头:“倒不是说他撒谎。但是……你不觉得，胡春江对你的父亲太崇拜了?这样的崇拜很多时候是会影响到客观判断的。”

帅朗皱眉:“你到底想说什么?”

沈涟漪:“我觉得胡春江对于海鸥资产的估计过度乐观了。最近我做了一些课题，正好涉及海鸥资产。不可否认，在海鸥资产当年飞速崛起的过程中，你父亲确实施展出了犹如魔术师一般的天赋和才华，化腐朽为神奇，成功把一个个企业捏出了一加一大于二的效果来。但是，毕竟时过境迁了。这么多年过去，换一个人依旧还能创造同样的奇迹吗？”

听到这话，帅朗愣了一愣，终于从之前的亢奋里渐渐冷静下来。

确实，胡春江刚才也说过，如果在一群白痴手里，这些企业就是一堆压得人喘不过气来的烂账。企业的并购可不是单纯的交易。这里面牵扯到股东、职工，上下游企业，甚至政府等方方面面的利益。稍有不慎，便是万丈深渊。尤其过去了这么多年，内部外部的环境，不可避免地发生了翻天覆地的变化。就算父亲当年有万无一失的布局，如今时移势易，当年的妙手，很大概率就不适合眼下，甚至还会从妙手变成臭招。

那么问题来了，熊法师他们哪里来的自信，认为只要将海鸥资产拿在手里，就能将目前明摆着的烂摊子又一次变成财富神话？

就在帅朗沉思之际，沈涟漪继续说：“退一万步讲，就算你父亲当初收购那些企业的后手被人发现了，就算过了这么多年，这些后手也依旧有推动的可能。可是现在的海鸥资产，有几个人能够背负起来？”

帅朗暗自一惊：“什么意思？”

“债务！”沈涟漪叹了一口气，肃然道，“当年海鸥资产为了飞速扩张，不仅欠了银行很多贷款，还有十几个最终无法兑付的理财产品。除此之外，要约收购长林集团的时候，和齐家签订的对赌协议也绝不是海鸥资产第一次这么做。根据我的调查，你父亲执掌海鸥资产期间，可能是极度自信的缘故，几乎每次收购都会尝试提出各种对赌协议。这些对赌协议，有很多都确实赌赢了，极大降低了海鸥资产扩张的成本。可惜，随着海鸥资产要约收购长林集团失败，也留下了好几份赌输了的对赌协议。”

沈涟漪的话娓娓道来，帅朗的脸色渐渐凝重。就好像被当头棒喝了一样，之前发现海鸥资产其实大有可为的兴奋，一点点儿冷却了下来。帅朗第一时间明白了沈涟漪的意思："所以……你是想说，现在的海鸥资产，就是一颗要命的炸弹？"

沈涟漪反问："难道不是吗？如今，根据明面上可以查询到的资料，就可以统计出来法院所受理的，关于海鸥资产的债务纠纷，已经高达两百七十多亿，差不多是海鸥资产现在市值的三倍了。而这还只是冰山一角。毕竟，还有很多债权人因为感觉即便胜诉也很难执行追索，所以暂时放弃了诉讼。还有很多经济纠纷、很多由对赌协议产生的业绩承诺，因为如今海鸥资产糟糕的财务状况暂时搁置。可一旦海鸥资产重新盘整的话，所有大大小小的债权人，都必然会如同秃鹫一般蜂拥而来……"

帅朗紧皱双眉，忽然发现自己之前确实想得有些简单了。心念电转之间，帅朗抬头看着沈涟漪："你说这么多，就是想要我远离海鸥资产？"

"放下吧！"沈涟漪认真地迎视帅朗，"我认识的阿郎，本来不该这样的。想当年……如果不牵扯海鸥资产的事情，你的人生绝不应该是这样。你不觉得自己付出了太多，失去了太多？"

帅朗咬牙："那是我父亲！"

"我知道是你父亲！我知道，你会引用公羊学的主张——父不受诛，子复仇可也。"沈涟漪以激烈的声调打断了帅朗的话，"但是，够了！这世界上就你委屈吗？这么说吧，海鸥资产在短短五年内迅速崛起，它并购了很多企业。这样的资本重组优化，诚然缔造了一个又一个财富神话，但是这一个个企业毕竟不是冰冷的数字。这里面牵扯到太多的利益，牵扯到太多人的衣食荣辱，这里面当真洁白一片，没有黑暗阴霾？"

沈涟漪的话虽然很委婉，帅朗还是第一时间明白了她的意思。

帅朗面沉如水，不由自主想到了熊氏投资咨询公司当年对沙县机械铸造厂的收购和吞并。那场收购简单粗暴，甚至可以说是野蛮，损害到了太多人的利益，影响到了很多人的生活，甚至还让人付出了生命的代价。帅朗在这里面看到的只是资本的贪婪，资本的无情，资本的收割。偏偏他崇拜仰慕的父亲，当时正是熊氏投资咨询公司的总经理。因此帅朗不敢细想下去，不敢去认真调查，他的父亲在当初吞并沙县机械厂时，究竟扮演了怎样的角色？

他更愿意相信这一切都是熊法师搞出来的，父亲只是被卷入了旋涡，完全无辜。帅朗甚至愿意相信，父亲正是看不下去熊法师的贪婪与残暴才会和他反目成仇。抱着这样的想法，他自然不愿相信海鸥资产有不光彩的地方。他宁愿做一个埋在沙子里的鸵鸟，也不愿意父亲完美的形象毁灭，崩塌。

帅朗打断了沈涟漪的话，斩钉截铁道："我相信瑕不掩瑜。涟漪，你不要总是那么理想化，现实里要想做事，会遭遇各种各样的掣肘，不可能让方方面面满意……"

沈涟漪沉默不语，手中的调羹一次又一次撞击到了咖啡杯，心情有些沉郁。瑕不掩瑜？这话陈思也说过。她万没有想到，两人居然说出如此相似的话。当真是自己太过理想化了吗？

看着沈涟漪的座驾远去，帅朗轻轻叹了一口气，这一次，他俩没有吵架。曾经熟悉得想说什么就说什么，如今即便观点不同也保持了无可挑剔的社交礼仪，平静而又优雅地喝完了咖啡，友好平和地道别。

这感觉让帅朗格外刺心，刺得他心头鲜血淋漓。

"师父，师父！"就在这时，被他打发去跑腿的田小可找过来会合了。

她屁颠屁颠赶来，气喘吁吁的："我按照你吩咐的，查过了海鸥大厦的物业。这幢大厦只有三层楼属于海鸥资产，即便是这三层楼，现在也被财产保全了……师父，你怎么一点儿都不意外？"

“我只是想让你去确认一下罢了，海鸥资产树倒猢狲散，这样的情形本就在意料之中。”帅朗站起身，径自朝咖啡屋的门口走去。

“喂，师父，等等我……”田小可满头大汗跑来，刚刚坐好歇了歇脚，眼见帅朗离去，只好重新站了起来，一路小跑紧随在帅朗的身后。

帅朗二人上了车疾驰而去，回到了他和田小可订好的宾馆。

帅朗打开了电脑，习惯性地浏览了一下今天的大盘，然后和昇财那边远程交流了一下，公示盘的行情和培训班学员们都运转良好，这才切换到了海鸥资产的股票界面。

ST海鸥还是老样子，依旧在1.1元附近半死不活地徘徊，成交量很低。

帅朗忍不住挠了挠头，面对这样的行情他也毫无办法。他特地调拨了三千万现金过来，可是几次试探，始终都没能拿下多少股份。

事实上，在第一次三百多万资金出手之后，帅朗明显感觉到，操控ST海鸥股票的那一方已经有所警觉，接下来他几次大资金扫货，收获都十分惨淡。三千万资金只用掉了一百多万，而且很多股份还是追高了3%以上才买到。

这显然很亏，不仅成本大幅提高，更要命的是，这样的速度和这样的效率，让帅朗完全没机会从二级市场拿到具备话语权的股份。帅朗忍不住叹了一口气，疲惫地靠在了椅子的后背上，摇了摇头。

看到帅朗这样，田小可连忙问：“怎么，我们不买这个ST海鸥了？”

她其实现在也没有明白，帅朗为什么对这个垃圾股票这么感兴趣。

帅朗不由自主咬了咬牙：“买，当然要买！”

这可不是钱的事情，关系到父亲的心血，他怎么可能放弃？他点开了邮箱，将咨询公司反馈回来的尽调重新点开，一个字一个字地仔细阅读。

从这份尽调来看，海鸥资产目前着实混乱。多角债务纠纷导致了混乱的交叉持股，在资金链断裂之后，一次又一次注资和资产重组清算，又导致了混乱的股东大会，混乱的董事会，以及混乱的高层。

像海鸥期货、海鸥保险等优质的资产在第一时间被剥离了，还有一些不错的企业、地产，以及车辆、证券都被财产保全了，只剩下最差的一些企业依旧还在海鸥资产的名下，都是些年年亏损的货，债务人根本没兴趣去碰。留在海鸥资产唯一的作用，就是不断地吸它本来就贫瘠的血，加速它的灭亡。

幸好帅朗找到了胡春江，又通过其他几个侧面了解研究，方才明白这只是表象。父亲是一个了不起的天才，以他的目光又怎会耗费重金，去收购完全无用的企业呢?

这些看似无用的企业，原本都是郎杰一个很大的棋局中都能派上用场的棋子，一旦重启棋局，这些棋子就会爆发出惊人的能量，带来难以想象的利益。而这些只需要折价拿下已经贬值到谷底的海鸥资产，再通过一系列的资产并购重组就能实现了。

虽然说易行难，执行起来肯定会遇到重重阻碍。而且沈涟漪说得没错，海鸥资产如今背负了太多的债务，随时都会暴雷。但是无论如何，帅朗都不能让熊法师轻而易举摘走父亲苦心经营出来的果实，只是他进场的时间太晚，手中的资金太少，掌握的筹码更是杯水车薪，起码也要成为 ST 海鸥十大持股人，才有那么一点儿可能挤入这场资本的盛宴。

好在也不是完全绝望，至少他及时发现了海鸥资产的潜在价值。正所谓赶得早不如赶得巧。太早入场意味着需要付出更大的成本，而现在入场，ST 海鸥的股价已经跌得不能再跌了，许多纠缠不清的官司也陆续有了判决，这意味着收购 ST 海鸥的成本大幅降低，复杂的股权结构比以前更加容易厘清。

可以说，海鸥资产这颗果实经历这么多年的折腾，终于到了瓜熟蒂落的时候，他才有可能利用海鸥资产当下错综复杂的股权结构，寻找出火中取栗的良机。

良机应该就在这些交叉持股的债务人手里！说不出为什么，帅朗就是有这样强烈的直觉。

帅朗仔细翻阅着商务咨询公司尽调报告，伴随着秒针“嘀嗒”“嘀嗒”作响，时间一点点过去。大约半个小时后，一旁的田小可脑袋像小鸡啄米一般，一点一点往下沉，帅朗忽然眼睛一亮，终于找到了蹊径。

第三十五章
四象

“四象通讯是一家民营企业，成立于1992年。创始人孙福明，最初只是一个民办教师，据说是因为太穷了，老娘死了都买不起棺材，再加上当时学校里有个副校长和他不对付，故意卡着他职称考评。他一气之下就顺应当时的潮流，停薪留职，下海经商了。

“最初，这个企业只是一家校办厂，借用了学校的门面搞些零售。不过孙福明是教物理的，懂电子，一次机缘巧合，他发现海关每年都会查获许多走私的电子配件和电子产品，通过相对便宜的价格拍卖出去。

“他就专门报了成人教育，学习关于电子方面的知识，然后凭借这些知识对拍下来的电子配件和电子产品进行最大限度的改造。现在这些电子品被当成洋垃圾，但在那个物资不是很丰富的年代蕴藏着极大商机，孙福明的四象通讯得以迅速壮大。

“如今的四象通讯主营手机配件，同时还扩张到了文化、房产、旅游等行业，主要有两个子公司，四象文化和四象旅游。其中母公司四象通讯估值13.3亿，由四象通讯持股65%的四象文化估值5.9亿，由四象通讯持股70%的四象旅游估值3.2亿。”

通往南京的高速公路上，已经习惯秘书角色的田小可，一板一眼给帅朗汇报她最近收集来的资料。

“四象文化目前是孙福明的大儿子孙龙担任董事长。孙龙个人持股23%。四象旅游目前是孙福明的小儿子孙虎担任董事长，孙虎个人持股21%。另外孙福明还有一个女儿孙红。孙红和她的丈夫在四象旅游和四象文化都持有5%的股份。

“至于母公司四象通讯，由孙福明个人持股51%，孙龙、孙虎各自持有10%，孙红同样持有5%。总之，这就是一家典型的家族企业。孙福明没有丝毫上市的打算，股份主要都集中在孙家家族成员的手中。

“孙家和海鸥资产之所以产生关系，说来也真是巧合。当年有一家电子厂欠了四象通讯大概两亿三千万的应收款，后来海鸥资产收购了电子厂，连带着也承担下了债务。本来以海鸥资产的实力，这点儿债务根本不在话下。何况也不是真的债务，只是企业生产经营过程中正常的资金往来而已。

“不巧的是，海鸥资产因为要约收购长林集团失败，资金链断裂了，再加上海鸥资产的财务总监叶添锦车祸死亡，偌大的商业帝国顿时一地鸡毛，各种奇葩事情层出不穷，比如转移资产，比如账本失踪，比如合同纠纷。兵荒马乱中，那个被海鸥资产收购的电子厂也混乱起来，无法还清应收款了。

“然后也不知道是怎么操作的，身为债权人的四象通讯，在几次海鸥资产债务重组中，拿到了大约5%的海鸥资产股份，抵消了他们持有的债权。”

5%？帅朗一边开车，一边听着田小可的汇报，脸上一直都没有什么表情。田小可甚至有些怀疑，他到底有没有在认真听。直到这5%的股份从田小可嘴里说出来，帅朗方才挑了挑眉头：“这真是一笔划算的买卖。”

“可不是！”田小可立马点头，很有些眼红，“即便以现在ST海鸥的估值，5%的股份也比那两亿三千万的应收款多，孙家赚翻了！”

“话不是这么说。”帅朗反而摇头，“海鸥资产5%股份的估值当然不会很低，三五个亿都是合理的，问题是这5%的股份很难套现。如果从资金流动的角度看，很多时候还真不如那两亿三千万的应收款。不过，5%的股份正好可以在适当时候参与海鸥资产的盛宴。这张门票运作得好，就算十个亿都不换。哼哼，孙福明这个人图谋不小啊！”

“这么厉害？”田小可吐了吐舌头，幸灾乐祸地笑道，“可惜，孙福明有再大的图谋也没用了。”

确实没用了。帅朗之所以盯上了孙家，就是因为孙福明在一个月前死了。死于心肌梗死。

他死得太突然，没有对继承人做出妥善安排，孙家的四象系企业又是地道的家族控股，所以孙家顿时陷入了最老套的遗产之争。

“孙福明平时身体很好，快六十岁的人了，还声如洪钟，面色红润，走起路来健步如飞，甚至能甩开二三十岁的年轻人。他是白手起家的富一代，喜欢事必躬亲，掌控欲极强，对自己的儿子女儿一点儿都不放心。”田小可一边翻阅着她整理出来的资料，一边说道，“所以，他并没有在生前立下遗嘱。他猝死以后，按照法律规定，他夫人继承了他一半的财产，也就是母公司四象通讯25.5%的股份。

“剩下的那一半股份，按照法律相关规定，平分给了他的三个子女。老大孙龙和老二孙虎，在四象通讯的股份从原来的10%，增加到了18.5%，女儿孙红和她丈夫在四象通讯的股份则从原来的5%，增加到了13.5%。

“然后，孙家老太太不知道为什么，也许是老年痴呆症，也许是被人哄骗了，反正就是无条件支持小儿子孙虎担任四象通讯的董事长，把大儿子孙龙当成了仇人。不但要求孙龙退出四象通讯，甚至要求孙龙的四象文化也交给老二孙虎管理，只让他拿干股分红。孙龙当然不肯答应，更不肯坐以待毙，这段时间孙家可以说闹得翻天覆地。老大和老二算是彻底撕破了脸皮，反目成仇。”

帅朗点了点头：“他们争夺的焦点应该就是四象通讯的控股权。只要拿下了四象通讯，就可以通过四象通讯的控股，直接对付对方的基本盘——老大的四象文化，或者老二的四象旅游。因为四象通讯在四象文化和四象旅游的股份全都是法人股，谁控制了四象通讯，就等于控制了整个四象系。”

“对，事情就是这样！”最喜欢八卦的田小可，纯粹是搬板凳吃瓜看戏的群众心态，叽叽喳喳兴奋不已，“形势显然对孙龙不利，不过他也并没有完全绝望，毕竟老太太持有的25.5%和孙虎持有的18.5%加起来，也只有44%，尚未超过50%。嗯，就算超过了50%，如果不能超过三分之二的股份，也没办法绝对控盘。”

帅朗默契地接过话来：“所以，孙红和她丈夫共同持有的四象通讯13.%的股份，就成了关键，一旦这些股份投给了老太太和孙虎，那么孙虎方就持有57.5%的股份，超过了一半，孙龙基本上就没救了。毕竟人都是喜欢跟红顶白的，正常情况下不会有人再支持大势已去的孙龙。退一步讲，孙龙就算争取到超过15%的股份支持，也只是避免了孙虎的绝对控股权而已。但是孙虎凭借相对控股权，也足以将孙龙架空。

“但是反过来，如果孙红和她丈夫持有的13.5%的股份投给了孙龙呢？小可，考考你，这将会是什么情形？”

田小可眨了眨眼睛：“什么情形啊？”

帅朗笑着：“孙龙如果有孙红的支持，他就拥有了32%的股份，孙虎连相对控股权都没有了，整个四象通讯将陷入俩兄弟僵持对抗的局面。到时候，孙龙自然有办法来化解这次危机，至少阻止孙虎夺走他的四象文化还是能够做到的。这对于孙龙来说，基本上就是唯一的生机。”

田小可不解：“那和我们有什么关系？”

“笨蛋！”帅朗忍不住抬手拍了一下她的脑袋，“知道什么叫奇货可居吗？孙红手里的股份这么吃香，如果我们出手拿下的话会怎样？”

“对啊！”田小可用力拍了一下自己的大腿，开心地道，“我们可以去帮助孙龙。哈哈，咱们袍哥人家，就该打抱不平，锄强扶弱！”

锄强扶弱个鬼！帅朗无语地撇了撇嘴。他可不是什么袍哥人家，千里迢迢跑来南京帮那个孙龙。他的目的很简单，就是拿下孙红手里的股份。这个筹码在手，他就有资格坐下来和孙家的人谈判，让他们将那5%的海鸥资产股份转让给他了。

至于和孙龙还是孙虎合作，重要吗？事实上如果孙虎上道，他更倾向于和占优的孙虎合作。

“哎呀！”忽然，田小可好像想到了什么，猛地坐直身体。

帅朗斜睨了她一眼，无奈地问：“怎么了？”

“呃……其实也没什么。我……我就是突然想到，咱们怎么拿下孙红手里的股份啊？她愿意转让给我们吗？”

“那可由不得她了。”帅朗淡淡一笑，透着成竹在胸的自信。

第三十六章
岔子

田小可很快就知道帅朗为什么自信了。老道居然比他们提前一步来了南京，等帅朗和田小可驾车赶到，老道都已经为他们安排好了食宿。

老道非常兴奋地汇报："朗爷，按照您的吩咐，我去查了孙红和她的老公。哼哼，这俩人都是扶不上墙的烂泥，也难怪孙福明给了他女儿这么点儿股份，真不是重男轻女，而是这夫妻俩真不靠谱。"

说话间，他递给了帅朗一沓资料，全都是关于孙红夫妻的，详细地罗列了最近二十年来，这对夫妻发生过的很多事情。

一开始，他们在四象系这样的家族企业里很自然就得到了重用。但是他们真是干啥啥不行，换了好几个岗位，但凡给他们点儿实权，就会给你闹腾出幺蛾子，进而给公司造成很大的麻烦，比如遗失了客户支付款项的支票啊，比如玩忽职守造成产品质量问题啊，比如信口开河被人录下视频，引发公司的舆论危机啊，等等等等……只有你想不到的，没有他们干不出来的。

这也是孙福明只给他们股份分红，却没有给他们任何职务的缘故。

反正江山是孙福明打下来的，他愿意养两个米虫也无可厚非，但糟糕的是这夫妻俩无知者无畏，还以为自己很有本领，逮着机会就想要实权，想展现自己的能力，整天都是怀才不遇的牢骚。

“嘿嘿，所以这样的人其实很好搞定。”老道有些猥琐地偷笑，“只要想办法接近他们，轻轻松松就把他们的雄心壮志点燃了，然后……”老道给了帅朗一个“你懂”的眼神。

帅朗也懒得问老道具体怎么做，无外乎是弄出个项目，让这对愚蠢的夫妻以为能大展宏图，实际上却是让他们血亏的陷阱。等他们吃了大亏，急缺现金补账的时候，老道就会以救世主的身份出面，买下他们手中的股份。

整个过程，帅朗只需要静静地等待就行了，唯一的问题是要等多久。

“快了，应该就在这两三天里搞定！”老道自信地笑了起来。这方面他绝对是专业的。

就在说话的当口，老道的手机响了起来。老道瞥了一眼屏幕上的来电显示，脸上掠过了一丝愕然的神色。他拿着手机走到一旁接听，才说了几句就挂了，脸色难看地走了回来，看着帅朗，尴尬地道：“这个……朗爷，出岔子了。”

帅朗皱眉：“岔子？”

“有……有人截胡了！”老道脑门冒出了一层细汗。

帅朗并没有说什么，也没有发怒，不过老道在监狱里就领教过帅朗的手段，可不敢造次，连忙将事情一五一十道来。

确实如帅朗猜想的那样，老道给这对夫妻安排了一个看上去很美好，实际上却暗藏陷阱的项目。这对夫妻很好对付，三下五除二就被老道忽悠，相信有一家公司从国外订购了一批精密性很高的电子元件，但是因为报关时出了问题，被滞留在港口没法取货。这严重影响了他们向下游企业交货的日期，要赔付很大一批违约金。

很巧，四象通讯正好有同类型的电子元件。

所以这家公司愿意通过孙红夫妻，以高出市场20%的溢价，购买四象通讯的电子元件，同时承诺等到一个月后报关问题解决了，那批滞留的电子元件以低于市场10%的价格回售给四象通讯。这样一来，等于是孙红夫妻将现货以升水的价格卖出，再以贴水的价格买回隔月的期货，这中间30%的差价就落入孙红夫妻的腰包。稳赚不赔啊！

在看了老道仿造的报关单以后，孙红夫妻毫不犹豫地接下了这笔生意。

如果一切顺利的话，这几天老道就准备收网了，肯定不会将电子元件折价10%回售给孙红夫妻，除非孙红夫妻愿意转让手里13.5%的四象通讯股份，才会溢价20%，也就是之前孙红夫妻卖出去的价格，把那批之前从他们手里买来的电子元件原价回售给他们。

反正他用的是一个皮包公司，和孙红夫妻订的合同也暗藏了漏洞和机关，翻脸毁诺之后，根本不怕孙红夫妻能找他算账。

相反，因为这种电子元件国内根本买不到，重新去国外订购的话，从洽淡到签约再到运输回来也需要大量的时间。孙红夫妻仓促间根本没法补货，他们唯一的选择就是屈服。否则，他们挪用四象通讯电子元件的事情就会曝光，四象通讯也会因为缺少这批电子元件，生产和销售都会出现极大的问题。

这些问题，如果孙福明在世的时候倒也没什么大不了。毕竟四象通讯在孙福明一手掌控之中，自家女儿女婿闹出这样狗屁倒灶的事情，孙福明再愤怒也得给他们收拾残局，总不能因为这么一点儿事情就把女儿女婿送去坐牢吧？

可现在就不同了。现在可不是孙福明的时代，四象通讯处于孙龙和孙虎争斗白热化的阶段，事情真要闹出来，无论孙龙还是孙虎，只要有一方顾念兄妹之情，另一方肯定会大公无私，把事情闹大，乘机夺权。

总之，孙红夫妻从掉入这个陷阱开始，就已经是必死之局。理论上，他们唯一能生路就是和老道合作，乖乖把他们的股份卖给老道。

这样的套路老道早就玩得纯熟，他有绝对的信心能把孙红夫妻收拾得服服帖帖，让帅朗拿到四象通讯13.5%的股份。说来很复杂，但是环环相扣，实际上成功的概率极高。

让老道万万没想到的是，这眼看就要大功告成了，却忽然传来消息，孙红夫妻居然弄到了另一批电子元件。换而言之，他们已经化解了危机，根本不再受制于老道了。而老道之前高价买下的那批电子元件，完全失去了应有的作用，反而还偷鸡不成蚀把米，亏掉不少钱。

“怎么会这样？”听了老道的解释之后，帅朗倒没有太大愤怒。这就是现实，无论你的计划多精妙，保不住会遇到什么意外，不可能事事如意，样样称心。小孩子才会认为自己可以算无遗，运筹帷幄，无所不能。

此刻帅朗更关心的是：“他们怎么弄到电子元件的？意外？还是有人算计好了，存心坏我们的事？”

难道是熊法师出手了？他当真那么神通广大？可以洞悉自己的一举一动，还可以抢先出手，对自己进行狙击？

“这个……”老道挠了挠头，也是满脸疑惑，“暂时还没有这方面的消息。孙红夫妻大概一个小时后会去港口的仓库拿货，提供这批电子元件的卖家会在那里和他们当面交割。”

“那还等什么？走，去看看！”听到这话，帅朗毫不犹豫地站了起来。

所谓知己知彼方能百战不殆，不管是不是熊法师，既然对方要露面，帅朗自然不会错过，要亲眼看看他究竟是何方神圣。

第三十七章
见面

对方确实是针对帅朗！而且压根就没有想过掩饰，帅朗人还没有赶到港口，各方面的信息就已经源源不断传来。

“确实有一批电子元件。”朝着港口疾驰而去的车上，老道不停地接打电话，然后将获得的消息汇报给帅朗听，“刚刚查到，货源是广州一家企业的。这家广州的企业和四象通讯一样，都是生产电子产品的。嗯，产品不一样，但是都要用到同一类型的电子元件。这一批电子元件也和四象通讯一样，是这家企业的储备生产资料，一两个月内可以不必动用，是为了预防价格波动，以及其他突发事故才囤着的。卖给孙红夫妻，短期内并不影响这家企业的生产经营。“

“广州？”帅朗皱眉，“怎么会冒出一家广州的企业？这家企业和四象通讯算不算同业竞争的关系？他们怎么知道孙红夫妻急缺这么一批电子元件？又为什么突然跳出来和孙红夫妻做交易的？”

“朗爷，您稍等一下！”面对帅朗的一连串问题，老道也是满脸困惑，他又打了几个电话，这才说道，“搞清楚了。实际上并不是这家广州的企业和孙红夫妻交易，交易的卖家是东华渔业。”

"东华渔业！"听到这四个字，帅朗不由身体一震。

东华渔业，帅朗当然不陌生，那里承载了他太多的回忆。当年，他亲手推动了东华渔业的上市，在那里他成为董事会秘书，上市公司的高管。在那里，他和沈涟漪渐行渐远，和齐然诺一度走近，最终又反目成仇。他还和叶阑珊合作，从齐然诺的手里抢走了东华渔业。

但齐家终究是东华渔业的创始人，根基深厚，在他和叶阑珊相继入狱之后，齐然诺借机重新夺回了东华渔业的控制权。蛇猎人不知道为什么，或许是看不上东华渔业，或许是有了更好的目标，整个过程都没有出手，任由齐然诺重新掌权，再次成了东华渔业的董事长。

帅朗怎么也没有想到，今日在自己设计对付四象通讯的时候，东华渔业忽然跳出来半路截胡。换而言之，这次出手对付自己的是齐然诺？

帅朗心念电转之间，一阵恍惚，脑海里闪现出了齐然诺的身影，一头齐耳短发，戴着一副略显老气的黑框眼镜，总是一脸的认真。

他和她相识于长林大厦，并肩作战于东华渔业，携手应对了海岸休闲城的风波。有那么一段时间，他们真是走得非常亲密，无论在公在私都是那么默契。至今想来，依旧还能回想起好多温馨和甜蜜。

可惜，他是郎杰的儿子，她是齐华的女儿。

他们终究注定了要成为势不两立的仇人。

就在帅朗心神恍惚之际，耳畔回荡起了老道的声音："有消息了。广州那家企业和东华渔业有很密切的生意往来，东华渔业以5%的溢价，很容易就拿到了这批电子元件。东华渔业回过头来，竟然又折价5%卖给了孙红夫妻。"

“也就是说……”帅朗定了定神这才开口，声音沙哑得连他自己都吓了一跳，赶紧轻轻咳嗽了一声，掩饰了自己的异样，方才继续道，“东华渔业不惜一进一出亏损10%，也要阻挠我们的行动？”

他忍不住握紧了自己的拳头。够狠，也够有效！仅此一点，就可以看得出东华渔业的决心之大，下手之狠。如果这真是齐然诺所为，她这些年真是更加成熟了，更加像一个商场上杀伐果断的女强人了。当然，同样可以看得出来，她对他究竟是有多恨！

最后一点顿时让帅朗不胜怅然。

说话的工夫，车已经疾驰到了港口。帅朗匆匆下车，老远就看到了孙红夫妻。这夫妻俩正和一堆人站在一起握手道别。帅朗心头一沉，看着众人相谈甚欢的样子，不用想也能明白，他们的交易已经达成了。

孙红夫妻买到了他们填补窟窿的电子元件，东华渔业借此机会拿下了他们手中四象通讯13.5%的股份。而帅朗这段时间的筹划谋略，全都成了东华渔业的嫁衣裳。不仅高价收购来的电子元件要烂在了自己手里，而且整个战略图谋也被彻底粉碎了。

孙红夫妻喜气洋洋地上车离开，帅朗并没有再做无用的挣扎。他平静地靠在车身上点了一支烟，一边抽着烟，一边看着那边。东华渔业的人也注意到了帅朗，纷纷将目光投了过来。其中一道目光犀利又熟悉，正是齐然诺。

多年不见，齐然诺还是齐耳短发，只不过脸上少了一些青涩，多了几分岁月的痕迹。更加成熟，气场更加强大了。帅朗没有走过去，齐然诺也没有走过来。两人就这样面对面站在大约三十米外的地方，彼此平静地看着对方。

齐然诺没有丝毫冲过来理论、控诉、怒骂、发泄的迹象，看着帅朗倒更像是看着无关的陌生人。她朝帅朗轻轻点了点头，随即带着身边那一大帮子律师、会计师、跟班之类的手下，驾着三辆小车、两辆面包车浩浩荡荡离开。

帅朗静静地看着张扬的灰尘里，那支车队渐渐消失在视野外，他轻轻叹了一口气，心情有些抑郁："走吧！"

说着，便转身上了自己的车。

第三十八章 公司债

“就这样放弃了？”众人返回市区的宾馆，老道很是不甘地道，“朗爷，要不要再争取一下？我想想办法，看看有没有可能对付东华渔业！”

老道有些咬牙切齿，毕竟整个行动方案都是他在实施，眼看就差这临门一脚了，居然被人截胡，老道岂能甘心。他眼巴巴地望着帅朗，希望能够得到允许，回敬东华渔业一刀。

帅朗果断地摇了摇头：“算了，事不可为就不要为！”

帅朗想起了父亲留给他的笔记里的话，虽然这段话讲的是证券交易的心得体会，不过也可以用在为人处事上。现实中，很多时候同样需要像交易时那样，下定决心，断然清仓。

比如现在，他虽然很诧异齐然诺怎么会了解自己的行动，如此精准地针对自己？但无论如何，齐然诺成功截胡了。东华渔业的实力本来就远远胜过自己，这一次她又是后发制人，他最应该做的就是认输离场，果断止损。

帅朗回到宾馆，一边让田小可退房，一边打开了笔记本电脑，将网页的页面切换到了四象通讯的官网上。和很多企业官网一样，四象通讯的企业官网很简陋，首页三分之二的界面，就是企业抬头和一些企业活动的图片。最下方留下了联系电话，联系邮箱，以及关联企业名单。

子页面有公司大股东、高管的照片和简介，不过有很多人都只有名字，照片空白，简介空白。有照片和简介的，也是过时很久了。同样过时的，还有企业的介绍、企业的团建活动等等，都是好几年前的了。

这也可以理解。孙福明毕竟是最早那一代的创业者，他们大多数人对于互联网并不熟悉，也不感兴趣。好在帅朗浏览四象通讯官网的目的并非这些，他点击了公司债券这一栏。

微微松了一口气。运气不错，四象通讯虽然不是上市公司，不过之前在孙福明的经营下业绩还算不错，无论企业规模，还是每年的利润都达到了发行公司债的要求，已经发行了好几期公司债。有一年期的短债，也有五年期的。

正看着，田小可办理好了退房手续回来。她又把脑袋探过来，看到帅朗所浏览的网页内容，不由啧啧了几声："怎么，师父，你这是要买四象通讯的企债？嘻嘻，是不是要狙击他们？"

"这是公司债，不是企债！企债的发行主体是中央政府部门机构、国有独资企业、国有控股企业，四象通讯这样的民营公司可没有资格发行。"帅朗毫不客气地把田小可的脑袋拨了过去，然后说道，"另外，狙击你个大头鬼。整个四象系的企业都不是上市公司，股权全都集中在孙家的手里，哪里狙击得了？"

田小可眨了眨眼睛，有些不解："这么说，那还是非上市公司好了？上市公司岂不是留出靶子让人打？"

"钱啊！"帅朗有些头疼地揉了揉太阳穴，给金融小白启蒙解惑确实很累，"上司公司可以圈钱。通过上市发行股票，以及上市后的增发、定向增发、配售，嗯，还有可转债，太多途径可以筹钱。非上市公司缺钱的话，融资渠道就很匮乏了。就算花了很大功夫和银行搞好关系，银行的贷款也毕竟有限，未必能够解决所有问题。高利贷、民间融资都存在巨大的隐患，发行公司债也有很多门槛……还好，四象通讯看来发展得不错，虽然只是发了小公司债，只能面向合格投资者，不像大公司债，还可以面向公众投资者。不过总算达到了分类标准……”

田小可不懂就问：“分类标准？什么意思？”

“分类标准就是指这个企业的公司债，信用评级至少要达到AA级。另外债券上市前，发行人最近一期末的净资产不低于5亿元人民币，或最近一期末的资产负债率不高于75%；再一个，债券上市前，发行人最近3个会计年度实现的年均可分配利润不少于债券一年利息的1.5倍。”

“哦……”田小可茫然地点了点头，实际上啥都没懂，不过她也不在乎暴露自己的无知，虚心问道，“那达到了分类标准怎么样？”

“达到分类标准，就可以和大公司债一样，在竞价交易平台、固定收益平台、大宗交易系统挂牌交易。要是没有达到分类标准，就只能在固定收益平台交易了。”

如果只在固定收益平台交易，可就买不到多少四象通讯的公司债了。现在和大公司债一样，竞价交易平台和大宗交易系统也能挂牌，事情就简单多了。

其中大宗交易系统倒也罢了，得看能不能找到拥有大把四象通讯公司债并且愿意出售的大卖家。关键是竞价交易平台，实际上就是二级市场，买卖都很方便。

至于小公司债只面向合格投资者倒不是什么问题，按照业内的规则，所谓合格投资者只需要拥有三百万以上资产就行了，昇财自然早就有了好几个合格投资者的账户，买卖四象通讯的公司债，一点儿阻碍都没有。

“哦，那敢情好，咱们买这些四象通讯的公司债，看来很方便啊！”听了帅朗的解释，田小可一脸恍然地点了点头，随即又皱起眉头来，疑惑地问，“可是……既然师父你不准备狙击四象通讯，为什么要买四象通讯的公司债？”

“废话，师父我当然是为了赚钱啦！你自己看，这段时间，因为创始人孙福明猝死，再加上孙家闹出了豪门争产的闹剧，四象通讯固然因为不是上市公司，不存在什么股价波动的问题，可他们发行了好多公司债。这些公司债，尤其是一年期，马上就要兑付的短债，最近跌得可都很凶，甚至都有跌破五十元的了。”

田小可茫然：“那又怎样？”

帅朗无奈地牵动了一下嘴角：“动动脑子！现在东华渔业拿下了孙红夫妻手中13.5%的股份。东华渔业为什么要拿下这些股份？还不是跟我们想的一样，要海鸥资产那5%的股份？”

田小可眨了眨眼睛，忽然灵光一闪：“哦，所以东华渔业肯定会和孙家兄弟谈判，最大可能是支持占据优势的孙虎，换取四象通讯将海鸥资产5%的股份转让给东华渔业！也就是说，在东华渔业介入后，四象通讯的兄弟阋于墙，反而会很快结束。”

帅朗万没有想到这免费的笨蛋徒弟，这次居然这么聪明。他有些惊奇地看了田小可一眼，点头：“嗯，说得一点儿没错。四象通讯确实有很大可能化解这兄弟之争，那么目前暴跌的四象通讯公司债券……”

田小可终于反应过来，惊喜地道：“这些四象通讯的公司债，会大涨特涨！”

“是啊，债券和股票不同，没有涨跌幅限制，所以一有风吹草动，这些公司债就会大涨大跌。”帅朗微微一笑，“我们现在买入这些四象通讯的公司债，运气好的话，不仅可以弥补这次被人截胡的损失，还有很大可能大赚一笔哦……”

正说着，帅朗兜里的手机响了起来。他拿出来一看，微微一愣。来电号码不是别人，居然是熊猫。

第三十九章 敌友

弯月悄然挂上高楼。道路两旁的路灯不知何时点亮了，散出淡黄色的光。来往的车流却依旧不见稀少，川流不息。

沪上壹号虽然坐落在繁华的闹市，却凭借别出心裁的设计，完美地隔离了喧嚣。尤其是贵宾包厢里，小桥流水的沙盘，勾勒了出尘的隐逸，穿着中式旗袍的招待将一道道经典的海派美味呈现上来。

不同于北方的豪放，这里的每一道菜都盛放在精致的小碟子里。量很少，少得仿佛一口就能吃完，可是每一道菜都得到了顶尖的料理。且不说那香、那味，单单是眼睛所见的视觉效果色就已经足以让人看得垂涎三尺，食道大开。

此刻熊猫却无心享受，他满脸尴尬地笑着，嘴里都是些毫无营养的客套话。渐渐地，在帅朗平静地注视下，连笑也笑不起来，说也说不下去了。

“好吧，好吧……”熊猫叹了一口气，举手投降，不再去虚伪地回忆两人年少时的友谊，也不再为自己五年前的背后捅刀辩解，直截了当道，“我说实话吧，五年前的事情我并不觉得有什么错。

今天找你来，当然不是向你道歉的。我想，你也不需要我道歉吧？以后真要是狭路相逢了，大家各凭本领。嘿嘿，我和你都一样，无依无靠无根无凭，却偏偏不甘平庸，挣扎在这富贵名利场，自然就只能把一切都放下，努力拼个出路来。”

熊猫滔滔不绝的当口，帅朗一口紧接一口，不急不躁地品尝着桌面上的美味佳肴。直到熊猫的话都说完，他才不慌不忙开口：“那你找我来干什么？以我对你的了解，咱们都这样的关系了，正常情况下，你是绝不可能主动找我的。那么，实际上要见我的肯定不是你，而是叶阑珊吧？”

熊猫的脸色微微僵硬了一下，好一会儿才勉强笑道：“阿郎，看来你还是对当年的事情耿耿于怀啊，其实……”

他说话的时候，帅朗平静地看着他。没有出声，也没有动作。

可不知道为什么，这一刻，熊猫竟无比强烈地希望帅朗和自己爆发激烈的争吵，甚至是狠狠地打上一架，打得头破血流，都比这样的无声无息好。这让熊猫有一种芒刺在背的压迫感。感觉自己就好像是小丑在表演，忽然没有了说下去的欲望。

他戛然而止，叹了一口气：“好吧，你猜对了，是阑珊想要见你。不过我并不知道她找你做什么。”

若是按熊猫本人的心意，他真的不想和帅朗照面。无论如何，当初他为了叶阑珊暗算了帅朗，都是一件很不光彩的事情。但是叶阑珊强烈要求，他才不得不把帅朗邀请来的，他也确实不知道叶阑珊想要干什么。

叶阑珊似乎始终都紧盯着帅朗，一开始，她故意将沈涟漪引去找胡春江，然后又散布消息给齐然诺，让齐然诺出手摆了帅朗一道，这都是纠缠不休的架势啊！报复？还是……熊猫心中有一种不舒服的感觉。奈何叶阑珊这可恨的尤物，每次都在笑吟吟的顾盼间，轻轻松松就唆使自己去执行她的意图。自己每次都稀里糊涂就晕头晕脑地服从，好像舔狗一枚。

两三分钟以后，包厢的门被人打开了，叶阑珊笑着走了进来，笑吟吟地走到了帅朗跟前。

依旧还是那个人间尤物，看不出五年的牢狱在她身上留下了什么岁月的痕迹。甚至都看不出她曾经和帅朗之间曾经你死我活。

叶阑珊走到帅朗跟前，笑吟吟地伸出手，就好像当初在海鸥酒吧和帅朗初见："帅总，久违了！"

"你好，叶总。"帅朗站起身，同样平静地和叶阑珊握手，称呼的时候有些迟疑，微微转头瞥了熊猫一眼。

熊猫赶紧解释："这几年我只是帮叶总看家，公司当然还是叶总的。"

帅朗不动声色地问："还是叫阑珊资本？"

叶阑珊笑道："毕竟还是有点儿名气啊！我们可没有帅总的本领，能够另起炉灶，还这么快就发展壮大了，只能靠以前闹出来的名头来招揽些客户。"

"叶总过谦了。"帅朗邀请叶阑珊入座，淡淡地道，"以叶总的本领，再加上麾下还有熊猫这样的干将，很快就能缔造出传奇的财富神话来！"

"哈哈，多承帅总吉言！"叶阑珊花枝招展地笑了起来，忽然话锋一转，直截了当地跳到了主题，"明人不说暗话。其实这次请帅总来，是想和帅总合作一笔大买卖！"

"我？"帅朗一愣，随即有些气笑了。

这叶阑珊得是多心大，忘了自己和她的恩怨了吗？真得不在意自己害她坐牢？也真的以为自己会不在意当初她和蛇猎人的联手？

就在帅朗琢磨叶阑珊真实意图之际，叶阑珊的嘴里忽然冒出了一句英语："No permanent friends, no permanent enemies, only permanent interests！"

无论帅朗还是熊猫都愣了一愣。倒不是他们听不懂英语，作为985出来的大学生，这点儿英语水平他们还是有的。尤其这句话这么有名。

只不过，他们认识的叶阑珊，虽然第一次出现在他们的面前就是极尽精致优雅，但实际上她真的只是从山里出来的土妹子。穿着可以包装，礼仪可以学习，待人接物可以拼天赋，品味档次可以烧钱，但是学识肯定得实打实下苦功学出来才行。

在他们的印象里，叶阑珊原本是绝不会用流利的英语说出这样一句话的。

“没有永远的朋友，也没有永远的敌人，只有永远的利益。”就在帅朗和熊猫诧异的当口，叶阑珊笑吟吟地继续道，“这几年，我在监狱里自学了英语，读了很多英文原版书，最喜欢的就是这句话。咱们拒绝什么，也不能拒绝利益不是？”

帅朗的眼睛微微眯了一下，确定叶阑珊的态度是认真的，他也不由认真起来：“你所说的利益是什么？”

“钱！”叶阑珊笑了笑，不等帅朗皱眉，便立刻补充道，“当然，具体是指海鸥资产。如果我们联手争取到门票，就能参加一场即将展开的资本盛宴。”

话很有些拗口。帅朗听出了这拗口的话里面暗藏的巨大的信息量。帅朗不由坐直了身体，脸上的神情越发认真起来：“继续！我需要知道更加具体详尽的细节。这样才能确定我们到底是Friends or Enemies！”

第四十章
理由

“你既然去找过了胡春江，想必知道海鸥资产看上去已经破破烂烂，随时都会沉船。实际上，有赖于你的父亲在金融方面无与伦比的天赋，这家公司实际上还有翻倍的筹码，还有新的可能缔造出财富神话！”

幽静的包厢内回荡起叶阑珊的话语，她的话非常直接，没有丝毫弯弯绕绕。

“毫无疑问，这是一锅好肉，做好了就是一场资本的盛宴。今时不同于往日，从海鸥资产要约收购长林集团失败到现在，已经差不多七年了吧。这七年，海鸥资产是一地鸡毛。可这也让现在的海鸥资产足够的便宜，不再是当年千亿资产的庞然大物，而是成了很多人避之唯恐不及的烂泥。此刻获得海鸥资产的股份，恰恰是成本最低的时候。另外，海鸥资产的那些烂账最近也被法院纷纷二审判决，到了可以入手整理的时候了。换而言之，一桌好菜，已经快要可以上桌了。

“阿郎，不瞒你，我想参加，只不过不是随便什么阿猫阿狗都有资格上桌的，按照现阶段海鸥资产的情况，5% 股份是能够上桌的最低门槛。不能再少了，再少，可就没法在海鸥资产的股东大会乃至董事会上获得足够话语权了。

“可惜现在的阑珊资本没有实力单独拿下这5%的股份，你的昇财其实也差一些。啧啧啧，别不服气！你应该猜得到我调查了你，所以我知道你的昇财这段时间确实赚了很多钱。我还知道，你这次对四象通讯下手了，玩得很漂亮，如果顺利的话，还真有可能是一次经典的蛇吞象。

“可是你得承认吧，你这是利用孙福明突然过世，孙家陷入争夺家产的特殊时点才有可能成功。你看，齐然诺一出手，你不就没辙了？所以相信我，单单凭借你昇财的实力，其实就算拿下那5%的股份，也未必能吃下未来的资本盛宴。

“咳咳，别这样面无表情。好吧，我承认是我捣了鬼。我在调查你的过程中，发现了你布局四象通讯的孙红夫妻，想要借此机会拿下海鸥资产那5%的股份。然后，我将这件事情告诉了齐然诺。”

叶阑珊说话的时候，帅朗一直拿着酒杯，慢慢地抿着。整个过程都很平静，任由叶阑珊述说，似乎一点儿都不在意叶阑珊说的话是真是假，是对是错，直到这时，他拿着酒杯的手方才微微顿了一下。

这真是没有想到，是叶阑珊将自己的事情泄露出去！

嗯，仔细想想，叶阑珊还真是有可能这么做。以自己和叶阑珊、熊猫那复杂的纠葛恩怨，叶阑珊找人去调查自己一点儿都不奇怪，在调查自己的时候，发现自己对四象通讯出手，也同样顺理成章。

唯一奇怪的是，叶阑珊为什么要将这件事情泄露给齐然诺，阻止自己不说，还等于变相让齐然诺也参与到了海鸥资产的资本盛宴中来？显然不是因为她俩成了情同手足的好姐妹。那问题又回到了原点，叶阑珊为什么要这么做呢？

叶阑珊笑眯眯地伸出三根手指：“三个原因。第一个原因，叫联弱抗强。我们两家的实力都弱了一些，因此有联手的必要。我们两家的实力又很接近，彼此也知根知底，不怕一方会反客为主吞并另一方。所以思来想去，我感觉你应该是我现阶段最好的盟友。在这样情形下，我当然不能坐视你就这么拿下海鸥资产5%的股份，否则我还怎么找你联手？”

叶阑珊毫不掩饰，极度坦率，极度自私的话，反倒让帅朗一时间说不出话来。

他问了一声：“第二个原因呢？”

叶阑珊笑吟吟地道：“第二个原因，就是刚才我说的，你的实力其实还不够拿下那5%的股份，我让齐然诺出手截了你的胡，其实是在救你。我在牢里看了一本书，书上说，春秋时期的五行阴阳家很注重名实相符。有什么实力，获得相应的收益才是常理。若获得的收益超越了自身的实力，绝对是取祸之道。所以，某种程度上你得谢我！”

“那还真是要多谢叶总了！”帅朗咬了咬牙，冷笑，“我就想请教一件事情。叶总你口口声声说我的实力欠缺。那么，在叶总眼里究竟要有什么样的实力，才配参与到海鸥资产的盛宴？”

“比如东华渔业咯！”叶阑珊耸了耸肩，随口轻飘飘一句话，在成功引得帅朗愕然之后，又咯咯笑了起来，“好吧，如此说是有些夸张，但也不是完全胡扯。嗯，其实这就牵扯到了我说的第三个理由。”

一边说着，叶阑珊一边伸出了做了一个“三”的手势，在帅朗面前晃了晃。

帅朗没有说话，叶阑珊继续笑吟吟地道：“第三个理由，就是现在有很多盯着这块肉的势力，其中有些鳄鱼太强大了。”

“鳄鱼？”

“嗯，鳄鱼！想要吃肉的鳄鱼！刚才我去见了一头对海鸥资产有想法，又特别强大的鳄鱼。”叶阑珊抬手轻轻捋了捋鬓角的鬓发，一字一句道，“这头鳄鱼你认识，就是蛇猎人佘道林。”

蛇猎人！帅朗握着酒杯的手，再一次微微颤动了一下。蛇猎人也要入局吗？

一开始，帅朗还以为叶阑珊口中所说的鳄鱼是熊法师，不过仔细想想，叶阑珊提到蛇猎人一点儿都不意外。毕竟叶阑珊和佘道林熟识，最初帅朗被卷入进来，被引导着和高迈、和齐家对抗，不正是叶阑珊在佘道林的授意下这么做的？叶阑珊就算不是佘道林的手下，至少也该算是他的合作者吧？

“是不是奇怪，我这第三个理由，把佘道林当成了对手？”叶阑珊笑吟吟的。

帅朗冷笑：“对你来说，肯定是没有永远的朋友，没有永远的敌人，只有永远的利益！”

“是啊，唯有利益真久远！”叶阑珊没有丝毫掩饰，坦然道，“我和佘总的关系有些复杂。一时间和你说不明白。你只消知道，佘总这次并不愿意我加入进来。刚才我去见佘总，就是做最后的努力，可惜还是被他拒绝了。事实上，他不愿意任何人加入进来。他想的是独吞这满桌的菜。在这种情况下，你要是傻乎乎吞下四象通讯手里的那批海鸥资产股份，肯定会成为他眼中钉，肉中刺，成为他全力以赴要针对的目标。阿郎，你觉得自己做好准备了吗？”

“是吗？”帅朗的嘴角泛起了一丝嘲弄，“这么说，我还要谢谢你特意去通知齐然诺来中途截胡了？”

叶阑珊给了帅朗一个妩媚的微笑：“当然咯！我故意让齐然诺卷进来，一个重要的原因是东华渔业虽然斗不过佘道林，实力却也不弱，至少不是佘道林随便就能解决掉的。这样实力的新势力入局越多越好，人越多，水才能搅浑，到时候咱们入局，佘道林才会无暇驱赶咱们。否则……你这次就算在四象通讯这里侥幸得手，反而是取死之道。别忘了，四象通讯那批股份可是5%了，超过5%的股权变动都是要公报披露的。你自己想想，到时候吸引佘道林注意，把你当成主要敌人的话，会有什么后果？”

帅朗悻悻地冷哼了一声，将信将疑。

一方面，他不得不承认，这逻辑并没有大问题，事情还真有可能是这样。以佘道林的资金实力，也确实是自己无法抗衡的。另一方面，他不相信叶阑珊真有这么好心，怀疑叶阑珊并没有说尽实话，而是有所隐瞒，另有所图。

帅朗转移话题：“佘道林真有本事独吞吗？”

说话间狐疑地瞥了叶阑珊一眼，这话其实是一种试探，叶阑珊和佘道林当初关系太密切，如今又是什么关系？现在忽然找上自己，到底是什么打算？

叶阑珊满脸都是悻悻的神色，看上去好像真的和佘道林闹翻了。她咬了咬牙，恨恨地道：“为了吞下海鸥资产，他已经处心积虑谋划好多年了，现在终于等到机会了。”

帅朗一愣：“机会？”

叶阑珊点了点头：“是啊，法拍的机会！”

听到法拍两字，帅朗眉头微微动了一动，却没有说话。

叶阑珊说道：“海鸥资产因为陷入了复杂的债务纠纷中，结果被许多债权人、合伙人起诉，海鸥资产不断应诉，就算被一审判决之后，也多半会进行上诉、申诉。总之就是一堆旷日持久的官司。不过再旷日持久的官司也会有结束的时候，最近两年，这些诉讼陆陆续续都有了终审判决，到了执行阶段。

“如果被执行人无法履行法院判决的话，他们名下的资产，尤其是那些已经被保全的财产，被冻结的财产，被执行的财产，都会被拍卖。其中就包括海鸥资产的股份。这些被拍品在拍卖前都会进行估价，起拍价按照规定，不会超过估价的70%。保证金是起拍价的5～20%之间。

“所以，在目前二级市场ST海鸥成交量低迷的情况下，要想得到海鸥资产的股份，最好的选择就是参加法拍！”

第四十一章
法拍

宾馆。帅朗打开电脑的时候，依旧琢磨着叶阑珊跟他的那一大堆话。

法院最近一段时间，陆续将好几批海鸥资产的股票进行司法拍卖，从某种程度上说，这将是参加资本盛宴的门票之战，也是决定谁掌控海鸥资产的首轮主力交锋。而在这之前，都只是无关紧要的前戏。

就算强大如蛇猎人，如果不能拍下足够多的海鸥资产股份，他前些年陆续收集到的筹码是远远不足以让他入主海鸥资产的，更遑论要将海鸥资产变成资本的盛宴敞开吃了。

阑珊资本和昇财的机会也就在于此——

公开而密集的法拍，会让更多的资金关注海鸥资产，会吸引更多的势力介入，到时候就会分散蛇猎人的注意力。按照叶阑珊的说法，她自有办法避开佘道林的狙击，获得足够的海鸥资产股份。这足够的海鸥资产股份是指——5%!

叶阑珊很自信地宣称，经过她仔细计算，5% 的股份基本上就可以进入海鸥资产接下来重组的董事会了。到时候，他们就有一定的话语权，就能够坐在那场资本盛宴的饭桌上了。

叶阑珊的逻辑环环相扣，帅朗实在找不到任何反驳的理由，可还是无法消除对她的警惕。所以他并没有答应联手，但也没有忽略叶阑珊透露出来的信息，一回到下榻的宾馆，他就开始搜集这方面的信息。

很快，帅朗惊讶地发现，海鸥资产的法拍确实存在。

不过因为是好几家法院，好几次审判后执行的结果，判决的时间有些间距很大，海鸥资产的股份分成了好些批次。每个批次拍卖的股份各不相同。

它们被不同的法院在不同的省市拍卖，起拍时间有先有后。竞拍的时间有长有短。有些正在拍卖，有些还没拍卖，有些甚至流拍了以后重新拍卖，也有些已经拍卖成功。

拍卖有网上的，也有网下的。连保证金也各不相同，有只需要缴纳5%保证金的，有必须缴纳20%保证金的，居然还有可以赊钱报名的，甚至一些批次还能够一键贷款。

同样都是海鸥资产的股票，法拍的起拍价格也各不相同，有的法院直接以起拍前一天的收盘价作为起拍的股票均价，也有法院以挂拍前十个或者二十个交易日公司股票均价为起拍的股票均价，还有的法院更加复杂，股票起拍价=开拍日前20个交易日的收盘价均价×（1±大宗交易折溢价率）×股票总股数。

不过股票，尤其还是上市公司的流通股票，当然和法拍的其他物品不一样。其他物品是按照估价的70%起拍，而股票大家都知道市价多少，起拍高了肯定无人问津，低了的话就会有人感兴趣。但是感兴趣的人多了，竞拍也就多了，价格自然涨上来了。

帅朗仔细研究了这其中的规则之后，选择了其中一个批次的法拍，点击进去。

这个批次法拍的ST海鸥有两千三百万股，起拍价是两千三百四十六万，相当于只有1.02元每股。对比市价折价了10%，在这些批次中间是相对便宜的。

而且根据法拍界面的标注，目前没有优先购买权人参与，也没有人竞拍。竞拍时间只持续三天，保证金也只需要缴纳10%。

所以，帅朗点击拍卖，支付了保证金以后，只要三天内没有其他人竞拍，就能够以便宜市价10%的折价，购买到这两千三百万股的海鸥资产股份。

“师父，师父！”就在帅朗尝试着参与竞拍的当口，忽然看见田小可兴匆匆地跑来。

她兴奋得脸蛋都红了，连声道：“公告！四象通讯发布公告了！”

帅朗早有所料，平静地打开了四象通讯的官网，果然出现了一条新鲜出炉的公告。公告的大致内容就是一次董事会决议。决议的结果是由老二孙虎担任董事长，老大孙龙全面退出四象通讯，辞去在四象通讯的一切职务，包括不再担任董事会董事。换而言之，从此就只是一个拿分红的股东了。

怎么看都是孙虎全面获胜。帅朗知道齐然诺手里的股份起作用了，显而易见，东华渔业拿下的股份支持了孙虎，否则这场兄弟阋于墙的财产争夺战不可能结束得这么快。可想而知，齐然诺应该也拿到了海鸥资产5%的股份。

帅朗忍不住有些咬牙，要不是叶阑珊把事情泄露给齐然诺，本来他已经拿下这5%的海鸥资产股份了。至于叶阑珊所说，熊法师和蛇猎人会对他出手，根本就是夸大其词。

这个女人说的那三个理由都是半真半假，不能全不信，但如果全信，那真是会被她坑了还替她数钱。唯一让帅朗稍稍欣慰的是，自己及时买了四象通讯的公司债，如今事情正如他预料的那样发展。只要不出岔子，四象通讯的公司债明天应该大涨。

果然涨了！

第二天开盘，帅朗就将股票软件的界面切换到债券类。转眼就看到四象通讯的公司债，集合竞价直接跳空高开。他的买入价是48.73元，这两天又跌了三四块，昨天收盘价是41.4元。结果今天开盘的集合竞价就是10%的涨幅，到了45.54元。

不像股票，债券是没有涨跌幅限制的。等到9：30分进入连续竞价阶段，四象通讯这个只剩下一年时间的短债继续直线上冲，完全就是一飞冲天。眨眼工夫又是10%的涨幅，到了49.68元。随即遵循交易所关于债券涨跌的规则，进入了半个小时的临停时间。

半个小时的临停丝毫没有影响到投资者看多做多的热情和信心，临停时间一结束，就立刻突破了50元大关。

突破了50元之后，涨势依旧不见衰竭，一路继续突破51、52、53……完全看不见有像样的抛单打压。疯狂的投机者显然都是直接开启了扫货模式，扫尽上方所有卖单。

一直到53.81元，眼看上面53.82元只挂了寥寥几十手卖单，以刚才那样势头，冲上去扫掉这些卖单根本不费吹灰之力。债券似乎方才如梦初醒，醒悟到一旦53.82，今天的涨幅就达到30%，就要触发第二次临停了。

于是，价格立刻掉头向下。一下子就跳落到53.74元，然后是53.69，53.61，53.58，53.53……数字一路下跳。在53.5元上方还略显犹豫，几次都好像要再度回上去。可一旦掉落到了53.5元之后，债券的价格，顿时好像银河直落三千尺，完全失控了，一下子就跌破了53元，紧跟着跌破了52，51……

刚才是怎么飞快上涨的，现在就是怎么飞快跌落。

田小可急了，连声问："师父，咱们要不要……"

"等一下！"帅朗摇了摇头。

债券的玩法和股票有很大区别。一方面，债券有条款规定的利息，有到期返还面值金额，附带到期金的规矩，所以债券大多数时候更容易算清它的价值。

另一方面，一旦出现鬼故事，债券下跌起来也是非常暴力的。股票因为有涨跌幅限制，每天也就下跌10%。虽然也会连续十几个、几十个跌停板，可毕竟会持续好多天，给人足够的心理调节的时间。还有希望得到证监会的出手，有希望中途来个技术反抽什么的。

而债券一旦有了鬼故事，持有债券的主力可不是散户而是机构。机构持有的债券遇到鬼故事，如果操盘手不在第一时间抛掉，就等着客户的诉讼吧！而只要抛出去了，不管什么价格，操盘手就完全没有责任了，最多就是业绩难看一点。至于损失？钱又不是他的，无论盈亏，手续费、管理费总是要收的，他有哪门子的心疼？

正因为如此，债券一旦出事，分分秒秒就是多杀多的踩踏，分分秒秒就是只有港股美股才会出现的，一根80%的大阴线瞬间将面值附近的债券，跌到万劫不复的境地。不过凡事都是相对的。债券出了鬼故事固然会跌得很凶，但是等到鬼故事被辟谣，或者被证明不会成真，涨起来也同样迅猛有力，不能保证涨回去，至少30%的涨幅应该不够！

帅朗仿佛是解释给田小可听，又更像是罗列理由，加强自己的决心："我查过四象通讯这几年的经营状况，它的业绩都很不错。主要是孙福明为人保守，不愿意上市，实际上这家企业的业绩，尤其是净收益率，已经超过大部分上市公司了。

"当然，现在孙福明死了，他的继承人能不能带领企业继续原有的辉煌还是一个疑问，需要等待时间的检验。不过，企业的运行毕竟是有惯性的，现在四象通讯上游下游的外部环境并没有发生根本性的变化，甚至还在持续向好。内部又刚刚化解了兄弟争产的风波，孙虎已经牢牢控制住了企业。在这种情况下，至少可预见的一年内，四象通讯的财务状况大概率不会恶化。

“一年，这很关键。我们买的四象通讯的公司债只有一年左右的存续期了。既然这一年时间里四象通讯大概率不会出问题，也就意味着这一期公司债大概率会兑付，按照面值的价格，连本带利兑付！

“看，答案是不是出来了？只需要一年时间，这期公司债会以……嗯我看看，按照条款规定，会以107元每张兑付。你说有什么理由价格会在50元附近？几乎是腰斩？”

帅朗越说越是坚定了起来，连带着也影响了田小可。

田小可加油打气：“我们就等等！”

“等！”帅朗毫不犹豫。

第四十二章
竞拍

“涨了！又涨了！”

帅朗的等待只持续了半个小时，一开始四象

下跌，一度跌破了50元，跌到了49.27元，看上

距离帅朗的成本价48.73元，只有一步之遥了。

哪怕帅朗之前分析得再头头是道，那会儿他也不由有些动摇了。他已经投入了三千万资金，这不是一笔小钱，若是损失的话，即便是他也有些承受不住。

偏偏债券的涨跌，一旦疯狂起来都是没有道理可讲的。万一他判断失误，万一市场认为这个鬼故事并没有破除，或者认为会有新的鬼故事出现，那么四象通讯的公司债可不仅仅跌破49元，绝对会继续往下跌。这将是雪崩式的崩盘。

他手里大约有6万手债券，量有些多，根本没有时间在成本价48.73元的上方获利离场，大概率会有亏损。如果只是亏损倒也罢了，最怕的是跌得太凶，直接跌破今天的开盘价，甚至是跌破昨天的收盘价，来个10%、20%乃至30%的大阴线……这样的话，他可就损失惨重了。

一想到这样的情形，帅朗的呼吸也不由有些紧促了，心中开始挣扎，开始纠结，是否就此清仓了结？哪怕微损，也好过全盘套牢。

幸好盘中的行情并没有让他纠结多久，确切地说，如此多的念头说来话长，实则就是电光石火的瞬间，行将跌破49元的债券，忽然又神奇地调头了。

一个深V反转，分分秒秒就回到了50元上方。

继而好像历史重演，51、52、53，又延续了刚才上涨的凶猛势头，迅速涨了回去。直到53.80元，距离刚才高点53.81只差一分钱，距离53.82元临停，只差两分钱时，忽然一个下跌，价格调到了53.73元，摆出了好像今天将要出现双头的样子。

只可惜，这个时候多头的情绪显然被完全激发出来了。不管是不是真的有庄家，庄家是不是要在这个位置要营造双头的恐怖情绪洗盘，反正都没有得逞。疯狂的多头很快就吃掉了砸下来的债券。

然后，53.73元的价格仅仅停留了一秒钟都不到就掉头向上，回到了53.80元。跟着，在53.79，53.8，53.81三个价位上，来回震荡了五六分钟，这才半推半就上了53.82元。

第二次临停触发。

这一回的临停可就不是半个小时了，一直延续到下午14点56分。

最后三分钟，重新开始连续竞价行情，这一次是彻底没有涨跌停板了。多头的热情显然没有被临停熄灭，反而因为长时间的临停，爆发出更加强烈的狂热。

14点57分一到，债券的价格立刻就跳到了54元，而且根本没在54元有丝毫停顿，跟着就是54.4，54.7，54.9，54.91、54.94、54.97、54.98、54.99……新高一下子就出来了。

债券创了新高，轻轻松松又跟着跳到了55元。突破55后依旧没有停顿，依旧是势如破竹，完全没有阻碍地上升。一路冲到了

59.3元，这才有些力竭，然后下跌到了58.5元附近，这才开始有所回落。回落得很快，一下子就跌到了57元附近，可随即又迅速涨回到了58.5元。

时间也已经到了14点59分。

帅朗手里的债券每张赚了差不多10块钱。6万手，60万张，轻轻松松获利600万。前后不过几天，收益率就已经达到了20%。

“太棒了！”田小可屏气凝神，好不容易熬到此刻，终于欢呼雀跃起来，忍不住问，“师父，我们真的一点儿都不抛？”

“不抛，至少今天不抛！”帅朗迟疑了一会儿后，摇头。他依旧认为自己上午的分析是对的。四象通讯这一期存续期不到一年的公司债券，既不应该只有50元附近，打五折，同样也不该只有60块，折价高达40%。所以明天应该还要涨。

他索性关闭了证券软件，又打开了法拍ST海鸥股份的界面。

帅朗的眉不由微微挑了一下，居然有人竞拍了。不多，就一个。只是按照法拍规定，每一次加价起拍价的5%。因此哪怕就只有这么一个人点击竞拍，拍卖价也一下子变成了2463.3万元。换而言之，涨了117.3万元。

他今天在四象通讯公司债上赚的六百万,一下子少了五分之一。

如果他想要继续竞价，就要在2463.3万元基础上竞拍，同样也要加价117.3万元。和起拍价相比，就要多了334.6万元，都超过今天公司债上获利的一半了。而且这样的价格已经和市价一样，一点儿便宜都占不到啊!

犹豫了一下，帅朗选择放弃，反正还有好几个批次。帅朗为了防备再次被人竞拍，索性点击了三个。5%-20% 不等的保证金对他来说，暂时还不是太大的负担。

翌日，帅朗再次关注四象通讯公司债的走势。

还好他的判断没有错。四象通讯这一期的公司债又是一个跳空高开，63.5元。

这个涨幅当然没有昨天那么大，不过昨天是在58.33元报收的，今天63.5开盘，也有9%的涨幅了。其后，债券的价格继续一飞冲天。

中午收盘65.7元，下午开盘就冲过了66元，盘中一度到了71.29元。不过一根笔直的直线上冲之后，又迅速回落，一度跌破65.7元的中午收盘价，跌到了63.7元，差点儿跌破早上的开盘价，出现阴线。好在和昨天一样，这样的下跌持续的时间很短，不一会儿工夫就有大量买盘杀进来。债券的价格从63.7元回升，最后在67.5元附近一直横向震荡到了收盘。

帅朗继续选择持券观望——虽然此刻，他已经盈利一千一百多万了。

相对于在四象通讯公司债上的斩获，法拍方面他却再度陷入了困境。晚上，当帅朗再次打开法拍界面，发现他选择的那几个批次，再次有人竞拍了。依旧还是只有一个人竞拍，依旧还是通过竞拍，将价格抬了上去。

其中几个批次抬上去后的价格，比昨天他放弃的那个还要贵。这样的价格他倒不是承受不起。考虑到二级市场上萎靡的成交量，支付一定溢价获得更多股份，并非无法接受的事情。这点儿代价帅朗愿意支付，也早有支付的心理准备。

可是他莫名地感到了不安，这看似公平透明的网上竞拍，似乎暗藏着汹涌的潮动——每次都只有一个人来竞拍，实在让人难以相信是真的巧合。

他回想起那一天在沪上壹号包厢内的情形——

当时，叶阑珊晃动着盛满了红酒的酒杯，微笑道："法拍对于佘道林来说，还真是能够充分发挥他资金优势的好战场。这里牵扯到法拍的规则，我不知道你清楚不清楚，法拍一旦流拍，下次再拍的话，就会在这次起拍价的基础上折价20%。”

帅朗悚然动容：“流拍？佘道林真正的目的是流拍？”

叶阑珊笑了一笑：“流拍很划算啊！虽然股票和其他物品的首次起拍价有些差别，相对来说更加贴近市价，不存在估价打折。但是如果流拍，那就和其他物品没区别了。下一轮直接打个八折，个别甚至七折。”

帅朗立刻计算：“假设这次起拍价一百元，下次起拍价就只有八十甚至七十元。而这次参与拍卖的保证金仅仅5%～20%。这笔钱是在拍卖前就要缴纳的，算是买下参与拍卖的资格。而拍卖开始后无论竞拍多少次数，都不会追加保证金。也就是说，如果拍下来不买造成流拍的话，保证金被没收，仅仅只是损失五到十块钱。这样一来，相比流拍后第二次八折的起拍，一点儿都不亏。不过这样恶意流拍真不会有问题吗？”

说到这里，他自个儿打住了话头，嘴角浮起了一丝苦笑。这确实是一个愚蠢的问题。如果一般人这样玩肯定会有麻烦，至少也会造成征信方面的污点，也很容易被法院认定为恶意竞拍，判处巨额罚金。可蛇猎人是什么人？

果然叶阑珊笑道：“佘道林有的是办法来规避这些问题，你就不必为他担心了。”

所以，现在是佘道林出手了吗？帅朗忍不住揉了揉太阳穴，一时间，他完全想不出破解的办法。因为这是实力的碾压，资金的碾压。

佘道林有的是钱，有的是手段。如果和佘道林抢拍这些股份，肯定会被他把价格抬高到很恐怖的位置。自己如果坚持跟拍，价格过高，钱就紧张了。万一佘道林做些手脚，威胁到他的资金链，就会让事情一发不可收拾。可如果放弃，佘道林就会拒绝履约，导致标的流拍。

帅朗不免有些沮丧——单单一个蛇猎人就已经是他无法越过的阻碍了，何况还有一个熊法师。敌人太强，强大到了让帅朗有一种窒息的感觉。心烦意乱之下，他抽出一支烟叼在嘴里，“啪嗒”一声刚打开打火机点燃，还没来得及吸一口，就听见房门被人敲响。

帅朗皱了皱眉。这次他只带着老道和田小可返回了沪上。老道一直游离在外，没有他的召唤是不会过来的。田小可没大没小没规矩的，如果要进来，一把推开房门就冲进来。那么，是谁在敲门？

帅朗站起身来问了一声，门原本锁着的，却自行打开了。帅朗的目光微微一凝，房门外站着两个身穿黑色西装、戴着墨镜的男人。其中一人手里居然拿着宾馆的房卡，用房卡打开了帅朗入住的房间。而另外一个则站在田小可的身后。田小可被这黑衣人一手固定住，一手捂住嘴，她尽管奋力挣扎，却动弹不得，也发不出什么声音。

“帅总，”手持房卡的黑衣人礼貌地道，“佘总想见您！”

蛇猎人佘道林？帅朗深深吸了一口气，怎么也没有想到，佘道林居然会找上自己。

那黑衣人微微侧身，做了一个邀请的姿势，让出了自己的背后。就在帅朗房间的对面，另一个套间房门敞开。蛇猎人这位和郎杰齐名的交易高手，此刻居然就坐在那个房间里面正对着房门的沙发椅上。

他手持一杯红酒，正在慢慢品尝，看到帅朗，这才举起酒杯，遥遥致意。

第四十三章
盟友

帅朗被带到了蛇猎人的房间，佘道林冷冷地开口：“退出！”

他还是像五年前帅朗见到的那样，说话阴阴的，冷冷的，给人的感觉就好像真有一条毒蛇盘尾而起，不断吐出鲜红的舌芯，作势欲扑。但更让帅朗无法接受的是蛇猎人居高临下的通牒。

蛇猎人走到了帅朗面前，轻轻拍了拍帅朗的脸，阴阴地道：“这游戏不是你能玩的。看在你父亲的面子上我给你一个忠告，不要再参与任何海鸥资产股份的竞拍。”

说罢，他竟然根本不等帅朗回应，径自朝门口走去，仿佛来摆出这么大的架势，就是为了说这么一句话。

帅朗望着蛇猎人的背影，怒道：“所以你特地安排人和我竞拍？”

“不需要特地安排！”蛇猎人头也没有回，阴阴地道，“这些股份没你们这些小虾米的份！”

“师父！”这时田小可才被黑衣人松开，她气得满脸通红，怒不可遏地撸起袖子，直嚷嚷，“竟然敢欺负到老子头上了！师父，我这就叫我哥赶过来，咱们袍哥人家，就没有忍气吞声的道理！”

“别添乱！”帅朗叹了一口气，一把揪住田小可，阻止了她给田大力打电话。田大力来了能有什么作用？现在他最需要的是安静，想一想接下来该怎么办？

以他目前的身家，如果正面和蛇猎人竞拍，没有一丝一毫的胜算。蛇猎人完全不用任何手段，单单用资金就可以把法拍价抬高到一个非常尴尬的高位，让自己跟也不是，不跟也不是。

事实上也确实如此。

第三天，帅朗关注的那些法拍的海鸥资产股份，有几个已经到了竞拍的最后一天。如果他不加价，就没有人跟拍，一旦他加价了……很长一段时间也是没有动静，直到距离竞价结束前大约半小时，这些法拍的价格全都动了起来。

新的竞拍者压过了他。跟，还是不跟？顿时成了一个问题。

帅朗仅仅跟了一次就果断收手。因为法拍的价格已经超过市价25%了。他如果选择跟拍，就会报出溢价30%的价格。对方如果再跟，自己下一轮就要溢价40%了，绝对超过他的承受能力。退一步讲，就算对方不跟了，自己以这个价格吃下海鸥资产的股份，想要拿下5%的比例，大约需要六七亿的资金。这同样也不是他能够承受得起的。

赤裸裸的资金碾压，完全不给自己一丁点儿机会。帅朗的心顿时沉了下来。

四象通讯的公司债继昨天67.71报收以后，今天继续上攻。

上攻的力度明显缓和了，不过上涨的趋势仍然明确，短暂回探60元支撑以后，一度上攻到71.89元，高于前一天的最高价，最后收了一个小十字星，68.89元报收。

帅朗依旧坚持没有卖出。这个坚持，在接下来的两天里得到了丰厚的回报。

关注债券的投资者很快发现，这个小十字星实际上就是上涨中继，债券的价格分别以74.4元、78.9元报收。于是到了下一个交易日，四象通讯公司债的价格如所有人预料的那样，顺利突破了80元的大关，一度上涨到了88.9元。虽然随即回落下来，不过也没跌多少，就在86、87的价位上震荡。

这样冲高以后下跌震荡，在最近几天屡见不鲜，并没有影响到投资者看多的情绪，反而让他们看到了加仓做短差的机会。所以债券的价格稍微掉下来一些，就立刻会有资金买入，把价格又重新拉上来。在如此浓烈的做多情绪下，看上去，四象通讯这期的公司债都要过90元了，就算重新回归面值一百，甚至溢价，也不是不可想象。

帅朗忽然敲击键盘，田小可吃惊地发现，帅朗居然开始抛售了。

她顿时吃惊起来："为什么啊？"

"涨得差不多，当然就要清仓，否则留下来过年吗？"帅朗的手在键盘上翻落个不停，瞥了田小可一眼，"前两天谁急着要卖的，现在舍不得了？"

田小可脸皮多厚，嘿嘿一笑，都不带脸红的："这叫此一时彼一时。那会儿老子是被狗庄给骗了。现在这债券不是涨得正欢吗？师父，你看出来要大跌了？"

"大跌倒是谈不上，抛单量肯定会很大的。"帅朗摇了摇头，"这个债券毕竟爆出过鬼故事，市场上的投资者多少还心有余悸，前两天是报复性的反弹，现在连涨了这么多天，获利盘也积累不少了。还有一些鬼故事刚爆出来的时候，以为捡到便宜买进的投资者，以及一些补仓网格的投资者，他们这会儿也差不多回到成本线了。

"这还涉及一个投资者心理的问题。很多投资者在大亏特亏的时候特别犟，怎么也不肯割肉。你还别说，越是这种人往往越能够撑到底部反弹。可真的反弹了，反弹到了他差不多要回本的时候，他反而患得患失起来，开始东想西想。想着是不是要做个T？想着这里是不是会下跌？要不要先抛掉一点然后补回来降低成本？想着是不是就在这里见好就收，不想再经历一遍亏损成狗的悲剧，不想重复之前巨亏下压力。

“于是，之前承受巨大的亏损时他们没有割肉，之前死死拿在手里他们没有抛掉，结果涨到了成本区附近，他们却以微损或者小盈就出局了。大多数人都是出局以后，后悔得拍肿了大腿！”

听到这话，田小可没心没肺地大笑起来：“想不到还有这种人啊？”

帅朗瞥了她一眼，嘴角抽动了一下，好容易才忍住没说，你田小可就是这种人。

说话的工夫，帅朗迅速在86～87元的价格区间内抛掉了所有的债券。

“哎呀，涨了！”不料，他才抛完，这债券的价格忽然像打了鸡血一样猛涨起来，再创新高到了89.78元。距离90元已经近在咫尺。

田小可幸灾乐祸：“师父，你这下可走眼了……哎呀，这下咱们得少赚多少钱啊！”

帅朗没好气地打了她的脑袋一下：“看清楚！”

田小可一愣，转头看向屏幕，顿时忍不住睁大了眼睛，满脸惊讶。就在说话的工夫里，价格又跌下来了。这一跌比刚才猛烈得多，完全就是飞流直下三千尺。

转眼工夫，跌破了89，跌破了88，跌破了87、86……不一会儿工夫，连85、84元都失守了。整个过程就只是三分钟，三根一分钟的大阴线，把今天的涨幅跌掉了近一半。

第四、第五根一分钟K线倒是来了一个反弹，反弹到了85.78元，看上去好像也挺猛。可惜第六根一分钟K线，同时也是第二根五分钟K线，又变成了阴线。

第六根一分钟K线还好，多空双方似乎都很犹豫，一会儿跳上去变成阳线，一会儿跳下来成阴线。直到最后几秒钟才跌下来几毛钱，确定成了一个小阴线。

第七根一分钟线可就没这么矜持了，迅速扩大下跌的幅度，不一会儿就再次跌破84元，来到了刚才的低点附近。第八根一分钟线在83.7这个低点附近稍微徘徊了一下，同样义无反顾地往下掉。这一下去，就真的是一去不复返，直接就跌破80元。不一会儿又跌破了昨天收盘价78.9元，盘面一下子就翻绿了。

翻绿还不算完，还在继续跌，一口气连续出现了六七根五分钟的阴线，一直跌到74.7元才止跌，开始回升。最后以77.4元报收，留下了一根上影线很长的阴线。

“好险！”田小可目瞪口呆地看完整个下跌的过程，心有余悸，“还好咱们扔了，否则得损失多少啊！”

“差不多六百万咯！”帅朗耸了耸肩，云淡风轻。

他选择清仓的时间相当不错。在交易中，只有菜鸟才会奢望自己永远在最低价买入，在最高价卖出。实际上这是根本不可能做到的。资金量越大，越是不可能。次高点的抛售就是一次完美的胜利。帅朗以86.56元的均价清仓离场，每股平均获利37.83，60万张债券就是两千两百多万。绝对是一次完美的财富收割。

“这个债券还会跌下去？”田小可有些惋惜。这可是让他们昇财几天就赚了两千多万的下金蛋老母鸡。如果可以，她真希望这样的行情永远持续下去，一万年都不够。

帅朗摇头：“再跌也不会跌多少了。现在四象通讯非常稳定，又没有什么负面消息。今天的下跌只是部分获利盘的出逃罢了，巩固一下还会拉上来的，但是不会涨多少了。”帅朗想了想，“明后天我找机会抄个底，只动用两三百万的资金吃个鱼尾，赚点儿小钱。估计也就涨到八十二块左右就会横盘了。再后面就是小阴小阳，一点点震荡向上，慢慢靠近一百块。这需要几个月，时间太长，年化收益太低，已经是鸡肋了，不值得关注。”

“哦……”田小可失望地叹了一口气，“那我们是不是要回去了？”

回去？帅朗一愣。虽说得益于网络化时代，只要有一个笔记本电脑，一个优秀的交易员无论去哪里都可以活得潇洒滋润。可现在昇财的基本盘毕竟在西南，新三板股票、工作室、培训班，还是有大把事情需要他去处理的。

如果不再理会海鸥资产的话，他确实应该打道回府了。回去以后，苟且于西南慢慢发展，十年八年以后，未必没有实力向蛇猎人、熊法师挑战。帅朗觉得自己有这个自信。可当真能够不理会吗？海鸥资产毕竟是父亲生前的心血。

眼看海鸥资产将要再度开始一场资本盛宴，蛇猎人，熊法师，或者还有其他大鳄，那些当年设局算计父亲的仇人一定会参与其中，他又怎么可能心安理得地离去？

帅朗摸了摸口袋里叶阑珊留下的名片。无论是否情愿，面对蛇猎人、熊法师这样的敌人，帅朗必须得有盟友，哪怕是叶阑珊这样居心叵测、另有算计的盟友。

第四十四章 合作

浦东，阑珊资本新迁的总部。

“我就知道你会来找我，这才是我认识的阿郎！”叶阑珊和熊猫坐在会客室长方形会议桌的左侧，似乎早就料到帅朗会来。

帅朗带着田小可坐在会议桌右侧，他并没有在意叶阑珊的自得，淡淡地道：“我们怎么合作？”

叶阑珊坦然道：“大体上的方案就是，我们一起出资，通过法拍联手拿下 ST 海鸥至少 5% 的股份。在将来海鸥资产股东大会上同进共推，联手争取董事会董事的名额。如果我们俩都能成为海鸥资产的董事，自然是再好不过，合作就此结束，从此互不亏欠，一刀两断。以后在董事会上各玩各的，各凭本领，各争利益。如果只争取到一个名额，那就必须签订一致行动人协议，在董事会上同进共退，保持一致立场，确保我们在海鸥资产的话语权。”

帅朗皱眉：“一起争取董事名额没问题，只争取到一个名额的话，谁出任董事？至于一致立场……什么是一致立场？如果我和你产生矛盾和对立，以谁为主？”

叶阑珊明显是早有算计，笑吟吟地道：“简单。如果只有一个人进入董事会，我让给你。但咱俩必须协商一致你才能投票，如果协商不一致，你必须弃权。”

帅朗面无表情地看了叶阑珊一眼，他对叶阑珊实在是太了解，知道她必有下文，很平静地等待着。

果然，叶阑珊继续说道：“我只有一个额外要求。嗯，这么说吧，我们拿下海鸥资产的股权是为了什么？还不是为了接下来的重组和优化资产配置？这些都需要董事会决议。那么我的要求就是，在董事会进行决议时，如果你代表我们俩进入董事会，你必须投票反对余道林。”

投票反对余道林？帅朗目光顿时一凝，搞什么鬼？

当年不正是她和余道林勾结布局，把他引入了这场旋涡？若非他们俩联手算计，他又何必以自首坐牢来反击？现在叶阑珊却要求自己投票反对余道林？是闹翻了，还是故弄玄虚，另有算计？

帅朗猜不出来，也不想猜。他一点儿都不信任叶阑珊，这个诡异的合作，他第一反应是直接拒绝。宁可错失一次入主海鸥资产的机会，也不想稀里糊涂掉入陷阱。

就在帅朗准备开口拒绝之际，叶阑珊道：“如果你不愿意，我还有一个替代方案。董事席位依旧归你，你也可以完全行使董事职权，我不附带任何条件，甚至不需要签署一致行动人协议，但是……作为我出资的回报，我需要和你签订一份协议，以你昇财的所有资产和我们拿下的海鸥资产股份作为抵押，你必须确保在你成为董事后的一年内，让我这次投资能得到300%的回报。”

“300%？”帅朗还没有说话，田小可激动地吼了起来，“格老子的，你这是抢钱啊！”

“话不能这么说啊！”熊猫笑呵呵道，“在商言商嘛，我们出钱支持帅总，肯定不可能不求回报。如果当真不求回报，恐怕你们帅总反而不敢答应了。”

“呸！回报归回报，但应该在正常范围内吧？”田小可头脑很清楚，立刻反击，“300% 算高利贷吧？知不知道超过银行贷款利率的四倍，法律是不承认的。”

“妹妹，饭可以乱吃，话可不能乱说。”熊猫反应也很快，立刻纠正道，“法律怎么规定，我比你清楚，正确的说法是超过银行一年期市场贷款报价利率四倍，才不被法律承认。问题是……我们这是借款吗？你想多了！阑珊资本是专业的明星基金，我们拥有最完备的投资渠道，也一直在刷新投资业绩，我们的投资回报远远超过小贷公司的借款。所以我们没有必要借款出去。叶总只是看在老朋友的面上希望和帅总合作，这是投资，不是借款。”

“不是借款？”帅朗拦住了田小可。他把熊猫的最后一句话玩味地重复了一声，并没有理会这个曾经的兄弟，而是把目光转向了叶阑珊，有审视，有戒备，也有猜疑。看上去，叶阑珊对成为海鸥资产董事并不是很感兴趣。只不过第一个方案是帅朗必须在董事会上投蛇猎人的反对票，这就限制他履行董事职能了，帅朗绝对无法接受。

他想做海鸥资产的董事？固然是海鸥资产即将展开一场资本盛宴，可更重要的是他要查明父亲死亡的真相，为父亲报仇，阻止父亲的毕生心血被仇人拿下。他又怎么可能自缚手脚？这完全背离了拿下海鸥资产的初衷。

帅朗认真思考叶阑珊的第二个方案。

第二个方案，对帅朗履行董事职权没有任何约束，但其实比第一个方案更加苛刻。一年 300% 的投资回报，简直比高利贷还狠。不过能够用钱解决的事情都不算事情，这确实给了他很大的经济压力，但帅朗并不觉得自己没可能做到。既然有希望做到，那么答应第二个方案，就是唯一的选择了。帅朗忽然怀疑，是不是叶阑珊早就想好了这点？眼前的叶阑珊妩媚动人，用美丽的笑容覆盖在脸上，根本看不清内心在琢磨如何可怕的念头。

帅朗深吸一口气，没有和叶阑珊讨价还价，算默认了叶阑珊的方案，转而问了一个关键问题："就算我同意了，我们的协议是建立在拿下ST海鸥5%股份的前提下，那么……你准备怎么拿下？"

帅朗真是很好奇，单单一个蛇猎人已经足够凭借强大的资金实力，把所有试图染指法拍的人踢出局了，何况还有一个神秘莫测的熊法师。他不明白叶阑珊哪来的自信，好像拿下ST海鸥5%的股份如同探囊取物一般。

刚问完，帅朗忽然灵光一闪，不假思索地脱口而出："是不是佘道林有旗鼓相当的对手？"

这下轮到叶阑珊愣了，她死死盯着帅朗，那目光就好像利刃，恨不得将帅朗的脑袋剖开。好一会儿她才回过神来，幽幽叹道："好吧，你猜对了。除了佘道林之外，熊法师也对海鸥资产垂涎三尺。"

虽然早有所料，帅朗的身体还是微微一震，他努力佯装不在意，随口问："熊法师也参与了？他现在是什么状况？不是说他已经退隐很多年了吗？"

叶阑珊耸了耸肩："明面上他只是一家名为安泰投资的民营公司的大股东，既不是董事长，也不是公司高管，甚至都不是董事。但实际上，包括这家公司在内，至少有十几家公司都在他掌控下，身价丝毫都不逊色于佘道林。前段时间，熊法师和蛇猎人你来我往，在海鸥资产股份的法拍上，真金白银地斗了好几场。"

所以当时熊法师才没有余暇帮助吴有德吗？帅朗心中暗自庆幸，面上依旧不动声色："谁输谁赢？"

"当然是难分伯仲。"叶阑珊给了帅朗一个白眼，"他们势均力敌，谁也斗不过谁。不过也幸好如此，才给了我们机会。"

叶阑珊说到这里，帅朗已经大致猜到她的计划了，不过他并没有言语。

叶阑珊继续道："两人曾经是齐名的大佬，能力不相上下，资金实力同样旗鼓相当。几次法拍都拼得你死我活，谁也没有吃到好果子。根据我目前掌握的情报，他们已经达成了协议，瓜分好了各自看中的法拍批次。"

"私下瓜分啊！"帅朗皱了皱眉，很快质疑其中的漏洞，"也就是说，这些法拍的ST海鸥股份已经被他们分别预定了？这确实可以避免过度竞争，两败俱伤，被第三方白白捡了便宜。但是如果我没有猜错的话，这个协议本质上就是将爆发在法拍上的争斗，延后到了海鸥资产的股东大会和董事会上。也就是说，他们一定会最大程度保障双方拍下的股份势均力敌，不会相差太多。"

叶阑珊笑着鼓掌。

帅朗顺着刚才的思路，进一步推测："这样一来，他们肯定会全力保住他们预定的那一份，绝不允许少一丁点儿，以免在日后的股东大会和董事会上的话语权减弱。这是一个原则问题，底线问题，无论是蛇猎人还是熊法师，都不会退让半步。"

田小可有些着急地开口："那……那不意味着，我们想要拿到海鸥资产的股份更加困难了？"

熊猫也是皱起眉头，脸上显出一丝疑惑。他也和田小可一样的想法，可是以他对帅朗的熟悉，知道帅朗已经看到了机会，同时，他也发现叶阑珊成竹在胸，一时间他不由有些沮丧，很有一种智商被碾压的压抑感，面上只能摆出自己同样明白的微笑。

叶阑珊点头："嗯，理论上是如此。可实际上事情有了很关键的变化。"

帅朗做个手势，示意叶阑珊接着说。

叶阑珊笑着："熊法师和蛇猎人相互牵制之下，谁都不能凭借资金优势为所欲为了，至少，筹集到50%以上的股份获得相对控股权，或者筹集到67%以上的股份获得绝对控股权，都已经很难实现了。这种情况下，他们有再多的资金也不敢随意挥霍，只会聚拢起来保证基本盘，防范对方可能会变卦……”

帅朗蓦然醒悟：“所以，佘道林其实是摆了一个空城计唬我？”

“也不完全是。”叶阑珊笑眯了眼，“如果你怕了，退缩了，他当然开心。如果你要正面硬刚，他肯定全力以赴狙击你。毕竟你的身份太特别，如果真的进入董事会，对他来说变数太大。但是有熊法师虎视眈眈，如果你继续硬杠，超过了他愿意付出的上限，他是不会跟你斗到底的，反而会拉拢你。”

“拉拢我？”帅朗的嘴角露出了一丝嘲讽，“你觉得我会和蛇猎人、熊法师合作吗？”

帅朗一点儿都不觉得这种可能会出现，却不料叶阑珊笑吟吟的：“一切皆有可能。”

第四十五章
边角料

帅朗皱了皱眉。不得不说，叶阑珊就是个天生的尤物。所谓的尤物，可不仅仅是漂亮美丽，而是特别善变，可玉洁冰清，可妖娆妩媚，可以变成男人内心所需要的任何一种女人。

现在的叶阑珊知性、优雅，问题是帅朗太熟悉她了。认识这么多年，自然知道叶阑珊曾经是一个山里来的土包子，并没有接受过正儿八经的高等教育，也没有高学历，沉淀在沈涟漪骨子里的知性和优雅，在叶阑珊身上就只是表演。

帅朗淡淡的："好了，别绕圈子了，直接把你的计划说出来吧。"

"说出来就没有什么玄妙了！"叶阑珊很认真地正面回应，"刚才说了，因为熊法师和蛇猎人两强对峙，谁也奈何不了谁，彼此牵制，彼此提防，所以他们手里的资金再多，也不得不先保住自己的基本盘。所以，我们就去弄些边角料好了。"

帅朗呆了一呆，疑惑地问："边角料？"

"是啊，一些零散的股份。ST 海鸥有好多股份都在零散的股东手里，有一家公司和四象通讯类似，也持有海鸥资产的股份，目前他们的资金有些紧张，希望将手里的海鸥资产股份套现。”

帅朗眼睛一亮，问出了一连串问题：“有多少股份？价格？佘道林不知道？”

“数量不多，差不多是总股份的5‰……”

“只有5‰？”帅朗不由有些失望。

叶阑珊苦笑道：“知足吧！5‰是我们有希望拿下的分量最足的一笔股份了，而且，你想要拿下也不容易。”

帅朗按捺住心中的希望：“怎么不容易？”

“佘道林和熊法师也都知道这家公司啊！”就听到叶阑珊叹了一口气，“就因为都知道，事情才变得麻烦起来。本来我们可以用市价，甚至稍微折价一点儿，就可以拿下这部分股份了，可是现在……”叶阑珊无奈地摊了摊手，“不管什么东西，没有人争着抢着要，就一文不值。一旦有人争了抢了，那就要坐地起价了。”

帅朗接了一句：“所以？”

“所以，目前大概需要溢价30%以上。”

“30%以上？”帅朗微微愣了愣，一时间倒也不好说这个溢价究竟是高了还是低了。

和市价相比，30%的溢价显然是高了很多，这么高的溢价足以让大多数人望而却步。但是在有人争抢的情况下，溢价却又是不可避免的。比如法拍的那些海鸥资产股份，一旦有人竞拍，来回竞拍几次就到了。从这个角度看，仅仅只是溢价30%就能拿下这些股票，似乎也不是什么无法接受的事情。甚至帅朗还有一种捡了便宜的感觉，蛇猎人和熊法师既然有心想要拿下海鸥资产，怎么会就这样轻易放手？

“这个……或许就是成也萧何，败也萧何。”叶阑珊苦笑，“因为他们竞相争夺，所以才会溢价。也正因为他们相互牵制，溢价的幅度不会无限制扩大。毕竟他们也要考虑成本不是？还要兼顾其他批次的股份不是？而这些边角料的股份，单个的比例实在太小，无论归谁都不影响大局，价格却由于坐地起价，到了拿下并不划算的地步，自然就不是他们志在必得的目标。于是他们就把价格抬高，让对手拿下的时候多放点儿血。”

“嗯，30%就是他们抬到的价格临界点？”帅朗立刻明白了叶阑珊的意思，“只要我们超过这个价格，就不难拿下这些股份。”

“是啊！”叶阑珊神情有些复杂地看了帅朗一眼。她也有些后悔，现在看来，四象通讯那5%，反而是需要付出代价最小，获得难度最低的股份。可惜，她没能在第一时间果断调集资金来截胡帅朗，只好把齐然诺拉过来搅黄了帅朗的好事，再逼迫帅朗和自己联手。

她其实也是没办法，帅朗的昇财是她能够找到的最适合的合作对象。毕竟，既要有一定经济实力，又不能太强大反客为主，还要对海鸥资产有兴趣，更要能够彼此了解，避免对方利令智昏犯下低级错误。同时满足这些条件的合作伙伴真的非常难找。

叶阑珊给了帅朗一个微笑：“怎么样，愿意合作了吗？”

帅朗迟疑了一下，好像非常犹豫的样子：“你确定我们把这些边角料拿下，就有足够的股份可以问鼎董事会的名额？”

“当然。”叶阑珊捋了捋鬓角，自信地道，“放心，我也要出钱的，坑你也就等于坑我！”

说着她拍了拍手。熊猫急忙将手边的公文包打开，取出一叠资料递给了叶阑珊。叶阑珊接过这叠资料，又递给了帅朗。

“师父！师父！”帅朗离开了阑珊资本的办公大楼，田小可一路小跑跟在后面追问，“我们真的要和那个女人合作？”

帅朗转头看了田小可一眼：“不然呢？东西也拿了，合约也签了。怎么？你有什么想法？”

田小可摇头，苦恼地道:“我就是觉得这个女人不是什么好人，不太靠谱的样子。”

帅朗哑然一笑:“她当然不是什么好人，不过……”

说到这里，他停顿了一下。其实叶阑珊是不是好人并不重要，最让帅朗疑虑的是叶阑珊和蛇猎人的关系。这次叶阑珊的计划，很大程度都是建立在对蛇猎人资本运作方式的熟悉和了解上的。

这不是一般人可以掌握的了，完全是掌握了蛇猎人对海鸥资产股份如何取舍的优先顺序，了解了蛇猎人的资金实力，以及价格底线。就好像是竞拍的时候，掌握了对方的标底一样。这种情况下，要说叶阑珊和佘道林的关系一般，鬼才相信呢。

可不知道为什么，叶阑珊提及佘道林却是咬牙切齿的样子，好像有不共戴天的仇怨。究竟是两人反目成仇了？还是又来一出双簧?

帅朗不知道。他只知道，自己别无选择。

第四十六章
退市

三个月后，依旧是阑珊资本的总部。

“干杯！”叶阑珊笑吟吟地举杯，向对面的帅朗致意，“和阿郎合作就是愉快！股份的收集非常顺利，到昨天为止，我们算是大功告成了！”

帅朗同样举杯回应：“这归功于叶总情报的精确！”

叶阑珊罗列出来的那些股份非常零散，分散在不同的企业手里。每个企业对于出售海鸥资产股份的动力各不相同，说服这些企业达成交易，自然需要从不同的角度出发，开出不同的条件，这一切如果没有叶阑珊情报的支持，绝对没可能成功。

叶阑珊笑道：“最近大家都很辛苦，但回报是丰厚的，我们已经把名单上90%的股份都搞定了，再加上你这些天在二级市场上扫货。我算了一下，我们现在手里有3918.92万股，占据了海鸥资产大约5.2%的股份。”

帅朗思考着：“蛇猎人和熊法师手里现在有多少股份，你能不能打听到？”

“明面上，佘道林的赤虺投资现在是第一大股东，占据了海鸥资产大约36%的股份。熊法师的安泰投资是第二大股东，占据了海鸥资产大约32%的股份。这个都可以查到。”叶阑珊知道帅朗想问的不是这个，浅浅地抿了一口酒之后，继续说道，“不过他们这种滑头老到的交易员，为了规避一些监管限制，肯定还有不少股份安置在其他人的名下。初步估计，佘道林应该至少有40%的股份。熊法师应该至少有35%的股份才对。”

帅朗有些吃惊：“所以，还是佘道林占优了？”

“很正常啊！”叶阑珊一脸理所当然，“虽然早年在交易员的圈子里了，说到熊法师、狼战士、蛇猎人，一直都是以熊法师为首。不过那主要是因为熊法师出道更早，资格更老。早在你爸和佘道林成为顶级交易员之前，他就已经名利双收了。从某种程度上说，是他提携了你爸和佘道林。但是从三个人的最后成就来看，你爸无疑是最厉害的。他一手创立了海鸥资产这样一个千亿的商业帝国，早就是在资本市场上翻云覆雨的大鳄。至于佘道林……”

说到这里，叶阑珊略微顿了一顿。帅朗第一时间注意到了这个细节。他没有言语，只是不动声色地看了叶阑珊一眼。不知道为什么，叶阑珊出狱之后似乎和蛇猎人翻脸了，每次提及蛇猎人都是直呼其名，很有些咬牙切齿的样子。

不过叶阑珊讲述的内容却保持了足够的客观：“前些时候，我遇到了一个恰好熊、狼、蛇都认识的老交易员。按照他的说法，佘道林这人是天生的交易员。连你父亲也曾经赞叹有加，甚至自愧不如。他对于市场机会的捕捉，对于市场风险的预判，对于盘中突发事件的反应，都出色得无法用言语来形容，简直就是超越了人类的极限。只不过他为人孤僻，不喜欢和人打交道，以至于知名度不高。不像你父亲那样，利用海鸥论坛帮助了很多交易员，也因此得到了很多交易员的拥护。

“所以这些年来，赤虺投资始终名不见经传，始终都是二级市场上默默捕食的猎手。一直到五年前佘道林入主长林集团，这才渐渐被人关注，发现不知不觉中，赤飑投资竟然已经有了大鳄的实力。”

帅朗静静地听着叶阑珊的话，蛇猎人和父亲还真是完全不同的两类人。

父亲不仅是一个出色的交易员，还是一个天生的领袖，他通过论坛热心地答疑解惑，赢得了众多交易员的拥护，聚拢资金，轰轰烈烈地壮大了海鸥资产。

蛇猎人却一直都是躲在阴暗里的捕猎者。他耐心等待机会，敏锐地出手，一口口吞食猎物，不管韭菜还是犯了错的大鳄，最终让赤飑成长为可以入主长林集团的庞然大物。

凭借长林集团这家市值三百亿的上市公司，蛇猎人的赤飑投资已经不再是打一枪换一个地方的游资了。他依托长林集团这个壳资源，运作各种金融手段，源源不断地汇融十亿百亿的资金。蛇猎人虽然比父亲晚了几年，如今也已经是实打实的大鳄了。

相比之下，一直都云山雾罩中的熊法师虽然谋划多年，实控了很多公司，也拥有很庞大的资产，熊法师玩的始终都是些上不了台面的手段，没有足够的实力摆在明面上，堂堂正正地运作他的资金，实现他的战略。

这么一比较，熊法师比蛇猎人少了一点儿股份，似乎也就不那么奇怪了。毕竟蛇猎人拥有着一家三百亿市值的上市公司。熊法师和蛇猎人斗，仅仅稍微落了一点儿下风，足见他的强大。

帅朗略过了这个问题，言归正传：“不管他们实际掌控多少股份，至少明面上，一个36%，一个32%，加起来可就有68%了啊！”

叶阑珊眼波微微流转，感觉到帅朗话中有话，不由笑道：“阿郎，你莫非又看出什么玄妙来？”

“没什么玄妙。”帅朗摇了摇头，“我只是想提醒你，按照证券法的相关规定，持有10% 以上股份的股东都不算社会公众，他们所持有的股票，都不算社会公众股。”

“社会公众股？”叶阑珊愣了一愣。她终究吃亏在没有受过高等教育，所有金融知识都是在实战中摸爬滚打出来的。帅朗说的这些名词她就根本不懂，一时间有些茫然，“阿郎，你究竟想说什么？”

熊猫猛地拍了一下大腿，大叫起来：“这里面果然有大文章！”

眼见叶阑珊和田小可的目光都认真地望着了自己，熊猫精神一振。无关利益，他真的只是纯粹地想要在众人，尤其是叶阑珊面前证明自己一点儿都不比帅朗差。

他抑扬顿挫朗声说道：“上市公司退市的众多规定里面就有一条，社会公众持有的股份，在连续二十个交易日内，不得低于上市公司股份总数的25%。所以，熊法师和蛇猎人既然明面上的总股份加起来已经有68%了，嗯，我没记错的话，董监高及其关联人手里的股份，应该也不算社会公众股。如果把这些股份也算上去，那么，海鸥资产现在岂不是已经岌岌可危了？简直……简直就是已经踩到退市红线的边缘上了……”

说到这里，熊猫猛地抬头，越说越有信心：“所以，蛇猎人也好，熊法师也好，他们近期肯定会有动作，肯定会努力挽救海鸥资产，避免海鸥资产退市。而我们如今既然意识到这一点，可以借此机会大做文章。”

帅朗摇了摇头：“那你觉得我们怎么做文章？”

“这个……”熊猫顿时语塞。

一时间他还真想不出有什么文章好做。他满腔的兴奋好像被人一桶冷水当头浇下，完全熄火了。只是眼见帅朗一脸的不以为然，他莫名得心头火起，怒道：“那你说怎么做文章？”

“先不说怎么做文章，”帅朗拍了拍脑袋，无奈地叹了一口气，“我更想说，你小子从小读书就不认真，又犯低级错误了。”

好久没听见帅朗用这样的口吻和自己说话了，熊猫先是一阵恍惚，继而却又梗起了脖子："我刚才的话哪里错了？"

"好几个地方都错了！"帅朗也不客气，直截了当地说，"首先是一个常识错误。只有市值四亿以下的上市公司，社会公众股连续二十个交易日内，始终在公司股份总数的25%以下才会退市。像海鸥资产这样市值四亿以上的上市公司，社会公众股则必须连续二十个交易日，都在公司股份总数的10%以下，才达到退市的红线。"

"是……是吗？"熊猫的脸抽搐了几下。很有些下不来台。不过他也知道，帅朗肯定不会在明文规定的常识上乱说话，那比自己一知半解还要闹笑话。

尴尬之下，熊猫只好干咳了一声，佯装无事地分析道："如果是这样的话，现在海鸥资产的社会公众股距离总股份10%的红线还很遥远。单单我们和东华渔业掌握的海鸥资产股份，加起来就超过10%了。所以，蛇猎人和熊法师根本不用担心海鸥资产退市。"

熊猫皱了皱眉，看了一眼帅朗，狐疑："既然如此，你刚才说社会公众股干什么？"

"这里就要涉及你第二个错误了。"帅朗伸出了第二根手指，不慌不忙道，"第二个错误，就是你完全南辕北辙了。谁告诉你蛇猎人、熊法师是要阻止海鸥资产退市的？"

"不阻止海鸥资产退市？"熊猫愣了一愣，冷笑道，"难不成他们还要推动海鸥资产退市？"

"是啊！是啊！"一直旁观的田小可完全不管自己什么立场。

开玩笑吗？在他们的认知中，上市公司始终都是非常稀有非常难得的壳资源。或者说在大众的眼中，上市公司肯定天然比一般的企业高出一头。哪怕海鸥资产如今戴上了"ST"帽子，可只要它还是上市公司，就依旧可以虎死不倒架，在许多人心目中拥有崇高的地位。

至少这段时间，他们东奔西跑游说那些海鸥资产的股东转让股份时，就明显感觉到，这些股东之所以犹豫，之所以会下意识地抬高价格，很大程度上就源于海鸥资产是上市公司的缘故。

现在，好不容易花了这么大的代价搞到这么多股票，这还没发财呢，帅朗居然说熊法师、蛇猎人他们想要让海鸥资产退市？怎么可能呢？

第四十七章
果然

笨蛋啊！帅朗恨铁不成钢地瞪了一眼自己这个立场动摇的便宜徒弟，然后又转头面向熊猫，不客气地开口："我问你，对于蛇猎人也好，熊法师也好，他们辛辛苦苦扫荡海鸥资产的股份，目的是什么？"

"目的？当然是赚钱咯！"熊猫不以为然地耸了耸肩，随即却又醒悟——帅朗不可能无缘无故问这么简单的问题。他想了想，迟疑着道："他们之所以盯上海鸥资产，是觉得海鸥资产目前的市价远远小于海鸥资产的实际价值。而之所以出现这样的落差，是因为海鸥资产当年吞并的那些企业，如果能够进行全面、系统的资源优化，就可以爆发出翻几倍乃至翻几十倍的利润来。所以，他们之所以要拿下海鸥资产的股份，是要争夺海鸥资产的话语权。只有争夺到话语权，才能由他们来主导对海鸥资产的重组和调整。"

帅朗竖起大拇指，表示认同然，后示意熊猫继续说下去。

熊猫张了张嘴巴，忽然感觉很难受，明明已经有灵感在脑海里一闪而过了，可话到嘴边，却愣是说不出来，最后恼羞成怒："好了，阿郎，别打哑谜了！你到底想说什么？"

帅朗微微一笑道："事情其实很明白，无论是蛇猎人还是熊法师，既然他们的目的是想要主导对海鸥资产的优化和重组，那么想想看，他们会用什么办法，可以最快最简单最低成本地实现他们的目的？"

熊猫冷笑一声："难道退市就是最好的办法？"

叶阑珊干咳了两声："阿郎说得没错，据我所知，佘道林确实是这个想法。"

熊猫忍不住问："什么意思？"

"说穿了，其实就是资本运作的小把戏。"叶阑珊笑吟吟地道，"先退市，再增资扩股，然后重新上市。在这个过程里玩法有很多种，比如通过扩大股本，吸引一大笔资金进来，成为盘活整个企业的启动资金。再比如股本虽然扩张了，可股东人数也增加了，只要合理调整好股权结构，大股东可以在有效控股的基础上顺利套现。又或者更狠一点儿，欺负那些没有足够资金配售的股东，稀释他们的股份，剥夺他们的话语权，乃至把他们排挤出企业的决策层，这也等于扩大了大股东的话语权。当年郎总在世的时候，也经常用这样的手段对吞并来的企业进行重组。说白了，就是利用股权的优势、资金的优势碾压那些小股东，迅速掌握这个企业。"

父亲也这么做过？帅朗目光微微转动了一下。

"哦，我明白了！"熊猫一声大叫，连连拍着自己的脑袋，"这就是一个欲擒故纵的把戏！"

"喂喂喂！"这下轮到田小可抓狂了。她很受伤，熊猫变聪明了，那岂不是只有她一个笨蛋？

熊猫已经明白其中的关键："增资扩股再怎么好，本质上只是对大股东有利。正常情况下，没有任何一个股东会愿意自己的股权被稀释的，但是小股东因为自身资金不足，没钱配售自己那份额度的股份，从而导致股权被稀释。

“可是相对于股权稀释，退市显然更加可怕。因为这样一来，海鸥资产的股票就不能在二级市场上竞价交易了。尤其是小股东，几乎没有任何渠道将手中的股票套现。同时这些股票也很难再拿去抵押，融资，价值将会大大降低。这对于所有海鸥资产的股东都是很大的打击。所以股东们都希望避免退市。尤其是因为社会公众股比例降低导致退市，只要出现这样的退市危机，海鸥资产就别无选择，必须通过增资扩股，扩大社会公众股的比例，才能避免退市。小股东们只能接受增资扩股。

说到这里，熊猫望着帅朗，皱眉道：“那么问题就来了，蛇猎人和熊法师他们怎么把社会公众股的比例进一步降低？超过四亿市值的上市公司，社会公众股必须降低到总股本的10%才能退市，那么这退市的难度可不小啊！”

因为昇财和阑珊资本联合拥有5.2%的股份。东华渔业也拥有5%的股份。单单这两家就拥有10.2%的股份了。他们两家是分别拥有的，都少于10%，所以他们所拥有的股份依旧属于社会公众股。这样一来，想要让海鸥资产的社会公众股少于10%，从而退市，怎么看都是一件不可能的事情。

帅朗揉了揉太阳穴，思忖着：“还是有办法让我们的股票不属于海鸥资产的公众股份。”

熊猫瞪大了眼睛：“怎么可能？”

“所以说你真是没有好好读书。”帅朗讽刺道，“你不妨去仔细看看关于社会公众股的定义，持有10%以上的股东不算社会公众，他们的股票也不属于社会公众股，但是关于社会公众股的排除条款可不止这一条。”

这一下不仅熊猫，连叶阑珊也来了兴趣：“说说看。”

帅朗道：“社会公众股的排除条款第二条，就是上市公司的董事、监事、高管，及其关系密切的家庭成员，包括其直接、间接控制的法人或者其他组织，他们所持有的股份同样不属于社会公众股。”

“明白了！”叶阑珊眼睛一亮，“所以只需要提名那些持有股份多的人成为海鸥资产的董事、监事或者高管就行了！”

她话音刚落，她和帅朗的手机几乎同时响了起来。

他们都看到了一条相同的短信——第一大股东赤瓞投资，正式向海鸥资产监事会递交了提议召开临时股东大会，选举董事，重组董事会的书面申请。

第四十八章
见面

看到短信的刹那，叶阑珊下意识地抬头，恰好帅朗也同样抬头望向她，两人的目光在空中交汇。没有任何言语，却默契地意识到了佘道林的计划确实如帅朗刚才方才所推断的那样。这无疑拉开了海鸥资产这场资本盛宴的序幕。

叶阑珊迅速打了几个电话，收集了各方面的信息，最后放下手机道："基本可以确定，这次临时股东大会将由赤虺投资发起，海鸥资产监事会负责召集，监事会这次拟定的董事会董事人数，居然是九个人。"

帅朗笑道："很正常，这次董事会的改选，最大的目的就是让持股数量多的股东成为董监高，进而压缩社会公众股，造成海鸥资产出现退市危机。他们没有搞十几个董事，已经算是很有吃相了。"

"说得也是。"叶阑珊同样不以为意，略过了这个消息，"按照公司法的相关规定，在临时股东大会召开的十天前，不仅海鸥资产现任董事、监事可以提名董事人选，单独或者合并持有公司已发行股份1%以上的股东也可以提名独立董事，单独或者合并持有公司已发行股份3%以上的股东可以提名非独立董事。这些提名的人选，经过监事会审核，将成为临时股东大会的董事候选人。所以……”她流转的眼波锁定住了帅朗，“联合拥有5.2%股份的昇财和阑珊资本，当然有资格提名董事和独立董事。你决定提名哪些人？”

帅朗淡淡地道：“其他人都无所谓，反正不是我们能够左右的。昇财这边的人选……嗯，就你了，小可！”

“啊，我？”在一旁玩起了手机的田小可，吃惊地眨了眨眼睛，随即惊喜地跳了起来，挽住了帅朗的胳膊，“我来当董事？师父，你要把这么多股票送给我？”

“想什么呢？”帅朗没好气地往这个便宜徒弟脑门上打了一下。

海鸥资产现在状况再差，市值也有七八十亿，溢价收购来的5.2%股份好几个亿呢，怎么可能送人？但是帅朗没办法，按照相关规定，经济类犯罪坐牢执行期满未愈五年，是不能担任上市公司董事的……

帅朗无奈地摇了摇头，认真地强调：“只是让你代表我们昇财！股份是昇财的！如果董事人选过关，你就是公司派驻海鸥资产董事会的代表。明白了没有？”

“哦哦哦！”田小可当然知道不可能真的把股份送给她。代表也不错啊！也就是说自己很快就会成为上市公司董事了？啧啧啧，这要回去，格老子的，在那些小伙伴面前多威风啊……

田小可忍不住幻想起来。她多少还是有点儿自知之明的，很快又担心起来：“那……那我能被选上吗？”

“放心，肯定能选上！”帅朗瞥了田小可一眼。

蛇猎人之所以要重组董事会，目的只有一个，那就是通过董监高的调整，减少社会公众股的比例，让海鸥资产陷入退市危机。再利用退市危机，通过增资扩股，获得启动资金，同时也是扩大他的话语权，得以分享海鸥资产潜在的巨大红利。

在这种情况下，联合持有5.2%股份的昇财和阑珊资本进入海鸥资产董事会几乎是板上钉钉的事情，否则海鸥资产的社会公众股就很难达到低于10%的退市红线。根据帅朗和叶阑珊的协议，如果只有一个董事名额，就必须是昇财的。所以，只要他愿意让田小可代表昇财，那么田小可就必定会成为海鸥资产的董事。

帅朗看到田小可心虚的模样，笑着安慰："待会儿把老道找来，让他好好给你包装一下。比如把你弄成一个美女股神？一个底层奋斗出来的草根精英？"

田小可却很是怀疑："老道不就是个江湖骗子吗？"

"你懂什么？"帅朗瞪了她一眼，"术业有专攻。就因为他是江湖骗子，弄虚作假才没问题。再说了这也不是弄虚作假，就是把你人生中的闪光点挖掘出来，立下人设！"

"我也有闪光点啊？"田小可依旧忐忑，"那，我真当上了该做些什么呢？我也不懂这些事情，不知道能不能做好啊！"

"肯定能做好。"帅朗漫不经心地道，"你只是昇财的代表。唯一要做的事情就是听我的命令，服从我的指挥，在董事会上让你赞成，你就赞成。让你反对，你就反对。"

田小可愣了一愣："啊？那我不就是牵线木偶，傀儡一个？"

"不然呢？"帅朗才不惯着她，用目光一下子就把这笨蛋徒弟给镇压了，随后看了一眼叶阑珊。

叶阑珊会意，指了指熊猫："熊猫代表阑珊资本。另外我们还可以推荐七个名字，等一下我会整理一下信息，先罗列一个名单出来，再和你商量。"

"好！"不管是否敌友，帅朗都不得不承认，和叶阑珊的合作总是那么舒服。

因为叶阑珊的办事效率确实高，仅仅三天，她就把名单列好，交给了帅朗。两人各自驾车一起前往海鸥大厦，行使提名董事的权力。

海鸥大厦门口，帅朗刚停好车，就听见远处传来一声招呼：“阿郎！”

帅朗回头，看到了一个不熟悉，但也不算陌生的身影，正是陈思。帅朗读书的时候上过他的课，当下赶紧恭敬地回应了一声：“教授！”

“果然是你，阿郎。”陈思快步走过来，很不见外地拍了拍帅朗的肩膀，笑道，“这些年我一直都很关注你。虽然你经历了一些挫折，不过事实证明，锥处囊中其末立见。昇财的发展壮大，也许未来某天将会成为师生们研读的经典。”

帅朗赶紧致谢：“教授您过奖了！”他看了陈思一眼，有些诧异地探问，“您今天这是……”

陈思哈哈笑道：“和你一样哦！”

帅朗一愣：“和我一样？”

“你不是来递交董事人选提名名单的吗？我也是。”陈思自嘲地笑了笑，“怎么，你以为教书匠都是穷光蛋吗？别忘了，我可是海鸥资产的创始人，手里自然有点儿海鸥资产的股份。”

帅朗恍然，差点儿忍不住要伸手拍自己的脑袋。

其实公布出来的十大股东名单，已经显示了陈思拥有不少股份，足足有5.6%，超过了拿下了5%股份的东华渔业，也超过了5.2%的昇财。陈思以自然人的身份，成为海鸥资产的第三大股东，完全有资格参与这场资本的盛宴。无论从哪个方面讲，蛇猎人要想让海鸥资产退市，肯定要把陈思拉进来。只不过陈思教书育人的老师形象给帅朗的印象太深刻了，他见到了陈思完全没有反应过来。

就在这时，一辆红色玛莎拉蒂缓缓驶来，停在了帅朗的座驾旁边。随即车门打开，一双笔直嫩滑的双腿首先出现在了陈思和帅朗的面前。叶阑珊也赶到了。她戴着一副黑色墨镜，款款走下车，妩媚地抬手，轻轻捋了捋鬓角的散发。

“阑珊？”陈思微微一愣，看上去明显是有些走神，不过他很快就回过神来，脸上随即显出帅气的微笑，很绅士地伸手，“好久不见！”

“确实好久不见了！”叶阑珊握手回应。她在接人待物上从来都表现得无可挑剔。

可是不知道为什么，帅朗莫名地感觉到，陈思和叶阑珊这种简单的寒暄中，似乎透着犀利的刀光剑影。

尤其陈思表现得很明显，寒暄过后，向来旁征博引、滔滔不绝的陈思好像不知道该说什么，尴尬地沉默了一会儿，很刻意地岔开话题：“我比你们先来一步，已经递交好了，正要离开。待会儿还要上课呢。阿郎、阑珊，有空我们再好好聚聚！”

陈思转身离开，刚打开了车门，陈思仿佛想起什么，忽然转身，恍若无意地扫了叶阑珊一眼，继而朝帅朗笑了笑：“差点儿忘了，我和涟漪准备年底结婚，到时候你要参加哦。”

帅朗的目光微微闪了一下，面上却不动声色，淡淡地笑了一下：“好。”

第四十九章
当选

帅朗看着陈思驾车离去，脸上始终保持着温和的微笑。事实上在那一瞬间，帅朗的心猛地抽搐了一下，恍惚有什么比生命还珍贵的东西，从身体里永远地抽了出去，那种撕心裂肺的痛席卷全身，让他难以呼吸。不过，他还是用尽全身力气，笔直地站立当场，微笑着。

叶阑珊的声音幽幽传来："好了，人都走了，别死要面子了。"

叶阑珊似乎也有些伤感，点了一支女士香烟抽了起来。烟圈袅袅升起。

帅朗勉强笑了笑："走吧！"

叶阑珊嫣然一笑，伸手挽住了帅朗的胳膊，两人并肩走入了海鸥大厦。

父亲生前一手打造的这个商业帝国，此刻无比混乱。现在的董事会即将解散，高层即将改朝换代，公司职员都人心惶惶，问了好几个人才找到监事会的办公室。

一个明显是职场菜鸟的新进员工负责接待，简简单单一个递交董事提名名单，都让这菜鸟连续打了几个电话，这才搞清楚应该怎么办理。询问他关于临时股东大会如何召开，公司目前现状等等问题，全都是一问三不知。

帅朗无奈，回去以后等了足足十几天，临时股东大会才终于召开。

临时股东大会也是乱糟糟好像菜市场一般，不少小股东根本不关心董事会重组，董事选举的问题。他们只关心自己套牢的股票什么时候能够解套。有些股东还有相当金额的债权，就更加激动，嚷嚷着海鸥资产还钱。

负责临时股东大会的董事会秘书是一个胖胖的中年人，他很清楚海鸥资产从董事会到管理层马上要发生翻天覆地的变化，显得心不在焉。面对小股东们一波又一波的质疑，他全程都是在打哈哈。实在被逼急了，就推诿说，要等新一届董事会成立，公司高层调整完，才能有确切的回复。

至于选举，更是糟糕。也不知道监事会是怎么处理的，完全不按惯例办事，没有任何刷选，哪怕有些候选人明显不够格，也一股脑地全都拉出来了，足足有二十七个之多。

现场和线上的投票，组织得更不规范，引发了不少股民的吐槽。总之，整个临时股东大会就在这样乱哄哄地召开，又在乱哄哄中落幕。

第二天，现场和网上的统计结果就公布了出来。

“第一名，佘道林，第二名，熊有财。哼哼，这第一大股东、第二大股东，全都亲自上阵了啊！”田小可第一时间就打开了海鸥资产的官方网页进行查询。

公布选举结果的网页上，将每一个候选人的票数都披露了出来，并且按照得票多少从高到低排列。佘道林和熊有财，都理所当然成为海鸥资产的董事。

帅朗一点儿都不奇怪，无论日后蛇猎人和熊法师怎么干仗，至少眼下两人的利益是一致的，那就是让海鸥资产出现退市危机，进行增资扩股，早日启动资产重组。

所以本质上，海鸥资产的临时股东大会完全就是走过场，熊法师和蛇猎人就算没有私下协议，也肯定会心照不宣地合作。

田小可看到第三名的时候惊呼起来："哇，这个陈思好厉害，居然以自然人的身份成了海鸥资产的第三大股东，票数也是第三。"

"他可是海鸥资产的联合创始人。"帅朗随口说了一句，随即陷入沉思。陈思虽然是海鸥资产的联合创始人，不过当年他只出资400万，占据海鸥资产2%的股份。这些股份在海鸥资产迅速壮大的过程中还肯定被稀释过。如今陈思居然以自然人的身份，拥有海鸥资产5.6%的股份，市值4亿多，这可比他最初的投资增长了一百倍。

其中当然有海鸥资产飞速发展壮大，带着陈思这些投资人水涨船高的原因，应该也有陈思这些年理财有方的因素。不过能够不声不响，居然积累了这么多财富，帅朗还是忍不住有些诧异。

田小可继续看下去，得票数第四的是代表东华渔业的齐然诺。至此，第一到第四大股东，恰好分别对应得票张数第一到第四的位置，完全成了大股东凭借资本的排序。

田小可惊喜地叫了起来："第五！哈哈，我的票数居然是第五啊！"

帅朗无奈："这不废话嘛，我们昇财也有很多股份，可以投很多选票好不好？而且老道给你包装履历，妥妥就是传奇的金融天才，不投你简直天理难容。"

田小可有些不好意思地捂住脸傻笑起来。

帅朗看着网页上的排名却微微皱了一下眉头，不仅田小可当选了，代表阑珊资本的熊猫也当选了，就在田小可的名字下面，排名第六。这可就有些夸张了，要知道，昇财和阑珊资本是联手才有

5.2%的股份。他们拆开之后，虽然也算不小的股东，可是实力并不强，仅仅只是吊在了十大股东的末尾，还岌岌可危，随时都有可能会掉出去。

相对而言，排名第七、第八的两个董事，他们代表的机构在十大股东的排名中是在昇财和阑珊资本之上的。这样股份数量和董事选举得票的倒挂，一下子就显得有些诡异。

原本他还以为蛇猎人或者熊法师会动用一些手段，只让田小可和熊猫的其中一个入选呢，结果实在有些出乎他的预料。完全没有道理啊！帅朗有一种自己在被人算计的感觉。

还有一件更让帅朗吃惊的事——沈涟漪居然被陈思提名为独立董事。理由冠冕堂皇，说是有利于海鸥资产更科学合理地发展。但沈涟漪自身的履历确实十分漂亮，妥妥的学院派精英。最后投票结果出来，堪堪排在第九名，顺利进入了董事会。

如此一来，代表赤飑的蛇猎人，代表安泰的熊法师，代表东华渔业的齐然诺，自然人股东陈思，代表昇财的田小可，代表阑珊资本的熊猫，以及沈涟漪和另外两位留任的董事，一起组成了新的董事会。随着董事会的确立，海鸥资产的公众股股份只剩下11%，距离退市红线只有咫尺之遥。于是，ST海鸥连续三次发布退市警示公告，并且申请停牌。

第五十章
故事

“师父，我真要去参加董事会？”

“当然，你现在是海鸥资产的董事了啊！”

“可是……”

“没什么可是！你不是拿到了董事会的开会通知？会议的议案都在通知上写着。你只需要按照我们事先商量好的立场，支持或者反对就是了。如果出现临时议案，你就发短信给我，我会告诉你该怎么做的。”

“哦……”车疾驰在路上，田小可患得患失地握紧了海鸥资产董事会的开会通知。这其实就是一张纸条，标题是：董事会会议通知。

抬头是：各位董事。

内容是：海鸥资产有限公司定于10月23日下午1点30分，召开董事会。现将有关事项通知如下。

会议时间：10月23日下午1点30分。

会议地点：海鸥大厦公司总部会议室。

会议内容：

审议批准《选举公司董事长的议案》。

审议批准《董事职权分配的议案》。

审议批准《增资扩股的议案》。

下面附有联系方式。

换言之，这次董事会召开其实就是为了三件事：第一件事是选举董事长，第二件事情是分配董事们的职权，第三件事情则是通过增资扩股，提高社会公众股占据总股份的比例，化解眼下的退市危机。

拿到这份通知之后，帅朗就已经仔细权衡过每个议案的利弊，也做出了决断。现在只不过是让田小可担当人形投票器，出席董事会而已。

他驾车一路疾驰，很快来到了海鸥大厦外的停车场。把田小可撵下车，用目光督促着她走入海鸥大厦以后，他便在附近找了一个茶馆坐下。等到董事会召开，田小可会通过微信讲述董事会召开的情况，他则遥控应对可能发生的突发情况。

只是让帅朗没有想到的是，他这才坐下，刚刚点了茶水，就听到包厢的门，被人轻轻敲了两下。帅朗有些吃惊，敲门的并非服务员，而是一个六十多岁，一头白发，却健步如飞，满脸红光，说起话来声如洪钟的老人。

“熊法师？”帅朗失声叫了出来。

“你认得我？”熊法师呵呵笑着。

“之前没有见过，不过所有被提名的董事候选人都必须公示履历，上面有你的照片。”帅朗坦然地说道。

“当时你盯着我的资料看了很久吧？”熊法师笑眯眯地走入包厢，毫不客气地坐在了帅朗对面。

帅朗没有说话，只是沉默地盯着他。

熊法师也看着他，啧啧叹了一声：“时间真是快啊，想不到一晃眼，郎杰的儿子都已经这么大了。”

帅朗直截了当道：“熊先生，你我之间，这样虚伪的寒暄有意义吗？”

“确实没有意义。”熊法师点头，一点儿都不见尴尬，依旧笑道，“这只是一个年过花甲的老人对于时间的感慨而已。哈哈，帅总年少有为，肯定还没有这方面的感悟。算了，言归正传，我来只是想提醒帅总，佘道林如今掌握的股份不是明面上的36%，而是42%。”

帅朗心中一惊，如果熊法师没有说谎，蛇猎人拥有的股份可比他预计的多。

熊法师笑眯眯地道：“明白了没有？待会儿董事会上，佘道林肯定会提出有利于他的增资扩股方案。如果让他通过了，42%的股份增加到50%，拿到相对控股，应该不是什么难事了吧？”

帅朗的眼睛微微眯了一下，这点确实如此，为什么要制造退市危机？就是为了顺利进行增资扩股。为什么要增资扩股？除了要给公司注入一笔启动资金外，最重要的目的就是为了稀释小股东的股份，扩大大股东的股权。

佘道林提出的增资扩股方案如果不是奔着相对控股权去，那才叫见鬼呢。帅朗毫不怀疑，如果有可能，蛇猎人会更愿意拿下三分之二以上的股份，获得绝对控股权。

问题是……和他有什么关系？他只有2.6%的股份，增资扩股后还会进一步稀释。这点儿股份太少了。佘道林获得多大的控股权，对他来说都没有太大的关系。对他的影响，远远小于对熊法师的影响。既然如此，他最好的选择当然是作壁上观，坐看佘道林和熊法师这第一、第二大股东斗法，看看是否有运气碰到渔翁得利的机会。

帅朗冷笑着斜睨了熊法师一眼。

熊法师笑了笑，丝毫都不着急劝说他，更不见外地拿起茶壶给自己倒满了茶，抿了一口，这才不慌不忙道："你当真以为，佘道林增资扩股仅仅是为了相对控股权这么简单吗？"

帅朗露出不耐的神色："熊董这么神通广大，都已经洞悉佘董的谋划了？"

"哈哈，我哪有那么大的本领。只不过……"熊法师先是大笑，随即又摇着头，很沧桑地摇了摇头，感慨道，"只不过，我和佘道林认识几十年了。我并不了解他的谋划，但是了解他这个人。"

帅朗目光微微一闪，没有抬杠。

熊法师也没有卖关子，缓缓道："佘道林这辈子最不服气的就是你父亲，他总是在模仿郎杰。无论是以前做交易员，还是现在想要做大鳄，他总是下意识地重复你父亲的脚步。"

"所以——"

"别急，听我讲一个故事。故事发生在八九年前。"熊法师老神在在地喝了一口茶，这才娓娓道来，"八九年前，海鸥资产收购了一家企业叫捷华股份，是一家很大的企业，体量远远大于当时的海鸥资产。只不过当时捷华股份在经营决策上犯了一个严重错误，导致资金链出现了问题。本来在正常情况下，以捷华股份的实力，只需要做出适当的调整，舔舐一两年伤口，很容易就能满血恢复。

"但是郎杰确实是一个了不起的交易大师，他敏锐地把握住这个机会，甚至将海鸥资产整体抵押了出去，以非常高的利息融到了一大笔贷款，然后破釜沉舟，将这笔贷款砸了进去，拿下了捷华股份三成的股份。海鸥资产很快就进入了捷华股份的董事会，然后运作各种手段，迫使捷华股份的董事们同意了郎杰提出的增资扩股方案。知道你父亲当时提出的增资扩股方案是什么吗？"

第五十一章
方案

“田董，早！”当帅朗坐在茶馆喝茶的时候，田小可走进了海鸥大厦。

跨入海鸥大厦的刹那，她真是很有些忐忑。虽然她来参加董事会，就如同帅朗所说的只是来举手而已。怎么举手，帅朗都已经做出决断，并且交代好了，她根本不用动脑子。可这是她有生以来头一次做上市公司的董事，第一次参加上市公司的董事会。说不紧张，那才是骗鬼。打从下车开始，她就好像不愿意上幼儿园的小朋友，一步三挪，慢吞吞磨蹭进了海鸥大厦。

才进入海鸥大厦，就看到前台的小姐姐殷勤地迎上前来。

前台小姐姐对于公司高层翻天覆地的变化自然很在意，对于田小可这样走马上任的董事显然下了功夫研究过，一看到田小可就认出了她的身份，然后巴结地将田小可引入了海鸥资产的会议室。

进入会议室，田小可就发现自己来早了，居然是第三个到的董事。

她在会议考勤表上签好字之后，因为还没有开会，也不认识到场的那两个董事，更不知道该和他们聊什么，只能很无聊地拿出手机，装作很认真严肃地处理工作，实际上只是漫无目的地八卦聊天。

大概十来分钟后，来开会的董事，列席的监事、高管陆陆续续来到了会议室，最后赶到的是第二大股东熊法师。田小可发现，这个被自己师父视作大敌的老家伙，看上去一点儿都不像坏人，反而慈眉善目，好像邻家的老爷爷。

他满脸笑容，笑呵呵地拱手向所有人致歉自己来晚了，还和坐在主席位上的第一大股东佘道林寒暄了几句。不过，佘道林并没有怎么给熊法师面子，照旧满脸阴冷，只给了熊法师两三分钟时间寒暄，就轻轻咳嗽了一声，打断了熊法师的话，宣布道："好了，我们开会吧！"

他作为这次董事会临时召集人，用一贯阴沉的声音开口："第八届董事会，第一次会议现在开始。董事九名，实到九名。列席监事五名，实到五名。现在进行第一个议案，选举本届董事会董事长。"

就在佘道林说话的工夫，田小可驾轻就熟地点开微信，按照事先约定将信息发给了帅朗：师父，董事会开始了！"

然后用文字现场给帅朗播报：

师父，有个留任的董事绝对是佘道林的舔狗。第一个议案刚刚进入议程，他就比谁都积极，抢先举手推荐了佘道林。

师父，佘道林肯定投他自己，开口就说当仁不让，愿意临危受命。我真不喜欢他，阴沉沉的口气怎么听怎么别扭。

师父，我按照你的吩咐投了反对票。熊猫也投了反对票。

师父，齐然诺投了赞成票！这个女人绝对是和我作对！袍哥人家绝不拉稀摆带，这女人刚才投票的时候看了我一眼，我能感觉得到，这眼神有敌意。

师父，现在三比二。

师父，哎呀不好！和你预料的不一样啊！那个陈教授居然举手投了佘道林的赞成票，然后沈涟漪也夫唱妇随，投了赞成票。

师父，现在五比二了，大局已定。

师父，另一个留任董事果然也投了赞成票，熊有财最后一个投票，这老家伙肯定不高兴，但是脸上笑呵呵地也投票赞成了。

师父，真倒霉，我和熊猫显得枉做小人了！

茶馆内，帅朗一直开着微信。此刻熊法师当然在董事会现场，茶馆的包厢内只有他一个人。他一边惬意地品茶，一边浏览微信信息，田小可几乎就在做董事会议直播，细节丰富，还有董事们的心理活动。

看到第一个议案居然是如此过去，帅朗不由皱了皱眉。

蛇猎人毕竟是第一大股东，增资扩股又是所有股东的一致利益，所以他当选董事长的概率，在帅朗的估计中超过了五成。可是蛇猎人居然这么顺利就当选，实在出乎帅朗吃惊。究其原因，一个是齐然诺投了赞成票，一个是陈思和沈涟漪这俩一致行动人投了赞成票。

刚看到这条消息的时候，帅朗的嘴边不由泛起了一丝苦涩。要知道，当初长林易主，齐然诺的父亲齐华猝死，很大一部分原因就是赤虺投资出手。齐然诺最恨的人第一肯定是帅朗，第二应该就是佘道林。按理说，齐然诺无论如何都不可能给佘道林投赞成票的。现在出了这情况，帅朗立刻就明白齐然诺对自己恨到了怎样的程度，简直就是不惜一切代价也要和自己作对。

帅朗忍不住叹了一口气，开始思考陈思的投票。陈思主动支持蛇猎人，显然更加耐人寻味。从现有的资料来看，陈思和佘道林应该没有太多瓜葛，没有恩怨，也没有什么交情，就是路人而已。可如果只是路人的话，陈思没有道理这么干脆利落地投票给蛇猎人啊？

尤其他这一票，还联动了沈涟漪的那一票，顿时就决定了大局。难道陈思就是佘道林的底气和筹码？帅朗越想越是感觉蹊跷。

而且陈思这样一来，他就没法看清另一个留任董事究竟是什么立场了。无奈之下，他唯有继续看微信上田小可的董事会直播，希望能够分析出各个董事的立场和利害关系。

只是第二个议程，随着佘道林当选董事长之后，几乎可以说是尘埃落定。所有人都得给新当选董事长几分面子，佘道林也是快刀斩乱麻，借着新官上任的气势，迅速推动了董事们的职权划分。

不出意料，作为第二大股东的熊法师分管了财务。这或者算是橄榄枝，以此为回报，熊法师全程没有对佘道林的方案有任何异议。第三大股东陈思重新出任公司的董事会秘书。

留任的两个董事，分别负责法务和投资，齐然诺分管人事。而熊猫和田小可却被排斥，没有分管到任何职权，居然和沈涟漪一样成了公司的独立董事。

不过这也在意料之中。毕竟熊猫和田小可的资历都太浅了。阑珊资本和昇财单独的实力也不够看。按照协议，他们夺得董事席位之后，合作就此结束。那结果自然就是各自为战。

帅朗对此倒不是太在意，他也没指望凭借自己这么点儿股份就能左右海鸥资产的运营。

在佘道林当选董事长之后，真正的大戏其实还是第三个议案——资产重整。

田小可通过微信及时发来了董事会上的动态变化：

“师父，佘道林拿出方案来了。”

“师父你等一下，我干脆拍照给你看！”

随即一张图片发来。田小可在现场将佘道林分发给每个董事的增资扩股方案，用手机拍下来，传给了帅朗。

那是一张 A4 纸，帅朗点击放大，上面书写的方案直接明了——海鸥资产拟通过配售和定向增发等方式扩资一倍。

这就相当于所有股东的股份比例减半。按照蛇猎人的方案，腾挪出来的50%股份，其中40%，由股东优先认购。认购不足的部分，才和剩下的10%，作为社会公共股定向增发出去，从而化解眼下的退市危机。

帅朗只看一眼，就发现这个方案显然对于资金实力不足的小股东很不友好，要知道，海鸥资产再怎么落魄，总归也有七八十亿的市值。小股东需要真金白银出资认购他们原有股份的40%，这可不是一笔小数字。

就以昇财为例，昇财和阑珊资本平分5.2%的股份，所以实际拥有2.6%的海鸥资产股份。如果按照蛇猎人的方案，在所有股东都足额认购的情况下，昇财将保留1.3%的股份，同时还需要出资配售5‰左右的股份。

以登记日海鸥资产是80亿市值计算的话，昇财就要额外拿出4000多万资金。这样也只不过拥有1.75%的股份而已，如果连4000万资金都拿不出来的话，那么昇财就只剩下1.25%的股份，话语权就会进一步遭到严重压制。

像赤飑投资这种大股东要足额认购肯定也得付出更多的资金，但他们实力雄厚，足额认购绝对不是什么问题。更开心的是，他还有机会认购其他股东因为缺少资金不得不放弃的股份，这样一来，就可以轻轻松松扩大股权比例，从而扩大在海鸥资产的话语权了。

就比如现在，如果真的如熊法师所言，蛇猎人增资扩股前就已经掌控了42%的股份，那么只要执行这个增资扩股的方案，蛇猎人可以说非常容易就能拿下50%以上的股份，拥有相对控股权。

总之，这种增资扩股，本质上就是一次赤裸裸的资本碾压，是大鳄凭借自身的资金优势稀释小股东的话语权，排挤小股东，最后达到一家独大的目的。更要命的，这还不是蛇猎人这个方案真正杀招。真正要命的杀招，是定向增发！

第五十二章
定增

帅朗的目光死死地盯着照片里“定向增发”四个字，瞳孔微微收缩了一下。

他想起了刚才熊法师在这里跟他说的那个故事——

“当年，你父亲选择的增资扩股方案，是定向增发。你是财经大学的高才生，那肯定比我这种半路出家的野路子强，肯定知道所谓的定向增发，实际上就是向有限数目的资深机构或者个人投资者圈钱。

“这确实是一个好办法。因为不是公开募集，牵扯面很小，所以证监会那时候审批不算很严格。公司随便立个项目，就可以通过增发股票，圈到一大笔钱。投资者虽然必须承诺在一定时期内不会出售或者转让，但他们可以用相对于市价很大的折扣，拿下这些新增的股票。同样有很大机会获利。

“比如那时候，捷华股份的股价是30块。海鸥资产成为董事之后，提出的议案是发行10亿股定增，定增价格是20块。然后关键的地方来了。这些定增的股票，其中有一大半是被你父亲另外成立的一家公司给吃下了。这家新成立的公司一共吃下了足足7亿股，出资70亿，而当时整个海鸥资产的市值也不过50亿，而且海鸥资产的大部分资金都用来收购了捷华股份的股份了。

“可对于你父亲这样资本运作的高手，这根本不是问题。他实际上仅仅拿出14亿现金，其余56亿资金缺口，全都通过质押增发新股的方式，从券商那里借到钱填补了。定增成功之后，你父亲拿出对应14亿的1亿4000万股的股权，去银行质押，得到的贷款来支付券商的利息。

“而这个时候，通过定增，你父亲原来手里的股票，再加上吃下的定增股份，实质上已经扩大了股权，轻轻松松就控制了董事会。因此他就扫除了一切障碍，在董事会上通过决议，炮制了几个重大项目，确保股价在解禁期到来之前都能在一个相对高的价格运行。

“等熬到了解禁期，他吃下的7亿股，按照15元的市价就可以套现105亿。还掉借来的56亿，再加上银行贷款什么的开支，手里就能赚上三四十亿。或许你要问了，股价破发了怎么办？腰斩了怎么办？有关系吗？

“你父亲已经控制了这家企业，只需要发个公告，说我们之前的项目前景很广阔，但是需要进一步进行逆周期产业链布局，需要进一步定增融资。趁这个机会，你父亲会再玩一次定增游戏来摊薄之前的成本。

“如此循环往复。很快这家企业的其他股东，就被你父亲排挤得再没有话语权了。而你父亲的海鸥资产则通过这样的定增，大赚特赚，顺带还把那家企业一口吞下，连个骨头渣子都不剩。”

帅朗心情沉重，强自拉回自己的思绪，继续思考佘道林的定向增发方案。

佘道林的这个定向增发方案，并不仅仅是化解海鸥资产的退市危机，也不是简单地想要扩大股权，实际上他已经悄无声息地开始了对海鸥资产的吞噬。如果这个增资扩股的方案通过，接下来毫无悬念，只需要复制海鸥资产当年的玩法就行了。

帅朗不由冒出了一身冷汗。他不得不承认，若非熊法师提醒，他恐怕也只能看到蛇猎人这个方案里试图扩大控股权的图谋，很难想到一旦定向增发启动，就已经是对海鸥资产下手了。

可熊法师不是活雷锋，更不是可以信赖的盟友，他来提醒帅朗，显然就是要逼帅朗投票反对蛇猎人，逼迫帅朗变相站到他这一边，把帅朗当成长矛利刃，来帮他对付蛇猎人。

没有人会心甘情愿被人利用，帅朗也不愿意，尤其是熊法师在父亲当年被迫跳楼的风波中扮演了极不光彩的角色。

有那么一刹那，帅朗真的很想通过微信，命令田小可投票支持蛇猎人的方案。不过，他在微信上输入了“支持”两个字之后，最终却没有按下发送键。

他深深吸了一口气冷静下来权衡利弊，发现自己从利益上讲更应该反对蛇猎人的方案。毕竟这个方案一旦通过，就很难再阻止蛇猎人了，董事会上是反对的最好时机。

从正常而言，这个对小股东极其不利的增资扩股方案，平时肯定很难在股东大会上通过，肯定会被小股东抱团反对，但是在海鸥资产可能要退市的情况下，小股东肯定彻底慌了，唯一的希望就是能股份变现，保障资金安全。

这就是蛇猎人计划的核心目标，通过退市危机把小股东逼到绝境，逼得他们为了解救自己的资金，放弃股权上的利益。于是这么苛刻的方案，一旦拿到股东大会上去还真有可能通过。因为那些担心资金安全的小股东，一定会如同溺水之人抓住救命稻草一样，迫不及待地通过这个方案，让海鸥资产继续上市，让他们能将股份变现。

想要阻止蛇猎人，最大的希望就是现在这场董事会了。因为董事会的那些董事更关心股权被稀释，话语权丢失，更有决心反对蛇猎人的方案。

只是，真要投票反对吗？帅朗不由又有些犹豫。投一个反对票，固然有可能打乱蛇猎人的部署，可他这么一反对，也是间接帮助了熊法师。这老头显然也在谋划一个很大的局。帅朗真心不想被熊法师利用，帮助熊法师主宰这场资本的盛宴。

“师父，师父！”就在帅朗迟疑不决之际，田小可又发来了一条微信，“熊有财也提出了一个方案。”

第五十三章
争论

熊法师显然是有备而来。

董事会上，在佘道林公布了增资扩股方案之后，他呵呵笑着开口："真是英雄所见略同啊！巧了，我也琢磨了一个方案，趁着这个机会，拿出来和佘总的方案一起给大家比较比较。唉，虽然我老了，跟不上你们年轻人的思路了，不过偏听则暗兼听则明，或许能够和佘董的方案有所互补！"

说话间，他笑呵呵地拿出了一沓早就准备好的增资扩股方案，散发给了在座的各位董事。

田小可迅速将这增资扩股方案拍了下来，通过微信发给了帅朗。

帅朗一目十行，迅速浏览了一遍。和佘道林的方案比起来，熊法师的方案真是温和了很多。虽然同样也是扩资一倍，不过熊法师的方案只是将25% 的股份配售给股东，配售不足部分，和剩余25%的股份一起公开募集。

这里面的差别，可不仅仅只是40%和25%这两个数字的区别。

在熊法师的方案中，配售份额是固定的，如果有股东缺少资金放弃配售，其他股东对于配售不足的部分并没有优先认购权。这样一来，所有股东需要配售的资金大幅减少，大股东也很难利用自身的资金优势，过度扩张股权。

作为第二大股东，熊法师的这份方案并不利于他扩大在海鸥资产的股权，可一旦通过，就必定对第一大股东的佘道林限制更大。单单阻止佘道林拿下相对控股权这一点，就足够熊法师推动他自己的这个议案了。

更加重要的是，按照熊法师的方案，增资扩股的途径，除了通过配售向现有股东募集外，第二个途径是向非特定对象公开募集，而不是定向募集。这就完全杜绝了蛇猎人借助定向募集玩花样的可能性。

蛇猎人看到这样一个增资扩股的方案，瞳孔微微收缩了一下，原本就阴沉的脸越发阴沉了。他冷冷地看了一眼熊法师，良久才开口，阴沉沉地道："各位董事，还有人提出其他方案吗？"

此言说罢，又等了好一会儿，眼见没有人说话，他这才宣布："那么现在，就这两份方案投票吧！我先说一下我的观点，我不认同熊董的方案。众所周知，公开募集股份的难度远远大于定向募集。因为是向非特定对象募集，证监会为了保护散户的利益，为了稳定金融秩序，审核十分严厉。最重要的一点是，不是所有上市公司都能公开募集股份的。如果我没有记错，要想公开募集股份，也就是非定向增发，上市公司必须有持续盈利能力，必须最近3个会计年度，加权平均净资产收益率，平均不低于6%。同时还需要最近一期末不存在持有金额较大的交易性金融资产和可供出售的金融资产、借予他人款项、委托理财等财务性投资的情形。熊董，你觉得已经戴上ST帽子的海鸥资产，能满足哪点啊？"

话音刚落，熊法师就笑呵呵道："佘董这话有些值得商榷啊。事实上，还有戴 *ST 的上市公司曾经公开募集过股份呢。戴 ST 帽子并不是一定不能公开募集。另外，佘董你似乎太不了解你投资的海鸥资产了。”

佘道林微微一愣，心中掠过了一丝不祥，眉头也不觉皱起来，冷冷问道：“什么意思？”

“海鸥资产戴上了 ST 帽子确实没错。不过我想提醒诸位董事，这个 ST 帽子，主要是因为六年前海鸥资产要约收购长林集团失败，引发资金链断裂导致的。可是，这都是六年前的事情了。”熊法师一边说话，一边笑眯眯地瞥了蛇猎人一眼，“请诸位董事仔细查看一下最近三年海鸥资产的财务情况，你们会发现，海鸥资产的财务情况其实正在陆续好转。年报一年比一年好，早就已经从亏损转盈利了。而且最近一个年度里，也并没有存在持有金额较大的交易性金融资产和可供出售的金融资产、借予他人款项、委托理财等财务性投资的情形。”

当熊法师说到这里的时候，蛇猎人忍不住惊呼了一声：“怎么可能？”

不过他随即收声，并没有继续质疑下去。因为话刚出口，蛇猎人便已经立刻反应过来，自己似乎真是犯了一个低级错误。

那就是海鸥资产前几年因为陷入各种债务纠纷，如合同纠纷，那些良性资产被拆分得太狠了，以至于最近两年，海鸥资产好像是一头已经瘦成骨头架子，奄奄一息的老牛，在大多数人眼里早就没了油水。这种情况下，海鸥资产反而太平了，完全没有钱借予他人，更没有前进行财务性投资，同样也没有什么金融资产可以出售。

更奇葩的是，因为大量裁员，海鸥资产的运行成本大幅降低。因为没有折腾，名下那些还没有被分割出去的企业，差的固然依旧很差，可一些原本为了资本运作，被刻意弄差了的企业，在没人折腾的情况下反而渐渐恢复了元气。它们产生的盈利，居然已经可以抵消亏损，让海鸥资产的年度报告出现了盈余。

这般结果，乍看起来很有些不可思议，可是仔细想想，其实又是理所当然。

毕竟，海鸥资产并没有表现出来的那么糟糕，相反，还暗藏了很大的潜力。郎杰当年的经营和布局，让海鸥资产哪怕经历了这么多年翻天覆地的动荡，根基依旧还是牢固扎实的。正是因为如此，蛇猎人、熊法师等各方面资金方才如同嗅到了美味的鬣狗一般，从四面八方蜂拥而来。也就是说——

就在蛇猎人心念电转之际，熊法师斩钉截铁地说出结论："毫无疑问，海鸥资产如果能够好好整顿一下，那么距离它有资格申请公开募集股份，其实并不遥远，也并不困难。所以……"说着，熊法师略微停顿了一下，环视会议室内所有人一眼，这才缓缓说出了他的结论，"我当然支持我的提案！"

结果，一比一。第一、第二大股东，相继表态。

会议室里，顿时陷入了一阵沉默，一股紧张的气氛莫名弥漫。

其他董事彼此看了看，谁也没有吱声。好一会儿，第三大股东陈思咳嗽了两声，说道："我个人觉得还是佘董的方案好。海鸥资产的问题积重难返，我们接掌了海鸥资产大权，就该责无旁贷，为海鸥资产披荆斩棘，从四面包围的危机里面开拓出一条生路来。这无疑是艰难的，需要力排众议，英明果决。所以，扩大大股东的股权，排除杂音，集中力量干大事，才是我们最佳的选择。至于熊董的方案……当然不能说熊董的方案不好，可海鸥资产目前想要申请公募毕竟还有些勉强，还需要经过一系列整顿才行。姑且不论整顿完了能不能让海鸥资产拥有公开募集的资格，就算有了这样的资格，鉴于证监会审批公开募集申请的难度，远比审批定向募集股份的申请严格得多，我们并没有把握百分百保证海鸥资产能够公开募集股份。"

顿时，一比二。蛇猎人两票领先。

只是陈思话刚说完，立刻就听到一个清脆的声音响起："我不这么认为！”

陈思皱了皱眉，光听声音就立刻听出来，说话的是沈涟漪。

只听沈涟漪说道：“董事会本身就是集中大股东的力量，进行全局的统筹和布局。我认为，虽然我们必须确保海鸥资产集中力量化解危机，但并不能理所当然地就牺牲小股东的利益。

“另外，海鸥资产日后想要进行资产重组，涅槃重生，也需要大量的启动资金。就这点而言，熊董的方案可以更好地利用二级市场，发挥金融的调节功能，大股东也可以保留更多机动的能力，来应对日后资产重组中可能遇到的难关。

“最后也是最重要的一点，不管是不是为了申请公开募集股份，整顿海鸥资产本来就是势在必行，也必须是要做好的工作，是我们所有在座的董事、监事和公司高管们责无旁贷的任务。整顿出一个运行良好的海鸥资产，再通过公开募集股份，正大光明地利用证券市场融资，获得企业急需的资金，继而形成金融市场和企业的良性互动，才是真正的王道。

“至于定向募集……虽然我并不否认它更灵活、更方便，可是我想提醒各位，最近政府也好，学术界也好，都注意到了定向募集存在一些不如人意的乱象。有上市公司的大股东利用定向募集大肆套现，甚至不惜损害到企业的长远发展，损害到小股东的利益。所以，我支持熊董的方案。”

“涟漪说得好！”听到沈涟漪这么说，熊猫赶紧推了推眼镜，毫不犹豫地附和，“我也支持熊董的方案。”

于是，三比二。熊法师反超蛇猎人一票了。跟着，留任的那两个董事都支持了蛇猎人，结果四比三，蛇猎人再次领先。

七名董事分别投票之后，现场就只剩下田小可和齐然诺两票没有投。齐然诺冷冷地看着田小可，没有开口，似乎拿定主意要等田小可先投票。

齐然诺身为东华渔业的董事长，身居高位，大权在握。这几年经历了那么大的变故后，越发精明干练了，哪怕不言不语，这眼神就犀利如剑。

田小可被齐然诺这么瞥了一眼，下意识地缩了缩脑袋，心虚地避开了齐然诺的目光，连忙拿着手机，发微信催问帅朗："师父，师父，我们投谁？"

第五十四章
表决

“等一下！”茶馆包厢内，帅朗还在纠结。

熊法师的方案确实比蛇猎人的方案好多了，这个方案更多的是利益共享，更多地照顾了中小股东的利益。至少帅朗没有看出来，熊法师能够通过这个方案扩大自己的利益，收割海鸥资产，也没有让熊法师一家独大的危险。

帅朗心中的天平忍不住向熊法师这个方案更靠近了一些，如今，唯一干扰他做决定的，仅仅只是直觉——直觉熊法师这样的人物，绝不可能这般大公无私。

熊法师多半是在谋划一个很大的局。这个看似无害的方案，说不定暗藏了他还没有看清的杀招。只是，到底是支持蛇猎人还是支持熊法师，又或者索性弃权？或者自己提出一个有利于自己，同时又能被人接受的新方案？

最后的决定，需要帅朗马上就要做出。

想了想，他还是无法做出决断，给田小可发出了微信：“等齐然诺投票了你再投。先看看她投谁！”

不是吧？看到帅朗发来的信息，田小可撇了撇嘴。这会儿整个会议室的人都默默地等待着她和齐然诺表态。齐然诺也依旧静静地看着田小可，摆出了执意要田小可先表态的态度。

岂有此理！田小可被逼急了，反倒没有了之前的拘谨畏缩，爆发出了袍哥人家的血性。田小可眼睛看着齐然诺，右手则握拳伸出拇指，往自己的脖子上比画了一下。

看着这么决绝的手势，齐然诺微微愣了一下。

她熟悉的生活环境，再如何激烈斗争，人和人之间都习惯了带着温文尔雅的面纱，习惯了面带微笑，给对方奉上温柔一刀，很少有这样激烈、直接、粗暴的正面冲突，一时间她很有些不习惯。

不过，齐然诺毕竟是齐然诺，很快便反应了过来。她不屑地一笑，放弃了继续僵持，就好像高贵的龙，不屑于和蝼蚁一般见识。齐然诺直截了当："我支持熊董！"

四比四。熊法师和蛇猎人势均力敌，战平。

田小可不由傻眼了。帅朗还没有给她明确指令呢，她哪知道自己该选哪一边？在所有人的注视下，她手忙脚乱，赶紧在微信上催促帅朗。

帅朗也不由头疼地揉了揉太阳穴。他也没有想到，阴差阳错之下，自己的这一票居然会成为左右全局的关键一票。如此一来，帅朗不由更加纠结了。举棋不定之下，他忍不住瞥了一眼茶几上的信封，信封里露出几张照片。这是熊法师留下的——

董事会召开之前，突然出现在茶馆的熊法师讲述了郎杰当年如何通过定向增发牟利的故事之后，忽然话锋一转，说到了当年海鸥资产崩盘的往事："阿郎，我知道你把我当成了害死你父亲的仇人。我也没准备否认。哼哼，我和你父亲认识很多年了。我曾经帮过他，他也曾经帮过我，可最终我们却翻脸了，有了很深很深，不共戴天的仇。所以当初海鸥资产要约收购长林集团失败之后，是我推了你父亲一把。也许就是这一把，把你父亲推向了死亡的深渊……”

听到熊法师竟然这般若无其事地承认，帅朗的手不知不觉握紧成了拳。

他还没来得及发作，只见熊法师摆了摆手，示意帅朗少安毋躁：“所以，你要想找我报仇，随便出招，不管你怎么报仇我都接下。只不过呢，我这人也没兴趣替人背锅，当年若不是有人写了一封匿名信，告诉我说你父亲要约收购长林集团将会出问题，以你父亲当年如日中天的声势，我再恨他也不会在那时候贸然出手！”

“你的意思……”帅朗不动声色地抿了一口茶，“你想说除你之外，还有一个幕后黑手？别跟我说那个幕后黑手恰恰就是佘道林。”

熊法师哈哈笑着摇了摇头：“我要用这个理由来说服你，你会接受吗？想多了，年轻人，我只是不想替人背锅而已，所以正好趁着今天遇到，顺口告诉你一声，有些敌人可能隐藏得很深。我不希望郎杰的儿子被那些人给蒙骗了。”

说话间，他从怀里取出了信封放在了面前的茶几上，然后转身就走。好像来这里一趟，就是为了给帅朗这个信封。

帅朗犹豫了一下，忍不住拿起了信封，里面是一沓照片。

看到照片的瞬间，帅朗的瞳孔不由收缩了一下。这些照片拍摄的地点是同一个时间，同一个地方——清晨，一幢三层的豪华别墅门口。明显是有人在远处按动快门，连续拍摄下来的。蛇猎人正穿着他一贯的风衣，带着他一贯阴冷的气质，从别墅里走出来，在一群黑衣保镖的簇拥下，坐入了门口一辆黑色加长林肯内。

这在这时，郎杰从别墅外的一棵大树后面冲出来，冲向了正在上车的蛇猎人。照片上的郎杰，看上去应该在别墅外面等了很久。其中一张照片上甚至可以看到他头发上被露水打湿的痕迹。他胡子拉碴，满脸憔悴，脸上带着愤怒和焦虑，一副落魄的样子。

这样的父亲是帅朗从未见到过的。帅朗从未想过，自己印象中一向自信、开朗、果决、睿智的父亲，居然会变成。结合照片上父亲的年纪，帅朗不难推断出，这应该拍摄于海鸥资产要约收购长林集团失败之后。

在帅朗的脑补中，当时父亲遭遇了滑铁卢，正处于山穷水尽的绝境。或许是发现蛇猎人做了什么见不得光的手脚，故而上门质问？也可能是蛇猎人当时拥有什么筹码，能够帮父亲挽回局面。总之，父亲是来找蛇猎人。

蛇猎人却自顾自上车。父亲被他手下的那些黑衣跟班拦住，几番挣扎，最后眼睁睁看着黑色的加长林肯扬长而去。那些黑衣跟班这才放开了郎杰，纷纷上车追赶过去。郎杰好像在这一刻失去了所有的精气神。他无力地跪倒在了地上，脸贴在地面，一动未动，恍若一具行尸走肉。

看着这最后一张照片，帅朗的心不禁抽搐起来。他忽然回想起小时候父亲抱着他看行情的情形，那时候父亲抱着他，意气飞扬，激情满满：

“臭小子，你老子我就是一个交易员！”

“什么叫做交易员？嗯，交易员就是在这个瞬息万变的市场上，敏锐地捕捉到有利可图的价格，然后果断地出击，买入、卖出，获取巨大的利润，享受冒险成功带来的乐趣！

“交易员是这个世界真正的主宰者。这一年三百六十五天，一天二十四个小时，每一分每一秒，全球都有八万亿以上的资金在流通，在交易。一个伟大的交易员可以购买全世界所有的货物，狙击全世界所有的公司。整个世界的物价、实体乃至经济，全都操控在交易员的键盘之下。

“这世上最酷的就是交易员了。想想吧，某个夕阳西下的傍晚，你两手空空来到一个陌生的城市。哪怕你身无长物，不名一文，哪怕你狼狈不堪，步步维艰，全都没关系。只需要找一个可以上网的地方，只需要用一台电脑，下载一个交易软件，然后打开软件，从那些瞬息万变的数字里捕捉到一次交易的机会。短短几分钟，你就有足够的钱来解决你的所有问题。酷不酷？”

那画面是如此清晰，那声音恍惚还在耳畔回荡。所有这一切都和眼前的照片一样真实，却是截然不同的两种结局。

帅朗深深吸了一口气，在手机屏幕上写了三个字：熊法师。

第五十五章
辞职

“可恶！”佘道林简直就是用尽了洪荒之力，这才勉强克制住心头的怒火，继续表面平静地主持董事会。好不容易熬到董事签字、监事签字的程序走完，他回到办公室，这才拿起桌子上的茶杯，狠狠砸在了地上。

这时手机的铃声响起。佘道林看了一眼手机屏幕上的来电显示，不由皱了皱眉，这个电话来自赤飑投资的一个重要客户。

佘道林信仰借钱生钱的理念，他的赤飑投资实质上就是私募，就是信托。正是这些客户的投资让赤飑投资拥有强大的现金流，得以在资本市场上呼风唤雨，无坚不摧。但是这些客户并不是活雷锋，他们投资是为了收益，必然会紧盯收益，关注资金的安全。

作为获得客户们投资的代价，佘道林唯有深深吸了一口气，迅速平复了一下自己的心情，接通了手机。旋即就听见李总的声音从手机那头传来：“哈哈，佘总你好，你好！最近咱们赤飑投资运作得怎样？”

“很不错！”佘道林目光微微一闪，面上不动声色，以一贯阴冷的声音不紧不慢地道，“前两天，公司的财务报表刚刚公布，单单这个月公司就盈利7%。这样的战绩应该对得起您的投资吧？”

“当然，当然！哈哈，佘总的投资能力我一向是佩服，也是信任的。这个……呵呵，佘总你莫要见怪，兄弟我也是刚刚听到风声，说是海鸥资产刚刚召开了董事会，但是……议程似乎有些不顺利？”

佘道林瞳孔顿时收缩了一下。说实在的，从自己的方案被董事会否决的那一刻起，他就预料到将会接收到投资人的一波询问和关切。这也是获得投资的代价。一旦有什么风吹草动，这些投资人肯定会在第一时间来询问情况，关注收益是否会受到影响，关注他们投资资金是否有危险。

可是，太快了！太早了！董事会这才刚刚结束，按道理，消息绝对不应该这么快就传递到自己的投资人耳朵里。

佘道林的心中掠过了一丝不祥，他的声音顿时越发阴冷起来：“李总，你这是从哪里听来的？”

“这个……哈哈，就是一些小道消息，道听途说。我这不关心佘总你嘛，所以赶紧来问问。”

佘道林冷冷地道：“放心吧！事情还没有真正定局。别忘了，目前我拥有的股份早就超过了33%。按照规定，但凡这样增资扩股的方案，董事会上通过才只是第一步，接下来还需要股东大会上获得超过三分之二的支持。所以，哼哼，我完全可以否定掉其他的方案，迫使那些股东和董事只能同意赤飑投资的这个方案。这样，事情就会回到我们原来的计划中。”

“这样就好！哈哈，这样就好！”也许是感觉到了佘道林语气里的不耐，李总赶紧打了一个哈哈，寒暄几句就挂了电话。

佘道林的嘴角泛起了一丝不屑的冷笑。他一点儿都不奇怪这样的结果，毕竟赤飑投资的战绩非常不错，客户们是发自内心把佘道林当成财神爷的。财神爷自然是要好好供着的，不能轻易得罪。所以，这些年佘道林早就习惯了客户们各种神经质的探问，对如何处理早就驾轻就熟。

只是今天有些不同，非常不同。

佘道林刚刚挂下电话，助手立刻就满头大汗地进来汇报："佘……佘总，出事了！有人在打压长林集团的股价！"

经过这几年经营，长林集团已经被赤虺投资牢牢控制，成为佘道林的核心阵地。佘道林连忙打开电脑，盘面上果然出现了一根大阴线，时间从14点52分开始，恰好就在董事会结束的时候，明显是有人刻意打下来。

原本长林集团的股价始终都在17元高位稳稳横盘，看上去蓄势待发，有大概率会继续冲高突破前期压力线，但是从14点52分开始，一直持续到14点56分，结束连续竞价，开始尾盘的集合竞价为止，短短几分钟就跌了7毛钱，跌幅超过了4%。

而且这不仅仅只是跌幅大，更可怕的是成交量也很大。这几根一分钟K线都是带量，都是几百手、几千手的大单子突然砸下来。这样的量，这样的狠，可绝对不是散户和一般的游资能够做到的。

"拉上去！"见此情形，佘道林想也不想就下达了护盘的命令。

他别无选择。最近为了争夺海鸥资产，他投入了太多资金。这些资金大部分都是通过质押长林集团股票换来的。此刻长林集团的股票暴跌，明显有人在捣鬼。佘道林经验丰富，第一时间就明白，自己必须用最猛烈的拉升来回应，来提振市场的信心，顺道把捣乱的空头碾压在萌芽中。唯有如此，才能够将摇摆不定的散户和游资拉拢过来，而不是推到空方那头去。

奈何，佘道林刚做出决断，很快就有无数坏消息纷至沓来。

什么银行要收紧贷款了，什么证监会下文要清查场外资金了，什么和赤虺投资业务往来密切的券商被人举报，正在面临调查……

其实这些年赤虺投资的成长过程中，凡此种种不可避免都遇到过，也并不难应付。但平日里单个出现的问题，这一刻好像约好了一般，集中爆发了出来。这样一来，应对的难度可就几何倍数增长了。

因为这已经开始严重威胁到赤虺投资的资金链了。包括李总在内，客户们的电话也再度接踵而来。这一次，他们就不在意佘道林的情绪了，拐弯绕脚的探问很快变成了毫不客气的质问。这一刻，蛇猎人再迟钝也意识到这是一个局，想要将他往死里逼的局。

熊法师做的局？

从海鸥资产董事会上否决他的增资扩股方案开始，到现在四面出击，威胁他的资金链，制造客户们的挤兑，实际上都是熊法师开始对他收网了吗？要把他当成鱼，从海里网到锅里？

不不不，绝对不是熊有财一人所为！二级市场上对长林集团发动攻击，熊有财能够办到，但是银行、券商这种政策性的风向变动，可不是熊有财能够巧妙掌控的。所以，这张网只怕远比自己想象得更大……

佘道林心念电转之际，手机再次响起。这一次，手机那头传来熊法师笑呵呵的声音："小佘，有点儿事情想跟你谈谈，见个面如何？"

"什么？佘道林辞职了？因为身体缘故，辞去海鸥资产董事长职务，退出董事会，同时公开声明，赤虺投资将放弃对海鸥资产的投票权！"

帅朗是在两天以后听到这个无异于八级地震般的消息，他瞪大了眼睛，完全不敢相信自己的耳朵。见鬼的身体缘故，还放弃对海鸥资产的投票权？佘道林是这么佛系的人吗？

帅朗觉得自己听了一个愚人节的冷笑话，毫不可笑。

可是很快他就看到了 ST 海鸥披露的公告，白纸黑字，写明了佘道林辞职，赤虺投资放弃对海鸥资产的投票权。帅朗不由倒吸了一口凉气。公告都出来了，显然不可能是笑话了。但是要说佘道林会心甘情愿放弃董事长的职务，放弃海鸥资产的投票权，鬼才相信。

那么现在，最大的受益者无疑是第二大股东熊法师。所以，这是熊法师对蛇猎人出手了？他用了什么手段，让掌控了长林、海鸥两家上司公司的蛇猎人干脆利落地举手投降？

就在帅朗惊疑不定之际，田小可气喘吁吁地闯进办公室："师父，师父！又来召开董事会的通知了。"

帅朗随手接过田小可递来的打印纸，这是一份打印出来的电子邮件，照例写明了海鸥资产董事会召开的时间地点。依旧还是海鸥大厦会议室。时间是明天下午一点。

不过，董事会的议案只有一项，是熊法师提出的一项资产重组计划。电子邮件还有一份附件，是这份资产重组计划的详细内容，以及资产重组计划的目的——让海鸥资产尽快满足申请公开募集股份的条件。

第五十六章 猫狗

“说是资产重组，其实就是三家公司的股票置换，按照这个方案，海鸥资产将计划置换到春华电器股份有限公司25%的股份，蓝帆建筑股份有限公司40%的股份。相对应的，春华和蓝帆两家公司将分别拥有海鸥资产10%和15%的股份。

“目前春华电器股份有限公司估值35亿，25%的股份有将近9亿，而海鸥资产10%的估值只有8亿左右。同样蓝帆建筑股份有限公司目前估值33亿，40%的股份价值13.2亿，海鸥资产15%股份价值12亿，就账面来看，同样是溢出的。

“另外，春华电器股份有限公司和蓝帆建筑股份有限公司都特地声明放弃对海鸥资产的投票权，相应地，海鸥资产也同样放弃对这两家公司的投票权。”

在看到熊法师的资产重组计划以后，帅朗立刻就开始收集起相关资料来，结果却很是让人吃惊。读着手里这些资料，田小可忍不住吐了吐舌头，诧异地道：“这样的交易挺划算的，起码看上去对海鸥资产非常有利。”

帅朗瞥了她一眼，特意考她：“怎么有利了？”

“首先，股东们的股份虽然有所减少，但是既然这两家公司都放弃对海鸥资产的投票权，那么就相当于引入了两家战略投资者，并不影响海鸥资产股东们的控股权。反而因为这两家公司的存在，缓解了海鸥资产因为社会公众股比例过小而产生的退市危机。”

“啪啪啪……”帅朗信手鼓了鼓掌，脸上却是不置可否的样子，做了一个手势，示意田小可继续说下去。

田小可见状不由有些心虚，不过仔细想了想，感觉自己应该没有错，便挺了挺胸脯，还刻意咳嗽了两声，侃侃而谈道：“其次，这两家公司一家是家电，一家是建筑工程，恰好和海鸥资产目前名下一些企业行业互补，有利于海鸥资产名下那些企业的资源整合。

“最后，因为置换来的这两公司的股票估值都溢出，等于海鸥资产变相赚取了将近两个亿的利润，大大改善了海鸥资产的财务数据，也为海鸥资产接下来公开募集股份铺平了道路。总之可以说一举数得。熊有财还真是做了一件大好事，对海鸥资产所有股东都非常有利。不过好奇怪，海鸥资产占了大便宜，那两家公司岂不是吃了大亏？怎么会同意这样的交易？”

“说得不错。”帅朗先是点了点头，继而又摇了摇头，“不过你说得并不全对。”

田小可顿时不服气：“哪里错了？”

“谈不上划算和不划算。置换股票可不单单看现在估值多少，还要考虑到日后公司的发展前景。如果海鸥资产未来的发展远远超过春华和蓝帆，那么这笔交易，这两家公司将来肯定是大赚特赚的，一点儿都没有吃亏。”

田小可愣了一愣，没有想到帅朗会这么想。她犹豫了一下，疑惑道：“照你这么说，反而是海鸥资产吃亏了？熊有财那老家伙，是在趁机将海鸥资产的优质资产转移出去？”

帅朗再次摇头：“吃亏也谈不上。毕竟海鸥资产将来能不能发展好，那是将来的事情，存在着变数。它们双方的股权置换充其量就是一笔投资，各凭眼光，各安天命。”

“所以……”田小可彻底不懂了，她挠了挠头，“那这个方案到底好不好？我们到底投票支持，还是投票反对？”

“这确实是一个问题。”帅朗苦笑，“这笔交易不在于账面上划不划算。我要好好想一想，熊有财能不能通过这个方案掠夺海鸥资产。”

田小可好奇地问道：“师父，难道你看出来熊有财玩的花样了？”

帅朗若有所思：“熊有财究竟玩什么花样，我还只是一个模糊的猜想。不好说，得确认一下……”

“第八届董事会，第二次会议现在开始。董事八名，实到八名。列席监事五名，实到五名。现在开始议案讨论。”

翌日，下午一点整。海鸥资产董事会准时在海鸥大厦的会议室召开。只不过，这次主持会议的是代理董事长熊有财了。他笑呵呵地宣布了会议开始之后，很快就进入了举手表决阶段。

“同意！”

“同意！”

一进入表决阶段，原本留任的两个董事纷纷举手同意，也不知道是被熊法师收买了，还是觉得这个方案确实对海鸥资产有利。

熊猫犹豫了一下，低下头拨弄了一下手机，应该是通过微信和叶阑珊做了沟通，随后推了推鼻梁上的眼镜架，也开口说了一声“同意”。

加上这个议案的发起人熊有财，一下子就已经四票同意，占据了半数。当然，仅仅半数支持还不行，董事会决议需要多数通过才能算真正通过。此刻，这个决议仅仅只需要一票。

却在这时，沈涟漪开口：“我反对。”

熊猫微微一愣：“涟漪？”

沈涟漪朝熊猫点了点头，继而又环视了四周，这才说道："我对春华电器股份有限公司和蓝帆建筑股份有限公司的估值有不同的看法。"

"沈董，"熊法师看着沈涟漪，依旧还是一脸笑容，似乎丝毫不在意沈涟漪的反对，就好像慈祥的长者看着调皮的儿孙辈，"这两家公司的估值都是聘请专门的第三方审计出来的。沈董你觉得哪里不妥？"

沈涟漪不慌不忙："据我了解，这两家公司一年前的市值还只有十五亿左右，现在却一下子增长了一倍。"

熊法师好整以暇："很正常啊！我也看了相关财务资料。春华电器拿下了国外先进的电器品牌中国区域代理权，蓝帆建筑则争取到了 PPP 项目，包揽了一些地级市的基础建设。这些优质业务让企业得到了突飞猛进的发展，有什么奇怪的？"

沈涟漪："就算真的有这样的优质业务，企业市值短短一年就这么翻倍，难道熊董不觉得有些太快了？"

熊有财："沈董莫非认为这里面有问题？如果真的有，就把证据拿给我们看看，在董事会上讨论一下。"

沈涟漪迟疑了一下，坦然道："目前为止，我还没有确凿的证据，但是在这里我想要提醒各位董事，小心巴菲特先生曾经说过的猫狗游戏。"

"猫狗游戏？"熊猫推了推眼镜，忍不住好奇地问道，"什么意思？"

几乎与此同时，田小可也通过微信，发给帅朗："师父，什么叫猫狗游戏啊？"

帅朗言简意赅："两只猫，换一只狗！"

只是这么简洁的话语，看得田小可更加一头雾水了。

好在这时沈涟漪解释道："巴菲特先生曾经在致股东的信中，提及过如何收购公司的问题。他提出了一个方法，很简单，只需要把自家集团公司的股票打造成一只过于高估的股票，就可以用自己这只股票作为‘货币’，去进行换股收购交易了。就比如我要买你的狗，你要价1万块，那么我可以把我的两只猫炒作到一只价值5000块，就可以用我的两只猫来换你的一只狗了。”

熊法师的脸上终于维持不了原先的镇定了，他慢慢收敛了笑容，嘴角抽搐了一下，沉声道：“沈董，你这话对公司干实事的一线员工非常不友好，在资本市场上，任何一种交易行为都能被人曲解为阴谋论。你的猫狗论可以往任何两家公司的交易上套，可以随便给别人泼脏水，那我就要问了，你有没有证据？如果有证据，咱别在这儿谈，直接报请证监会介入。如果没有证据，请不要在别人身上泼脏水。”

沈涟漪又寸步不让：“目前我没有查到证据。但是我有这样的怀疑，本着为公司负责的态度，我行使我的董事职责，反对这个议案。”

“好酷！”看着沈涟漪在董事会上如此发言的风范，田小可不由眼睛一亮。

她赶紧微信帅朗：“师父，我们要不要支持沈涟漪？”

“支持沈涟漪，投反对票！”帅朗没有丝毫犹豫。

沈涟漪所说的正是他之前看到这个方案的第一时间就担心和猜测的，可惜没有证据，他唯一能做的，只有和沈涟漪一样投下反对票。然而事情远没有结束，他和沈涟漪只有两票，现在是四票同意，两票反对。

因为蛇猎人辞职，现在海鸥资产的董事会是比较罕见的偶数董事，所以如果剩下两票都反对，熊法师的方案照样无法通过。问题是，剩下两票，一票是陈思，一票是齐然诺。且不说陈思，单单齐然诺……

想到自己和齐然诺的恩怨，帅朗便叹了一口气，齐然诺多半又会像上一次那样，因为自己投了反对票，便投赞成票。

第五十七章
陷阱

海鸥大厦，会议室。

几乎所有知道齐家和帅朗恩怨的人都将目光投向了齐然诺，心里和帅朗一样的想法。沈涟漪的眉头也紧皱起来。

熊法师的脸上重新又浮现出了笑容，似乎一切尽在掌握中。可就在这时，齐然诺开口："我反对！"

"什么？"熊法师忍不住脱口惊呼，情不自禁地从位置上站了起来。

同样吃惊的还有沈涟漪。她满脸惊讶地望着齐然诺。

齐然诺仿佛洞悉了沈涟漪的想法，冷冷地道："猫狗理论不是只有你一个人知道。"

齐家公主显得比五年前更加坚定、自信，同时也更加骄傲。沈涟漪微微一笑，并没有在意齐然诺目光里的敌意和挑衅。这不重要，重要的是反对票已经三张了。接下来，只要再有一张反对票，四比四，熊法师的方案就注定无法在董事会通过了，而最后一票在陈思手里。

沈涟漪笃定陈思会投反对票。自己都能看出来的事情，陈思会看不出来？

可这个念头刚刚在她的脑海里掠过，就听见陈思的声音，清晰地回荡在会议室："我支持！"

五比三！熊法师的方案就这样在董事会上通过了。

"为什么？"董事会后，沈涟漪按捺不住心中的愤怒和疑惑，顾不上四周还有那么多董事、监事和高管，甚至是公司员工看着，三步并作两步就赶上了陈思，拦在了他的面前。

陈思皱了皱眉，一贯优雅从容的教授显然不喜欢成为众人八卦瞩目的焦点。他一把拉住沈涟漪，沉声道："走，到我办公室去说。"

沈涟漪微微挣扎了一下，最终还是任由陈思拉着自己进入了办公室。

才入办公室，沈涟漪一把挣脱了陈思的手，愤怒地道："现在可以说了吗？不要告诉我，你看不出来这次股票置换暗藏的猫腻！"

陈思微微一笑，并不在意沈涟漪的不满，不慌不忙地道："我当然看出来了。可是你有没有想过，如果我反对的话，事情将会出现怎样的后果？"

沈涟漪皱眉："什么后果？"

"后果就是海鸥资产陷入了一次次的扯皮中。"陈思叹了一口气，"今天你否决了熊有财的方案并不难，但是以后呢。你以为熊有财不会报复？以他掌握的股份，可以让你提出的所有方案都无法通过。那么海鸥资产还有希望吗？眼睁睁看着海鸥资产最后起死回生的机会就这样消失？"

沈涟漪愣了一下，依旧不服："所以索性任由熊有财肆意妄为？哼哼，这倒是可以迅速做出决策，可是错误的决策有什么用？有没有想过任由熊有财这么玩下去的后果？我告诉你，后果就是海鸥资产的优资资产都会被熊有财掠夺走，海鸥资产的股东辛辛苦苦投入的血汗钱化为乌有，到时候留给他们的只有一片狼藉，只有数不胜数的债务，只有鸡飞蛋打，破产清算。”

陈思无奈地摊了摊手，苦笑提醒：“没这么严重，别忘了我也是股东。”

“对，你是股东，还是第三大股东！”沈涟漪这一刻显然已经出离愤怒了。

她狠狠瞪着陈思，仿佛他不是她学术道路上的引路人，也不是即将结婚的未婚夫，而是同样沆瀣一气的金融蝗虫。

她冷笑：“哦，不对！我刚才说错了！其实对你这样的大股东并不算是太坏的事情，毕竟权位实力都在这里呢。到时候，熊有财吃肉，你总是能喝到汤的。”

“你呀你！还是和以前那样，喜欢非白即黑！”陈思没有生气，笑着虚点了点沈涟漪，缓缓走到办公桌后面坐下，“记得很多年前我就跟你说过了，资本逐利，利益和感情，和对错，必须好好分开。”

沈涟漪再度爆发出怒火，想要争辩。陈思挥挥手，抢着道：“好了好了，我们不要在这个问题上继续争论了。以前就争论过好多次，谁也说服不了谁。还沆瀣一气！你是不是太小看我了？区区汤水我就会满足吗？”

沈涟漪狐疑地看了陈思一眼：“什么意思？”

陈思笑了笑，拿出手机拨了一个号码，说道：“阿郎？现在有没有空……嗯，海鸥大厦对面的茶馆？好的，我这和涟漪一起过来！”

眼见着陈思挂了电话，沈涟漪皱眉：“你要和帅朗见面？”

“是啊！”陈思看着沈涟漪，不紧不慢道，“你不是质疑我为什么要在董事会上支持熊有财吗？我本来就打算要给帅朗一个解释的。正好，你跟我一起过去，省得我说第二遍。没问题吧？”

“好……啊！”沈涟漪目光下意识地闪了一下，随即抬起头，略带着几分生气，不知不觉有些大声道，“我能有什么问题？说来，我们可都曾经是你的学生。今天就听听你陈教授究竟有什么大道理。”

一直都看着沈涟漪的陈思，静静地注视了沈涟漪大约两三秒，看得沈涟漪再度扬起眉时，他忽然又笑了笑，抢在沈涟漪发飙之前站起身，拍了拍沈涟漪的肩膀：“走，我们一起过去。放心，我一定会给你们一个满意的解释。”

半小时后。海鸥大厦对面，茶馆内。

陈思的声音回荡在包厢里：“不错，我确实是有意促使熊有财的方案在董事会上通过，理由很简单，只有通过这个方案，我们才有机会对付熊有财！而且是唯一的机会！”

此言一出，沈涟漪忍不住诧异：“什么？”

陈思轻轻拍了拍沈涟漪的手，目光却聚焦在了帅朗身上：“阿郎，你怎么看？”

帅朗看着陈思和沈涟漪亲密的样子，瞳孔微微收缩了一下，不过脸上并没有显露出任何异样，语气平静地道：“熊有财实力雄厚，又占据了这么多股份。原本在实力上可以和他旗鼓相当的佘道林又出事了。这样一来，他掌控海鸥资产确实已成定局，其他董事便是全部联合起来也很难撼动他了。所以……”一边说，帅朗一边举起茶杯喝了一口茶，借机捋了捋思路，“所以，就算这次我们狙击了他的提案，其实意义也并不大。他应该有备用的方案，最终将自己的意图实现。抱歉，教授！我也不是很明白，为何您说通过熊有财的这个方案，是我们对付熊有财的唯一机会。”

陈思刻意在帅朗面前，紧紧握住沈涟漪原本想要抽出来的手，犹如曾经在课堂上向学生授课一般，侃侃而谈：“提示一下！熊有财的方案，本质上就是一场猫狗游戏。用两只虚胖的猫，换一只实在的狗。所以，他那两家公司实际上并不值钱。他是用这两家公司的劣质资产换取海鸥的优良资产。”

待在帅朗身旁的田小可听了，忍不住撸起袖子，满脸悻悻，很是不满地道："喂，你既然知道，那为什么……"

帅朗同样拍了拍田小可的手，阻止了她的唠叨。事情都已经发生了，抱怨显然毫无意义。

以他对陈思的了解，他相信陈思应该不会说些没用的废话，他不想被陈思比下去，尤其是不想在沈涟漪的面前，显出自己不如陈思。帅朗心念电转，顺着陈思的思路思考下去："既然是想要玩猫狗游戏，说明熊有财本质上是想要掏空海鸥资产，中饱私囊？不，我们那位熊董野心肯定不止于此。嘶，他通过这次股票置换，不仅仅是想要赚钱，更是要将春华、蓝帆这两家公司，当作毒囊塞入海鸥资产？"

"啪、啪、啪……"陈思鼓掌，"很好！当初你没有考研，真是可惜了！"

帅朗一点儿都不在意陈思的表扬，自顾自思索："不错，毒囊！这才是利益最大化的安排。既可以通过眼下的股票置换，大赚一票。更可以埋下伏笔，为将来通过这两个毒囊，毁掉海鸥资产，坑死你、我乃至所有海鸥资产的股东做准备。"

陈思笑："非常棒！你已经越来越接近我的思路了！"

说着，他伸手，展示了一个邀请的姿势。

帅朗当仁不让继续说道："如果要达到这样的目的，暂时而言，春华和蓝帆还要被利用，那么就不能让他们明面上的价值太过缩水。也就是说，虽然在置换之前，海鸥资产越贬值越好，春华、蓝帆越增值越好，这样才可以让熊有财赚取更多的利润。

"可是一旦置换成功，熊有财肯定还是希望这两家公司的市值继续保值甚至增值，以便于日后更好地发挥毒囊的作用。

"问题是，这两家公司毕竟是通过手段虚增出来的市值，正常情况下很难维持太久。继续维持下去，每一天都不可避免会付出巨大的财务成本，承受巨大的财务风险。那么在股票置换以后，如果要做到这一点，对熊有财来说，最好的选择无疑就是通过抬升海鸥资产的股价，间接……”

帅朗说到这里，戛然而止，吃惊地抬起头，吃惊地看着陈思。他忽然明白陈思的意图了。

不错，还真是一个很好的机会！说唯一或许夸张，但至少是目前他能够想到的，最好的对付熊有财的机会。

陈思竟在不知不觉中，给熊有财布置了一个陷阱，一个绝对致命的陷阱！

第五十八章
结仇

“明白就好！”看到帅朗的神情，陈思笑了一笑，他站起身拍了拍帅朗的肩膀，“和聪明人交流就是这样愉快。既然你已经明白我的意图，想必也知道接下来该做什么了吧？”

说着，他搂着犹自在思考的沈涟漪，便准备离开茶馆的包厢。

“等等！”这时，身后传来了帅朗的声音。

帅朗黑着脸，看着陈思，冷笑：“你笃定我非要和你配合？我为什么不站到实力更强的熊有财那边？那样岂不是更安全更稳妥？”

“赌气？”陈思仿佛智珠在握一般，摇了摇头，“我认识的帅朗，不应该如此不理智。何况，所有人都可以投靠熊有财。你？绝对不能！”

听出陈思似乎话中有话，帅朗皱眉：“什么意思？”

陈思不慌不忙，从随身携带的公文包内取出一份早准备好的资料，递到了帅朗的面前：“仔细看看，看完了我相信你就该知道，我说的是什么意思了！”

看着陈思递到面前的资料，帅朗没有马上接过来。

对于这位教授，他一直都很警惕的。这警惕，并不单纯耿耿于陈思和沈涟漪如今的关系。

更重要的是，帅朗做过调查，可以确定当年海鸥资产崩盘的时候，这位海鸥资产的前董事会秘书很从容就脱身了。名誉上没有半点儿损失，经济上也没有出现任何把柄，任谁都无法指责陈思做过什么违背法律道德的事情。怎么看这位大学教授，似乎都是干干净净，没有一丝瑕疵的人。

偏偏现在重回海鸥资产的陈思，却已经显露出了十分雄厚的实力，愣是成为海鸥资产的第三大股东——要说这些钱全都来自他这么多年在大学勤勤恳恳教书育人的所得，鬼才会相信。

如此人物，怎能不警惕？帅朗可不想被人卖了还替人数钱。

何况，佘道林已经出事之后，倘若再拿下熊有财，陈思就是整个海鸥资产无可争议的第一人。身为创始人的资历和人脉，大学教授的声望，又是熊有财、佘道林之外的第一大股东，足以碾压其他董事了。

帅朗很奇怪，陈思怎么会笃定自己必然同意与之联手？在海鸥资产眼下的格局中，实力相对弱小的他，难道不该是希望各方势力并存，你争我夺越混乱越好？

说来话长，所有这一切的想法，都只是电光石火之间，在帅朗的脑海中一掠而过。他本能地不想接过陈思递来的这份资料。不管这份资料内容是什么，帅朗都觉得自己一旦接过这份资料，就必然会失去主动权，会不知不觉坠入陈思的彀中。

可惜，陈思却面带微笑，丝毫没有在意帅朗的反应，依旧还是那么风度翩翩地拿着这份资料，递在了帅朗面前。大有帅朗不接的话，他就会一直保持这个姿势的样子。

帅朗皱了皱眉，正待开口明言拒绝。不想，沈涟漪抢在他说话之前发声："阿郎！"

听到沈涟漪的声音，帅朗强忍住没有抬眼望去。可眼角的余光还是看到了沈涟漪满脸纠结、担忧、焦虑和不安，因为，他和陈思之间的剑拔弩张。

这样的烦恼，看得帅朗心中蓦然一痛。难以言喻的痛。

他深深吸了一口气，接过了陈思递过来的资料，也接过了可能的陷阱与算计，只为了不让那个他曾经无比熟悉的女孩，这般烦恼与忐忑。

陈思微微一笑，以师长的姿态拍了拍帅朗的肩膀，又说了一遍："好好看看哦！"

陈思这种居高临下的姿态，让帅朗感觉很不舒服。不过既然已经接过陈思递来资料，他也不想再做什么无谓的意气之争。当下深深吸了一口气，帅朗缓缓打开了资料，才看了一眼，他便立刻吃惊地抬头，目光死死盯住了陈思。

这份资料不是别的，竟是关于当年那个熊氏投资咨询公司的。

资料非常详尽，绝对比帅朗自己调查的更详尽百倍千倍。鬼知道陈思是怎么弄来的。有时间，有地点，还有熊氏投资咨询公司展开的各项业务，所留下的各种票据证明。这么多可以查证的东西摆在眼前，顿时增加了资料的可信度。

帅朗的瞳孔微微收缩了一下。越是如此，他越是觉得陈思所谋之大。

陈思却毫不在意帅朗的警惕，脸上的笑容越发显得从容。他指了指帅朗，这次虽然没有说话，但意思分外明显，似乎笃定帅朗一定会看，而看了以后，一定会如他所愿。

帅朗心中不舒服的感觉更加强烈了。只是他不得不承认，熊氏投资咨询公司——确切地说，是父亲当年的那些往事让他无法拒绝。帅朗犹豫了一下，定下神，目光再次投向了手里的这些资料。

看着看着，他就被资料的内容给吸引住了，甚至连陈思带着沈涟漪什么时候离开都没有顾上。不知不觉，他完全代入其中，恍惚看到了这十几二十年前，父亲的过往——

“知道吗？我们生活在一个正在涅槃的年代，一切都在涅槃。”

草创的熊氏投资咨询公司内，郎杰在振臂呐喊。

他激动亢奋，侃侃而谈：“……穷，太穷了！我们已经远远落伍了。也正因为如此，穷则变变则通，全国上上下下都在渴求改变，改变观念，改变模式，改变一切，只求摆脱贫穷，摆脱落后。这就是势，大势，谁也不能阻止谁也不能对抗的时代的大势！”

可惜他的话并没有得到回应。

那时，通过炒股发财了的熊有财，满脑子想的只是衣锦还乡。那时，后来神一般的短线高手佘道林还十分稚嫩，一门心思沉浸在交易的快乐中。他们显然并没有怎么跟上郎杰的思路。只不过在郎杰的坚持下，很无所谓地开始了第一次对实业的兼并。

一开始并不顺利。

虽然郎杰很敏锐地迎合了这一波国退民进的时代浪潮。大批集体的、国有的企业，正在被当地政府竭尽全力地卖出，以摆脱越来越沉重的财政包袱。所以投资拿下看中的企业非常容易，所有环节都被一路绿灯放行。

但是不得不承认，无论熊有财，还是郎杰、佘道林，那会儿都只是股市里面技术不错的交易员，哪怕是被股民追捧成了大神，也依旧隔行如隔山，根本经营不来企业。

不会管理，不会控制生产成本，不懂销售，更不懂技术研发，看不清行业发展的远景……三个门外汉一起去经营企业，别说这些企业或多或少都是有些财务问题才会拍卖，就算没问题，他们也绝对能经营出一大堆问题来。

更糟糕的是，在当时那个环境下，他们再有钱也没法将企业百分百买下来，国家也好，地方政府也好，乡镇或者集体也好，在把企业卖给熊氏投资咨询公司的时候都会保留一部分股份。不可避免在经营的过程中，处于利益的考虑，跳出来指手画脚，跟收购企业的郎杰他们争权夺利，搞得乌烟瘴气。

这种情况下，第一次收购企业很失败，亏了不少钱。好在郎杰聪明，他很快想到了一个绝妙的主意——先去其他地方，建一个一模一样的新企业，然后利用熊氏投资咨询公司对企业的经营权，偷偷把设备、人才、产品、市场全都转给新企业。新企业反过来再去挤占原企业的市场，争夺原企业的利润，让原企业破产倒闭。

这个方法如果二十年后的现在来看，自然并不怎么高明，可在当时真的很管用。熊氏投资咨询公司用这个办法经手了好几家企业，赚了不少钱，直到沙县机械铸造厂出事。

和其他被收购的企业不同，这家企业里面有很多人是熊有财的老乡。

城里人可能永远无法理解老乡这两个字对于熊有财的意义，他是吃着老乡的百家饭长大的，是老乡帮衬才让他在大城市找到一份工作，立稳了脚跟，才有了后面的发达。所以，熊有财如果不想被人戳脊梁骨，不想连累自己的父母家人被乡里乡亲孤立排挤，就必须感恩，必须照顾这些老乡，至少也不能坑老乡。

于是，熊氏投资咨询公司成立以来，三个顶尖的交易员头一次产生了分歧。本来这也很正常，生意嘛，都是因利聚，因利散，天下就没有不散的宴席，生意场上多少好伙计最后还不是分道扬镳？

问题是他们当时玩得很大，每次选定一个企业进行资本运作，都投入了大量的精力和金钱。郎杰和佘道林都不愿意就这么放手。

尤其是郎杰，正踌躇满志，雄心勃勃，结果就将主意打到了熊有财的儿子阿宝身上。他故意拉阿宝卷进熊氏投资咨询公司的生意，在沙县机械给他安了个高层职位，每天都让一堆人吹捧他，吹嘘阿宝才华出众，经营有方，是个明星企业家。

平心而论，郎杰的初衷只是希望熊有财把这单生意继续做下去。问题是，阿宝就是一个涉世未深的年轻人，不知不觉对这些吹捧信以为真，实际上他无论能力还是阅历，都无法与之匹配。

阿宝稀里糊涂被推到前台，稀里糊涂地承受了企业震荡中利益受损方的仇恨，偏偏他又年轻气盛，不知收敛。最终阴差阳错之下，因为一个女人，阿宝死了。

仇因此结下。

第五十九章
暴涨

西南，山城。

车停在了沙县机械铸造厂的大门对面。坐在后座的帅朗没有下车，只是神情有些复杂地看着车外已经破败的工厂。

陈思当日留给他的资料太详细了，通过地头蛇田大力，他很容易就查证了资料里记录的大部分事情。再次来到这里，帅朗已经基本厘清了当年发生的一切。

毫无疑问，阿宝意外的死亡彻底引爆了熊有财和郎杰的矛盾。

爆发矛盾之后，熊有财显然是势弱的一方。那时候熊有财会的都是些过时的东西，哪有郎杰厉害？利益驱使之下，当初保持中立的佘道林也站在了郎杰那边。熊氏投资咨询公司当年曾经是三个人抱团取暖的地方，但是现在已经不可能再给他们挡风遮雨了。没有郎杰操刀资本运作，又失去了佘道林这样短线操盘的王牌，公司很快就走到了尽头。

三人分道扬镳。

佘道林最纯粹，分到了钱以后，很长一段时间继续玩他的短线交易。

郎杰最得意。他在海鸥论坛一呼百应，他组建了海鸥俱乐部，创立了海鸥资产，一个千亿市值的商业帝国成就了他传奇的财富神话。

唯有熊有财最黯淡。自从儿子阿宝死后，他一下子好像老了二十岁。公司注销了，人也病倒了。再后来，他就销声匿迹，消失在所有人的视线之外，就好像已经不存在于这个世间。

陈思为了说服帅朗，提供的这份资料不仅仅只是熊氏投资咨询公司的事情，资料的最后也罗列了熊有财在熊氏投资咨询公司倒闭后的活动和行踪。

结合帅朗自己从吴有德那里获得的信息，可以进一步确定，熊有财虽然老了，却并没有真的倒了。相反，那些年他潜伏爪牙忍受，一边积蓄自己的力量，一边在远处偷偷观察郎杰，默默等待着机会。

他看郎杰春风得意，看郎杰把克隆企业的手段发扬光大，后来又创立海鸥资产，玩出了更多新花样，成就了他的财富神话！

不过随着海鸥资产不断壮大，郎杰也不能免俗，不知不觉变得独断专行起来。他力排众议决定要约收购长林集团，而熊有财则乘着郎杰行动的时候，纵横捭阖，联络各方，也渐渐形成了一个针对郎杰的天罗地网。

最终的碰撞，是郎杰功败垂成，跳楼自杀。熊有财限于当时自身的实力，限于齐家、佘道林等各方的牵制，也没有如愿拿下海鸥资产。但眼前所有的证据都表明，熊有财就是害死郎杰的幕后元凶！换而言之，他是自己的杀父仇人？

身为人子，自己似乎确实没有任何理由不和陈思合作！

这就是陈思给自己这份资料的目的？

阳谋！虽然不情愿，帅朗还是不得不承认，陈思给了他一个无法抗拒的理由。身为人子，无论如何他都不可能放过算计了父亲的熊有财。

就在海鸥资产对外公开宣布和春华、蓝帆合作的当天晚上，帅朗匆匆忙忙从西南赶了回来，飞机降落的时候，已经是翌日凌晨了。

帅朗驱车返回住处，仅仅只睡了三四个小时就被闹钟吵醒，用冷水冲了一下头，便振作起精神，出现在了昇财的工作室内。

此时，刚刚九点整。股市还没有开盘。帅朗打开了证券软件，切换到ST海鸥的界面。

这段时间，先是因为面临退市危机，后来第一大股东佘道林退出，ST海鸥狠跌了一大把，最低价一度到了1.01元。好在董事会随即通过了熊有财的股票置换方案。这样一来，ST海鸥引入了新的战略投资者，也在很大程度上化解了退市危机。所以股价一下子就开始急速拉升。连续两个一字板，轻轻松松就把ST海鸥的股价拉到了1.12元。第三天却因为股票置换方案在股东大会正式通过，ST海鸥开始了长达十天的停牌。

今天，恰是重新开盘的第一天。

就在帅朗安静地看着盘面等候开盘之际，一旁的田小可眼珠子骨碌碌乱转着，好奇地问："师父，股票置换已经搞定，熊有财今天是不是要拉抬股价了？"

帅朗随手点燃一支香烟，抽了一口，淡淡道："当然！不管存心还是无意，之前海鸥资产的股价低迷甚至大跌，都给他的股票置换创造了最好的条件。然而此一时彼一时。现在既然已经置换成功，三家公司就是一条线上的蚱蜢，一荣俱荣，一损俱损。熊有财身为海鸥资产第一大股东，股价暴涨才符合他最大利益。"

"是啊，是啊！"田小可连连点头，"这个置换股票的方案出来，明显的大利好，市场普遍看多。熊有财肯定不会放过这么好的机会。师父，那我们……"

说到这里，田小可越发兴奋起来。

这些天，她可是全程陪在帅朗身边，自然知晓了帅朗父子和熊有财的恩怨。那可是杀父仇人啊。本着决不让敌人得逞的逻辑，再加上陈思之前的邀请，她想来想去，都觉得帅朗今天都应该出手狙击熊有财拉升股价。在这个疯狂逐利的市场里，如此逆势而行，颇有点儿螳臂当车的悲壮。

她很好奇，帅朗会怎么做空？他和陈思又如何解决熊有财？

可惜，帅朗并没有满足田小可的好奇。他只是有成竹地微微一笑：“做什么空啊？我们也是海鸥资产的大股东，当然希望手里的股票上涨不是？不过，让春华、蓝帆涨得多一些，海鸥资产涨得少一些，却不是完全不可能做到！”

说着，他若有所思地瞥了一眼面前电脑上的股票界面。

九点十五分，集合竞价开始的时候。

ST海鸥的股价却没有丝毫变动，依旧是白色的1.12元。昨天的收盘价。

熊有财见状，皱了皱眉。按说昨天自己这个方案在董事会通过，绝对是一个非常大的利好，可是现在市场却似乎一点儿都没有反应，这可有点儿不正常。

要知道，就九点十五分以前，他投入了三百多万资金，在1.13元处挂了一万手买单。万没有想到，以ST海鸥低迷的交易量，这一笔钱已经算是巨资，居然依旧无法将ST海鸥的集合竞价抬高。

熊有财想了想，下令：“继续，1.13元，一万手！”

好吧，这一下，价格终于跳到了红色的1.13元。可是很快，红色的1.13元再次变成了1.12元。

目睹这一幕，熊有财的瞳孔微微收缩了一下，再次下令：“1.14元，一万手！”

结果，犹如石沉大海，集合竞价第一档的价格还是1.12元，没有丝毫跳动。

“1.15元，五千手！”

“1.16元，八千手！”

“1.17元，两万手！”

熊有财犹豫了一下，连续下令，不断在更高的价格上挂了买单。可惜，集合竞价的价格始终上下跳动不休，完全没有如他所愿地抬高，几番起落之后，依旧还是白色的1.12元。

“老板！”小马一直跟在他身边，见此情形忍不住迟疑起来，“事情好像不对头啊！怎么会这样？”

“出现这种情况只有一种可能，有人想要压制住股价。”熊有财眯了眯眼睛，“集合竞价的原则是最大程度撮合成交，所以他们用不同的账户，在1.12元这个价格上进行巨量对敲，制造ST海鸥的这个利好并不被市场接受的假象。哼哼，这样一来，只需要支付一点点儿手续费，就把开盘价压下来了。”

熊有财说着，有些心烦意乱地敲了敲桌面。他直觉到了危险，能够在集合竞价的时候巨量对敲，把价格稳定在1.12元的，可不是随便什么人都能够做到的。这可不仅仅是要有钱，更要有大量股票才行。难道是佘道林？

他第一个想到的是佘道林，随即他却又否定了这个想法。前两天，他刚刚对佘道林动手了，这次出手他策划了足足三年。三年里，他摸清了赤飑投资各方面的情况，找准了赤飑投资的软肋，然后三年隐忍不发。一直等到佘道林定向增发方案没有通过，这才全力以赴地出击，打在了赤飑投资的资金链上，成功营造了赤飑投资客户挤兑的局面，终于迫使佘道林认输出局。

这种情况下，他不觉得佘道林还有余力和胆量，这么快就对自己发动反击。那么，敌人是谁？陈思？帅朗？齐然诺？叶阑珊？

一个个人名在他的脑海里闪过，却又被他一个个否定。他们手里虽然有不少股票，可是身为董监高和大股东，他们手里的股票大部分都是有禁售期的，就算没有禁售期，在二级市场也有额度限制，不是想卖就卖的。

然而，若不是他们又会是谁？难道是融券？用另外的账户融券？

不过这也说不过去。想在中国的二级市场融资，不但要有足够的资产进行担保，还要有券商愿意卖券给你。尤其是戴ST帽子的股票，券商需要先从客户那里借过来，再转手借出去。无论是运作的难度还是所承受的风险，远比那些白马价值股大。若没有足够的人脉，根本不可能办到。

熊有财想来想去，都不觉得陈思他们有这样的实力能够来狙击自己。难道他们联起手来了？又或者忽然冒出另外一家资金实力强大的神秘势力？熊有财也有些头疼，这种暗地里不知道什么来路的敌人是最麻烦的，他们目的是什么？仅仅是压制股价，还是想要把股价打压下去？

“是不是你？”

海鸥资产总部，陈思的办公室内。就在熊有财惊疑不定之际，沈涟漪同样也在关注盘面。看到电脑屏幕上1.12元的价格，她将目光锁定了陈思。

她看着陈思，蹙眉：“哪怕我没有什么股市的实战经验，也能够确定，在海鸥资产董事会通过股票置换方案以后，今天ST海鸥肯定会因为这个大利好，调动起多头的情绪来，无论如何都不可能平开。你……是怎么做到的？”

陈思瞥了沈涟漪一眼，轻描淡写：“用了点儿小技巧。不过，别这么看我。唉，这些年啊，我一直都把主要精力放在了学术上，股市的投资技巧早就生疏了。这法子啊，还是你那个青梅竹马想到的。”

沈涟漪一愣:“帅朗?”

“师父，这是你安排的?”

与此同时，昇财工作室。田小可雀跃起来，揽住帅朗的胳膊，勤快地追问:“快告诉我啊，这是怎么做到的。”

“很简单，券商有一个业务，叫转融。”帅朗轻轻喝了一口茶，“如果你手里有这个上市公司的股票，哪怕这些股票还没有解禁，也可以借给券商，再让券商借给其他投资者。而在这个过程里面，如果我们能够和券商更耐心细致地沟通一下，也可以让券商将股票借给我们指定的账户。这指定的账户就等于当天融了一笔券。这笔股票可以在今天以低价挂单卖出，同时我们还可以融资以后挂单买入。只要数量足够大，按照集合竞价最大成交撮合原则，自然就可以让股票在1.12元开盘了。”

“这样也可以?”田小可张了张嘴巴，依旧疑惑，“可这有什么用?熊有财他也可以投入大把资金来拉抬啊。毕竟这是一个实打实的利好，只要熊有财能通过盘面把市场的看多情绪激发出来，股价还是会暴涨吧?”

帅朗若有深意地微微一笑:“会啊!我想，现在熊有财应该也是这么想的!”

“小马!”面对电脑屏幕上的股价，熊有财沉默了好一会儿终于开口。

说不出为什么，就是直觉，这么多年来投资交易培养出来的直觉让他看到集合竞价停留在1.12元时，本能地嗅到了一丝危险的气息。

有那么一刹那，熊有财真想放弃今天拉升ST海鸥股价的计划，然而不行啊!现在是箭在弦上了。从逼走佘道林，到提出资产重组方案，再到如今拉升股价，所有一切都是他缜密计划中环环相扣的环节。就如同沈涟漪所说的那样，他这次的股票置换，实际上玩的就是猫狗游戏，用两只虚胖的猫，去换一只值钱的狗。

为了执行这个计划，他付出了很大的代价才把佘道林逼出董事会，为了让那两只猫虚胖，他也付出了不菲的代价。所以现在事情进行到这一步，如果不能把方案彻底落实，他就没法在那两只虚胖的猫原形毕露之前，把资金套现离场。

总之，唯有这些环节全都按照次序运作起来，他投入的钱才能活起来，成为源源不断获得收益的活钱，才能抵消他投入这些资金所要承受的巨大成本压力。

换言之，如果他今天不能趁着这么好的机会拉升股价，就会打乱他的全盘计划。别说牟取暴利了，前面投入的资金都有可能被套住。除此之外，调集这么多资金的成本，也是一个非常巨大的负担。这一切叠加起来，甚至有可能让他的资金链失控，断裂，崩盘。

所以……心念电转之间，熊法师咬了咬牙，断然决定："把所有资金挂在1.18元！"

小马惊诧："1.18元？涨停板？"

海鸥资产带"ST"帽子，每天涨幅限制在5%左右。1.18元就是今天能够有效成交的最高价。

小马有些为难："老板，真要这么做吗？这样一来，我们手里很多账号都要动起来了！"

"动起来！全都动起来！"熊有财的眼睛不知不觉有些红了。

他理解小马的忐忑，身为海鸥资产的大股东，这次拉升股价，他当然不可能用安泰投资的账号，只能把他这些年养的那些散户的账号都运作起来，用那些散户的账号和资金去强行拉升股价。

某种意义上说，他算是孤注一掷了。这里面除了股价下跌会产生的损失，还有可能被证监会监控到他操控多个账号，扰乱股价的风险。可这当口，既然已经想明白自己必须要拉升股价，自然就顾不上这么多了。他必须要用雷霆之势彻底打压住那暗地里的敌人。

何况，现在也确实是最好的机会。海鸥资产的股份目前大部分都集中在少数几个人手里，大股东和董监高的身份让他们受到限制，无法随意动用手里的股票来砸盘，所以拉升海鸥资产的成本也就相应大幅降低。

此时不搏更待何时？

哪怕熊有财这么大把资金压上去，9：25分，ST海鸥的股票价格最终还是以1.12元开盘，这一度让熊有财的额头冒出了冷汗，觉得自己遇到了强大得超乎想象的敌人。

幸好，仅仅过了5分钟，9：30分连续竞价一开始，股价一下子就跳到了1.15元，超过3%的涨幅。这仅仅只是开始，一下子跳了3分钱以后，市场明显沸腾了起来。投资者似乎一下子回过味来了，股价顿时如同打了鸡血一样迅猛上冲。

这完全出乎熊有财的意料，他暗自提防的空头对手根本没有出现，就好像从来不存在，又或者是已经缴械投降了一样。ST海鸥的股价从1.15元，上升到了1.16元、1.17元，这两个价格都是一跃而过，根本没有任何阻碍。巨额的买单势如破竹，如汹涌的潮水般吞没了这两个价位上所有的抛单，完全没有一丁点儿的反复。

仅仅一分钟，就直接来到了涨停价：1.18元。

之后，上方就空空如也，再也没有一张抛单，下面七位数的买单将这个价格托得牢牢的。整整一天，一直到下午三点收盘，股价都没有一丝一毫的变化。

更让熊有财吃惊的是，第二天ST海鸥的股价继续上涨，同样没有出现任何空方打压的迹象，而且还是开盘就涨停，整天都没有下跌过。

这样的一字涨停板足足持续了20个工作日。

股价在这20个工作日内，从最初的1.12往上蹿，一开始只是几分钱几分钱涨，后来是一毛钱一毛钱涨，然后是几毛钱几毛钱涨。不知不觉就涨过了1.5元，涨过了2元，甚至涨过了2.5元，最高价一度到了2.82元，然后才稍有回落，在2.78元附近徘徊。

接下来20个交易日，大约一个月的时间，所有持有ST海鸥股票的人全都赚了1.6倍的利润，整个海鸥股吧全都沉浸在了节日狂欢的气氛中。论坛上甚至已经有人信誓旦旦地预言，一旦海鸥资产的资产重组开始启动，就算无法恢复海鸥资产巅峰时期的辉煌，股价在今年内上涨十倍，几乎是板上钉钉的事情。

机构含蓄点，还不至于马上就展望ST海鸥会到怎样的高价，却也悄悄把评价转为“买入”，并且很高大上地讨论起海鸥资产下一期季报、年报的情况。半年前还被市场视为垃圾股的ST海鸥，立刻成为股评们讨论的热点，甚至成为低价股的风向标。

“对，我对海鸥资产有百分百的信心！”在这样一片火热中，已经通过股东大会转正为董事长的熊有财，也随之成为财经媒体追逐关注的焦点。

他西装革履，容光焕发，一次次出现在了媒体面前，一次次通过媒体向大众描绘出海鸥资产未来美好的愿景，说得他自己都相信了，甚至觉得1.12元开盘那天，或许是他想多了，根本没有什么敌人。或许只是一个巧合，正巧有人拿不住手里的股票了，想要把海鸥资产的股票清仓。

熊法师如此想着，越发春风得意起来。

直到这一天，他如往常那般站在海鸥大厦门口，神采奕奕地接受媒体的采访，力挺海鸥资产的发展，忽然看到几个公务员模样的人神情严肃地朝自己快步走了过来。

第六十章
合作

当熊法师被带走的时候，帅朗就坐在海鸥大厦对面的茶馆里，亲眼看到了海鸥大厦门口纷乱不堪的一幕。

他看着熊法师面色苍白地被证监会调查人员带上了车，看着媒体好像打了鸡血一般兴奋起来疯狂拍摄，也看到了海鸥资产的工作人员惊慌失措。而此刻，坐在他旁边的赫然是海鸥资产第三大股东陈思。

“做得不错！”陈思平静地拿起茶杯，品了一口茶，“看来你真是下了大功夫，居然将熊有财掌控的那么多散户账户都查得清清楚楚。”

帅朗耸了耸肩：“机缘巧合而已。若不是教授你出面，我查到的这些账户也未必能派上大用处。”

这话真不是客套。当初他从吴有德入手，发现了熊有财这些年进行二级市场交易的一个撒手锏，便是通过种种隐蔽的手段控制了大批散户的账户。

这些账户处于灰色地带，很难简单归纳为老鼠仓。因为每一个账户都是由真名实姓的散户用自己的资金在操作。只不过，他们实际上却是听命于熊有财买入卖出，并且由熊有财以各种方式变相补偿他们可能产生的损失，对他们进行回报。

这样的合作肯定属于操纵股价了，但是法律上取证起来确实非常困难。所以哪怕帅朗发现了端倪，这段时间又通过田大力、老道帮忙，进行了详尽的调查取证，却始终都找不到出手的机会。直到陈思提前找上门，提出要和帅朗联手，一起对付熊有财，帅朗这才发现自己之前的准备有了用武之地。

当然，真正做起来也不是那么简单的。

帅朗想了很久，方才制定了一个缜密的方案，将他和陈思手里的股票，通过转融，借给他们控制的另几个账户。这些拥有股票的账户，可以在集合竞价的时候挂出低价的抛单，再用其他账户融资后挂出同价的买单，这就形成了在1.12元的最大撮合成交。

换言之，就是同时融资买入、融券卖出，锁定了股价。

整个过程，仅仅只是让帅朗和陈思支付了一点儿手续费，却营造出海鸥资产或许还有其他问题，以至于这么大的利好，都不能抬升股价的恐慌气氛，成功逼迫熊法师为了拉升股价，暴露了他手里掌握的几乎所有账户。这个时候，由帅朗提供线索举报，由陈思出面，利用他在证监会的人脉推动落实，终于拿下了熊法师。

成功，归功于帅朗的线索，更归功于陈思的人脉。总之大局已定。

陈思放松起来，不经意间显出了些许踌躇满志，以师长的架势拍了拍帅朗的肩膀，感慨道："不容易啊！我和你父亲认识也有十来年，看着他从一个交易员，变成了一手创建出千亿帝国的金融大鳄。又看着这千亿帝国因为一次滑铁卢就树倒猢狲散，千疮百孔，奄奄一息。唉，真的是很难用言语来形容我的心情。不过现在好了！那什么蛇猎人、熊法师都被赶出了海鸥资产，现在的海鸥资产终于在你我的掌控中了。哈哈，你算是大仇得报！"

大仇得报吗？帅朗拿着茶杯的手不由自主紧了一些，心神不由有些恍惚。

当年，正是因为听闻父亲跳楼自杀，正待大学毕业的他改变了人生轨迹。

为此他当过卧底，做过上市公司高管，甚至还一度实际掌控了东华渔业，偷袭了长林集团，后来又坐了整整五年牢，如今东山再起创建昇财，杀入海鸥资产。回顾这一切，还真是起起落落，惊心动魄。现在，这一切当真得到了回报，他查明了暗算父亲的敌人，为父亲报了仇。

就在他心潮起伏之际，陈思说道："来帮我吧，阿郎！我们联手，一定能够再现海鸥资产当年的鼎盛！"

帮你？帅朗略有些奇怪地瞥了陈思一眼，觉得眼前这位风度翩翩的教授似乎有些膨胀了。

不错，陈思确实是海鸥资产的第三大股东。在第一大股东赤虺投资退出，第二大股东熊有财身陷囹圄的时候，他确实比其他人更有机会问鼎董事长的宝座。

可是，别忘了还有一个齐然诺，她的股份其实并不比陈思少多少。甚至如果需要，帅朗也可以和叶阑珊再次合作，股份只是和齐然诺、陈思相差丝毫而已。海鸥资产究竟鹿死谁手，恐怕还要有一番激战呢。

陈思这般话语听入帅朗耳中，第一感觉就是有些大言不惭了。只是还没等帅朗酝酿出合适的应对言语，陈思将茶杯一把放下，意气飞扬地站起身，大步流星地朝外面走去。

走到门口，陈思的身影略微停顿了一下，回头笑道："哦，差点儿忘了。我和涟漪的婚礼准备提前到月底举办，到时候你来做伴郎！"

"好啊！"帅朗微微一笑。

陈思很仔细地看了帅朗一眼，确定没有看到什么异样的端倪，方才点了点头：“那好，一言为定！”说罢，在帅朗微笑地注视下，他大步朝外面走去。

直到身影消失在视线之外，帅朗的笑渐渐收敛，不知不觉脸上布满了阴霾，颓然坐下。

涟漪要嫁人了！

这个念头，此刻终于冲破了理智的压制，翻涌在了帅朗的脑海里。帅朗只觉得自己的心肺似乎都被撕裂了，无可名状的痛苦让他不得不弯下腰，捂住胸口，张开嘴巴大口大口喘气，可依旧还是难以呼吸。一时间，汗水迅速布满了额头，又从额头沿着脸颊滴落到脚下。

如此这般，不知道过了多久。直到从窗口洒进来的阳光，渐渐从明媚开始黯淡，帅朗方才慢慢缓了过来。

他深深吸了一口气，双手揉了揉脸，迅速振作起精神，拿出手机拨通老道的电话。

“朗爷！”电话那头，传来了老道兴奋的声音，“查清楚了。熊有财果然在春华、蓝帆两家公司做了手脚！”

帅朗沉声：“怎么说？”

“这两家公司的市值，真的就是最近两年才大幅拔高。我按照您的吩咐去查了一下，发现这两家公司就如同您预料的那样，这两年在不停地并购重组，都吞并了十几家中微企业。然后美其名曰整合资源，说什么强强联手的，感觉就和老子以前设局的时候一样，就是画个大饼，再拼了命往大吹。”

帅朗嘴角泛起了一丝嘲弄：“正常！这就叫商誉，前两年股市火爆的年头，还有一个名词叫市梦率。你梦想有多大，这估值就能有多高。”

老道有些难以置信：“这可是上市公司啊！这么多散户把钱投进

来呢，万一牛皮吹爆了咋办？”

“博傻的游戏。击鼓传花，谁最后拿到那朵花谁倒霉，所以才叫股市有风险，入市需谨慎！”帅朗掏出打火机，“啪嗒”一下，随手给自己点了一支烟，吸了一口，淡淡地道，“至于牛皮吹破，更不用你担心了。有一个名词，叫商誉减值，合理合法收回牛皮……好了不说这些，现在关键不是这两个公司到底有多大的牛皮，关键是这两个公司的股份，到底在谁的手里。”

“这个……有点儿麻烦！”电话那头，老道的声音有些迟疑，“至少明面上，没有查到任何股份是和熊有财有关的。”

帅朗皱眉，打断：“理所当然，如果明面上有关系的话，那就是关联交易，他哪还有资格提出这个方案？”

老道听出帅朗话语中的催促，苦笑：“问题是，这两家公司现在的股份很散。和海鸥资产正好完全相反，都分散在了散户手里，连持有百分之五以上股份的股东都没有。”

“玩得这么溜？”帅朗倒吸了一口凉气，“他还真把这么多股份撒到那些被他间接掌控的散户手里？”

老道也是头疼：“目前调查到的结果就是这样，所以事情才棘手。基本上可以确定，这里面很多散户应该是被他间接掌控的。可问题就是间接掌控啊，一般人搞老鼠仓吧，就是搞些身份证开个账户，然后打入资金，自个操盘。可现在这些散户都是有名有姓的真实存在，钱也是他们自己的，操作也是他们自己操作，要想一个个全部梳理出来，根本不可能！就算全部梳理出来了，咱们好像也没办法取代熊有财，把这些散户都掌控住。”

听到这话，帅朗皱了皱眉，按照老道这说法，还真是无解啊。

看起来，这次他和陈思联手，精心设计之下，仅仅只是暴露出了熊有财掌控的一部分散户账户。其他账户只要没有实际参与到操控股价，扰乱金融秩序的勾当里，自然也就没法在短时间内查出来。这就麻烦了！

如果不能查出这些账户，也就没法将熊有财手里的筹码夺过来。万一陈思技高一筹，搞定春华、蓝帆，自己可就很难再挽回局面。就算陈思同样没有搞定，那也意味着自己要和所有大股东、董事们站在同一个起跑线上，展开激烈的龙争虎斗。

自家事自家知。帅朗很清楚明白，哪怕熊有财、佘道林这两个最强大的敌人已经出局，以自己的实力，在这样的争夺中也很难有胜算。

不，绝不能如此！

脑海里恍惚浮现出父亲当年黯然跳楼的情形，帅朗不由用力摇了摇头，结果摇得他灵光一闪。

"不对！"帅朗大叫一声，揉了揉太阳穴，"错了，我们从一开始就错了！不该去找到底谁代理了熊有财在这两家公司的股份。熊有财最厉害的手段就是这些散户，所以这些散户帮他代持了这些股份，是我们一下子就能推理出来的事情。我们当然没有办法去掌控这些散户，可是熊有财能啊！他敢这么干，肯定有手段来掌控这些散户，不让这些散户出幺蛾子。所以……"

"小马！"几乎异口同声，帅朗和老道说出了同一个人名。

由于熊法师现在被抓起来了，那么突破口显然就是小马这样的亲信手下了。熊法师再怎么说也就是一个人，他再有手段，肯定也要通过这些手下来执行不是。

第六十一章
视频

“对，就是这里。从这里上去，二十六楼，就是小马的公司！”

手机开着视频。手机那头，田大力面无表情地站在吴有德的身后。他并没有什么动作，可显然给了吴有德足够的压力。

吴有德战战兢兢地擦了擦额头的冷汗，小心翼翼道：“当初我就是在这里上班的。”

帅朗带着老道，找到了吴有德所说的公司，前台却告诉他，马总今天没有来公司上班。如果想要见马总的话，需要预约。

帅朗皱了皱眉，和老道交换了一下眼色。老道立刻心领神会。他立刻笑嘻嘻地上前，和前台的小姑娘搭讪。凭借他行走江湖多年的本领，三言两语，就很快和小姑娘亲近起来。不一会儿工夫，就把小马的手机号码、家庭地址都套到手。

小马的电话一直忙音，帅朗和老道匆匆赶去小马住处，敲了半天门，也依旧没有人开门。两人面面相觑地对视了一眼，帅朗顿时掠过了一丝不祥的预感。他赶紧跑去物业，老道出马伪装成警察查案，一番忽悠，愣是忽悠得保安提供了监控。

结果却看到，今天早上，小马正常出门，正待上车之际，一辆面包车驶来，在小马的汽车前方稍微停了一两分钟，恰好遮挡住了监控视频。待到面包车离开，小马的车依旧停在那里，人却不见了。

该死！帅朗心头一沉。显而易见，有人捷足先登了。

陈思正开着车，渐渐离开了车水马龙的主干道，拐入了一个僻静的小区。车停在了小区内一幢很普通的小高层前。早有人等候在楼下，看到陈思过来，赶紧上前招呼，然后将陈思引到了四楼。

装修非常简单的出租屋内，几个虎背熊腰，身穿保安服装的大汉坐在沙发上，被他们围在中间不敢动弹的是一个三十来岁的年轻人。年轻人西装革履，看上去从头到脚都是白领精英的样子。然而此刻却一脸惶恐，全身蜷缩成了一团。

如果帅朗在这里，看到这个年轻人，一定会非常惊讶。因为这个年轻人，他虽然没有见过，却早已经通过各种渠道做过十分详尽的调查——不是别人，正是小马。

那个曾经把吴有德从绝境里拉出来，并把他发展成熊法师手中一枚棋子的小马。

“小马！”进了屋的陈思缓缓走过去，坐到了小马的对面。

他面带微笑，拿起手里一叠资料，轻轻复述了小马的履历，也说出了小马现在的亲朋好友人脉关系，更说出了小马这些年来光彩和不光彩的许多过往。比如，小马曾经怎样给同事下套，让他背锅不得不辞职离开，从而腾出了位置，被小马取而代之。再比如，小马怎么私下里用亲戚的账户，偷偷违规买入股票，涉嫌内幕交易。

如果说前面这些还只是让小马的额头渗出冷汗，那么当陈思说出，小马从去年开始背着妻子偷偷养了一个情人。这个情人现在已经怀孕七个月，马上就要为他生下儿子的时候，小马终于忍不住要跳起来了。

只不过他屁股才刚刚离开沙发，就被身边两个大汉死死按了下来。可越是如此，小马越是挣扎，声嘶力竭地吼道:“你究竟想怎样？”

“不想怎样！”陈思笑，“只是想和你做个交易。你看，熊有财已经翻船了，不如你帮我做事吧。之前怎么做事，现在还是怎么做事。之前什么报酬，我只会给你更多不会更少。”

“我……我……我……”看着陈思随手放在茶几上的那沓资料，那沓将他几乎翻了个底朝天的资料，小马的声音渐渐弱了下来。

“朗爷，看来小马落在陈思手里了！”老道缓缓走出小马居住的小区，有些忐忑地瞥了帅朗一眼。

事情显然很糟糕，一旦被陈思抢先一步，拿下熊有财布局多年的那些筹码，这场对于海鸥资产的争夺，帅朗的胜算可就微乎其微了。

帅朗自然也意识到这点。他面沉如水，蹲在路边，点了一支烟，闷头抽了好几口。很不甘啊!

他把头埋在了双臂之间，绞尽脑汁想要找出挽救眼下局面的方法，想着想着，他忽然心中一动。好像有些不对，事情似乎太过顺理成章了。熊有财当真就这么不堪一击？就算他出于疏忽，被自己和陈思偷袭拉下马来，难道他就一点儿防范措施都没做，一点儿后手都没留，就这样成了一块任人抢夺的肥肉？

不该如此啊！正想着，只听见手机发出了“叮咚”一声响，一个陌生的手机号给他推送了一条视频。

视频上竟是已经被带走调查的熊有财。

帅朗犹豫了一下点开视频，熊有财对着镜头冷笑:“果然不愧是郎杰的儿子。这一遭算你赢了。不过，你居然和陈思合作，当真以为你那位风度翩翩的大学教授，就是个吃素的善人吗？哼哼，当年海鸥资产遭难的时候，陈思这混蛋可没少落井下石。我这里可有一大堆证据。”

挑拨？帅朗看着视频里的熊有财，皱了皱眉，随即否定了自己的想法。随着熊有财出事，他和陈思的合作，实际上已经不复存在。接下来到底是继续合作还是决裂对抗，完全取决于彼此的利益，堂堂熊法师不可能看不到这一点。

熊有财的声音从视频里继续传来："当然，你要是不信也随你。老汉我乐得看你认贼作父，乐得看你与虎谋皮。今天发这个视频过来，只是想告诉你一声，莫要以为你们胜了这一筹，便可以破了我谋划这么多年的局，吞下海鸥资产。”

什么意思？听到这话，帅朗的瞳孔不由微微收缩了一下。他心中一紧，之前隐隐感觉熊有财不该如此不堪一击的念头，这一刻更加强烈起来。

而这时，熊有财偏偏话锋一转："事到如今啊，想必你也知道我们两家的恩怨了吧？我那儿子再不成器，也是我熊家的血脉。这仇、这怨，我肯定得记一辈子。也亏得这仇怨，这些年我没有像那些退休老人那样，把时间荒废在喝茶下棋摆龙门阵上。这些年，我可一直都盯着你的父亲。

"不得不说，他玩得相当不错，以前那种克隆企业的小把戏都已经不屑去玩了，玩得都是更隐蔽、更高级、更疯狂的玩法，他疯地狂牟取暴利，却偏偏游走在灰色地带，谁都拿他无可奈何。比如，他曾经将一家水产养殖企业包装得华丽无比，虚增了足足十倍的资产，圈了大把钱以后，又堂而皇之地宣布鱼苗死了，一下子又把账做平了。外界就算有天大的质疑，却也查不了水里鱼苗的死活，自然就奈何不了他……”

不……不是这样的！

当视频内的熊法师说到这里的时候，帅朗的脸变得铁青。这些年他对熊氏投资咨询公司、对海鸥资产的调查，让他直觉到熊法师没有说谎。

虽然之前他也隐隐猜测到，父亲能够创造出海鸥资产这般的财富神话，恐怕多少也背负有原罪。可是此刻，被熊法师这么直截了当地挑明，还是让他的心情非常糟糕。身为人子，他实在无法接受自幼心中崇拜的父亲也会有如此冷血、残酷、卑鄙的一面。

就在他心潮起伏之际，熊法师的声音还在继续："凡此种种，太多太多了。哪怕站在敌人的立场，也不得不佩服你父亲的本领。所以，我着实很用心地进行了学习和模仿。虽然只是些许皮毛，只能算得上东施效颦，但是在春华、蓝帆这两家公司的运作上，却同样取得了很大的成功。

"可惜，现在我所做的一切，似乎都要给他人做嫁衣裳了。你们现在一定很得意吧。你们应该也不会放过海鸥资产和春华、蓝帆置换股份的机会。既然有本领对付我，想必拿下我控制的那些股份也不是什么难事。

"哈哈，你看，事情一下子变得有趣了。如果，我是说如果啊，如果有人把春华、蓝帆如何扩张并购，如何虚增资本的事情公布出来，还是海鸥资产的某个董事亲自公布出来，你猜结果会怎样？"

第六十二章
死亡

视频戛然而止。

帅朗皱了皱眉，这就是熊有财的反击？有用吗？一开始帅朗还觉得有些可笑，觉得熊有财这么做，根本徒劳无功。毕竟，就算公布出来这些事情，最多也就是让海鸥资产和那两家公司的股份置换方案泡汤而已。

好吧，这确实有些可惜，会错过一次轻松拿下海鸥资产的机会。不过这和他有什么关系呢？他没有及时找到小马，本来就已经失去这样一个机会了，要说损失也是陈思损失。他乐得在一旁吃瓜看戏……

不好！想着想着，帅朗忽然笑不起来了。

因为事情绝对没有这么简单。这瓜可不好吃，这戏可不好看——鬼才相信，熊有财仅仅只暴露春华、蓝帆的问题！如果真的如视频所说，他仿效了海鸥资产的做法，那么顺嘴揭露一下海鸥资产的黑料，岂不是顺手之劳？甚至，都不用他来揭露，只需要很简单的一些布置，很容易就可以引导舆情开始关注海鸥资产的发家史。

诚然，这些都是陈年旧事，当年主导这一切的父亲早就跳楼自杀了。现在想要追究，也很难追究了。但是，按照熊有财的说法，这里面有财务上的弄虚作假，有对其他企业的巧取豪夺，对小股东的压榨挤压，有资产转移，有操纵股价……

这么多的大瓜必然挑动起股民们对于内幕交易、暗箱操作的担忧和愤怒，舆情很容易就会爆发出来。最要命的是，这段时间海鸥资产正处于一个微妙的关口，需要时间来完成资源的优化配置，资产重组，一旦卷入这样的舆论漩涡，还能做事情吗？

退一步讲，就算以上都只是他自己吓自己，熊有财只是揭发他在春华、蓝帆上的操作。可仅仅如此，也很麻烦啊。

至少，股份置换方案铁定就失败了。而股份置换方案一旦失败，市场对于海鸥资产的信心就会遭遇重挫。那么之前怎么涨上来，现在就会怎么跌回去，甚至跌得更凶、更狠。

这对于本来就徘徊在退市边缘的海鸥资产，可不是好事。一个搞不好，还真有可能会退市。而一旦退市，可就不单单是陈思没有占到便宜的事情了，而是包括他在内，所有海鸥资产股东都要倒霉了。到时候，手里的股票都无法套现，所有之前投入的资金，都有可能血本无归……

帅朗越想越惊，发现自己别无选择，必须想办法阻止这件事情，毕竟他的身家财产，现在可全都押在海鸥资产上了。

只是，怎么阻止？熊法师准备让哪个董事踢爆这些事情？

转瞬之间，海鸥资产董事会的所有董事全都在他的脑海里过了一遍。这一届董事会原本选了九个董事，现在蛇猎人退出了，熊法师又被拿下，结果就只剩了七个人。

帅朗找来纸和笔，将这七个董事的名字一一罗列在纸上。首先剔除的是田小可。这傻丫头就是他帅朗推到台前的代言人，肯定不会做这种事情。陈思应该也不会，随着蛇猎人、熊法师相继退出，他这个第三大股东顺理成章将成为代理董事长，一旦舆情爆发，他肯定会被媒体拿着放大镜上聚焦。

尤其他还是海鸥资产的联合创始人，曾经的董事会秘书，可以说伴随了海鸥资产整个发展壮大的过程，这个历史问题谁都可能开脱，偏偏他无法开脱，必然影响他原本良好的社会形象。陈思得有多傻才会做出这样的选择？

那么……熊猫？熊猫本身和田小可一样，其实和海鸥资产并没有太大的利益纠葛。他本人肯定不会这么做，但他是叶阑珊推到前台的。叶阑珊……

帅朗犹豫了一下，最终在熊猫的名字后面打了一个问号。

齐然诺呢？齐然诺如果理智的话，肯定不会干这种损人不利己的事情，可谁又能保证呢？想到齐家和自己的恩怨，帅朗不得不在齐然诺的名字后面加了一个星号。那两个留任的董事，帅朗不熟悉，只能打个问号。

最后是沈涟漪。帅朗拿着笔，在沈涟漪的名字后面停留了好久，最终重重地加了一个星号——思来想去，他发现沈涟漪才是最有可能的人选！

沈涟漪只是独立董事，她并未持有海鸥资产多少股份，如果海鸥资产暴雷，对她并不会有太大的影响。最重要的是，帅朗太了解沈涟漪了。沈涟漪打小就是一个非黑即白的性格，如果海鸥资产历史上的发家黑幕被沈涟漪知道，沈涟漪断然不会无视。

帅朗一想到这，赶紧站起身来快步走出茶馆，走向对面的海鸥大厦。

这时候，沈涟漪应该在海鸥大厦她自己的办公室内，他必须抢在沈涟漪做出决定之前找到她，好好和她谈谈。就算阻止不了，至少也要看看是否可以争取时间，看看能否挽救。

电梯载帅朗来到了沈涟漪办公室所在的十七层。

让帅朗没有想到的是，电梯门这才打开，叶阑珊从前面步履匆匆地走过来。不知为何，看上去神色有几分慌张。

“叶总？”帅朗见状，目光微微一凝，心中感觉有些奇怪。

叶阑珊和他一样，因为坐过牢，刑满之后五年内是不可以担任上市公司董监高的，所以两人在海鸥资产都没有任何职务。为了避嫌，他们平常都不会进入海鸥大厦，只是让熊猫和田小可代表他们行使董事的权力。叶阑珊按道理是不应该出现在这里的。

叶阑珊看到帅朗，同样吃了一惊，她勉强扯出一丝笑容，胡乱点了点头，招呼了一声，就匆匆从帅朗身边经过，走进了电梯。

或许她自己也觉得这有些反常，一边伸手按电梯按钮，一边掩饰了一声：“我……我有事情，先走了……”话未说完，电梯门便已经关了。

帅朗皱了皱眉，下意识觉得有些不对劲儿。只是还没等他细想，忽然听见不远处的消防通道口，传来了陈思一声撕心裂肺的大叫：“涟漪——”

帅朗一惊，赶紧循声跑去，跑到楼梯口，却见下层楼梯的转弯处满地都是鲜血。

陈思蹲在地上，将沈涟漪搂在怀里。沈涟漪的脸色煞白如纸，却没有一丝动静。

“涟漪……涟漪……”帅朗不敢相信自己的眼睛，快步冲过去，跪倒在了沈涟漪的面前，满脸都是恐惧，双手颤抖地握住了沈涟漪的手。沈涟漪已经彻底没有了脉搏。

帅朗整个人都傻了，好半天才疯狂地朝着陈思怒吼：“到底怎么回事？”

陈思没有回答，只是呆呆地抱着沈涟漪。

等到救护车赶来，医生检查一番，遗憾地摇头。帅朗好像傻了一样，这时警察也赶到，将现场隔断，开始逐一询问他和陈思等人，勘验现场，做笔录。帅朗呆滞地看着警察，什么声音都听不到，那声音仿佛闷雷，从天边传来。他什么话都不想说，什么人都不愿给予回应。

陈思告诉警察，他本来是找沈涟漪一起去吃饭的，结果敲门进入办公室看到没人，正准备离开，就听到楼梯口沈涟漪的惊呼和物体摔落的声音。他急忙赶过来，就看到了这一幕。

有工作人员报告，有监控可以看到这个楼梯口，警方调取监控查看，然后众人回来一边讨论，一边进行现场模拟。

帅朗隐约听到众人说起，监控显示，这段时间一共来过四个人。最早来的是沈涟漪和叶阑珊，然后是陈思，最后是帅朗……

那么，嫌疑最大的岂不是最早和沈涟漪一起过来的叶阑珊？帅朗的脑海里闪过了坐电梯上来的时候，叶阑珊那慌张的神情。一定是叶阑珊！瘫坐在地上的帅朗好像打了强心针一般，猛地跳起来。

第六十三章
欢笑

门“哐当”一声被推开，帅朗快步走入了海鸥酒吧。

这里他真是好久没有来了，曾经他就是在这里认识了叶阑珊，也是在这里被叶阑珊拉入了资本的旋涡，从此改变了人生轨迹。更是在这里，他和叶阑珊无数次对话，无数次探讨，无数次筹谋千万乃至亿万的资本运作。

他从这里出发，曾经登过巅峰，成为上市公司的高管、董事，也一度坠落深渊，锒铛入狱，沦为阶下囚。或许就是入狱的污点，让他和叶阑珊不约而同对这个地方有些避讳。

但是今天，在他意识到沈涟漪的死和叶阑珊有关之后，他第一时间就笃定，叶阑珊一定会来这里。事实也果然如此。叶阑珊就坐在酒吧里，没有点灯，任凭夕阳西下夜幕降临。只不过，有熊猫陪在她身边。

看到帅朗闯进来，熊猫第一时间拦住了帅朗。

“站住！”

“滚开！”

两人不约而同怒吼了一声，拉扯在了一起。

"住手！"叶阑珊喊了一声。

她依旧坐在酒吧的高脚凳上，一手拿着酒杯，一手夹着她平素抽惯了的女士香烟。她已经平静下来，全然不见了刚才在海鸥大厦遇见时的惊惶。叶阑珊抿了一口酒，很认真地看着帅朗："不管你信不信，沈涟漪的死和我没有一点儿关系！"

帅朗冷笑："那和谁有关系？难道是她自己摔下去的？"

"就是她自己摔下去的……好吧……和我其实也有那么一点儿关系，不过主要是陈思搞出来的……"毕竟牵扯到人命，叶阑珊终究还是有些慌乱，她喝了一杯酒，又狠狠吸了两口烟，也不知道是被酒还是烟给呛到了，咳咳咳地咳个不停。

熊猫看不过去，赶紧上前拍打她的后背，她一把甩开了熊猫的手，然后疯狂地大笑了起来。这样莫名开怀的大笑，当真好久没有过了。

记得很久很久以前，她住在大山里，到外面小城镇要走三天三夜。那时候她这么笑，仅仅是爸爸赶集回来，把捡到的一个棒棒糖给了她。那时，快乐就是这么简单。

再后来……她遇到了叶添锦。叶添锦把她收留下来，让她在这个灯红酒绿的大都市有了立足之地，她很高兴，但绝没有这样开怀大笑过。因为那时候她必须小心翼翼地察言观色，小心翼翼地夹着尾巴做人，每天都要打起十二万分精神。

她很清楚，她的一切都是叶添锦给她的。她绝对不能让叶添锦厌恶她，否则这一切随时都有可能化作乌有。

正是这样的缘故，当初她遇见郎杰时候也曾经产生过爱慕，却始终不敢有所行动，甚至不敢显露分毫。因为她知道叶添锦也喜欢郎杰，她怎么敢和叶添锦去争去抢？

真正让她又一次开心大笑起来的是陈思。

这是一件很奇怪的事情，无论从哪个角度看，她和陈思完全就是两类人。她和他就好像位于两个世界，他儒雅风流，拥有名校光环，是高学历的教授。她只是一个大山里走出来的土包子，连中学都没念完。

他学识渊博，古今中外无所不知。她却什么都不懂，来到这大都市就好像刘姥姥进了大观园。可他却喜欢她，追求她。送最美丽的鲜花，写最动人的情诗，送最昂贵的礼物。

她就这么沦陷了。

怎么可能不沦陷？这样的男人本就是许多女人梦寐以求的白马王子，她心甘情愿成为他的俘虏。她鬼迷心窍，居然答应做他秘密的情人，利用她在叶添锦、郎杰身边的优势，帮他套取有用的情报。

那一年，她真的好傻，傻傻地为他出卖郎杰，出卖叶添锦，帮他暗中算计海鸥资产，最终导致海鸥资产的崩盘，叶添锦的车祸，郎杰的自杀。

这还没完。她还帮他找来了帅朗，试图将帅朗变成他的棋子。她还潜伏到蛇猎人身边，充当他的间谍，哪怕在一次醉酒之后和蛇猎人发生了关系，她都没有后悔过，甚至为自己能帮到陈思而高兴。哪怕帅朗拉着她同归于尽，一起入狱，蛇猎人和陈思都袖手旁观不肯帮忙，她出狱之后也只恨蛇猎人。

直到今天，她收到了熊法师发给她的信。这才惊骇地发现，原来陈思当年是在利用她在谋划好大一个局，当初竟然是陈思设了局，在酒中下药，故意让她和蛇猎人发生关系。

陈思这么做，竟然是因为已经看中了沈涟漪，正在把沈涟漪培养为自己的完美情侣，想借此机会摆脱叶阑珊，让她自惭形秽，默默退出。

她从头到尾就是一个被人卖了还替人数钱的傻子。

那一刻，叶阑珊当真感觉天崩地裂，她好痛，也好恨。

好在熊有财不仅仅只是写信揭露了陈思，还给了她春华、蓝帆两家公司虚增资产的原始资料。以叶阑珊的头脑，自然在第一时间，同样想到了，这些资料一旦公布，将会对海鸥资产造成怎样的杀伤力。

不过，这些年起起伏伏的人生经历，她早就不是当年那个土气的山妹子了。她并没有如熊法师所料，将海鸥资产的黑幕亲自公布出来，而是去找了沈涟漪。

见到沈涟漪，她拿出来的可不仅仅只是春华、蓝帆两家公司的内幕资料。仅仅搞垮那个股票置换方案，仅仅只是让海鸥资产再次陷入危机，在她看来远远不够。所以她还告诉了沈涟漪，海鸥资产当年的那些阴暗事——她曾经是海鸥资产董事长秘书，当年在海鸥资产陷入混乱时，轻而易举就保留了一些证据。

这些证据，当年她只是下意识地保留下来，感觉或许什么时候会有用。此刻用出来却无关利益，纯粹就是为了报复。她曾经深入了解过沈涟漪的性格，知道以沈涟漪的性格，得到这些东西一定会深究下去。

她去找沈涟漪，就是希望借沈涟漪之手去公布。

让陈思一心想娶的爱妻，毁掉他谋划了这么多年的海鸥资产，还有什么比这样做更痛快更淋漓尽致的报复？再不济，她也要让陈思和沈涟漪彻底决裂。

可惜千算万算，叶阑珊万万没有算到，就在她把沈涟漪约到楼梯口说话的时候，陈思竟然悄悄来到旁边偷听，不但否认叶阑珊的指责，还把叶阑珊给沈涟漪的那些资料抢了过来。

三人纷乱的抢夺中，根本分不清到底是谁推的还是自己摔的，沈涟漪就这么摔下了楼梯，当场身亡。

叶阑珊永远也不会忘记陈思看着自己的目光，他抱着沈涟漪，绝望又愤怒地盯着自己，目光如刀，似乎在将自己凌迟。恐慌之中，她赶忙狼狈逃离。

不过离开了海鸥大厦不久，叶阑珊很快就清醒过来，醒悟到自己是犯了一个大错误。这样离开只会让自己显得心虚，加上陈思和沈涟漪的关系，顿时让她的处境变得非常不妙。

远处遥遥传来了警笛的声响，越来越近。

就在警笛声出现在门外的当口，叶阑珊将一张纸条塞给了帅朗，轻轻道了一声："快，去找余道林！"

第六十四章
明白

"嗯，当初你父亲是找过我。不过在商言商，那时候的海鸥资产就好像雪崩了一样。这世界上没有超人，在雪崩面前，大家肯定各自逃难。哪怕让我再选择一次，那种情况下我依旧不可能出手帮他的！所以，如果要因为这个记仇的话，无所谓，来什么我接什么！如果你能揭过这件事情，那说实在的，我和你父亲真没有什么深仇大恨。事实上我是很感激他的，当初我一穷二白走投无路的时候，是你老爸收留了我。要不是他，我真不知道是不是还能坚持下去，是不是已经放弃了做交易员的理想，随便找份工作，过上朝九晚五普通人的生活。"

这是一幢很普通的写字楼。位于并不繁华的地段，墙里墙外，到处可见年代久远的痕迹。

在这很普通的写字楼里，有一个外面看上去很普通的写字间，乍一看就好像是一个很普通的皮包公司租下的办公场地。只有打开这个写字间才会看到，这里面居然到处都挂着屏幕，显示世界各地的股市行情。

这些屏幕和配套的电脑挤占了写字间大部分空间，以至于写字间显得很有些拥挤。

帅朗做梦也不会想到，自己居然有一天会和蛇猎人这样的大佬，挤在这样一个写字间里一起喝着啤酒，吃着花生。

他忍不住看了佘道林一眼："你真的被熊有财搞成穷光蛋了？"

"你觉得可能吗？"佘道林鄙夷地瞥了帅朗一眼。

看到帅朗的眼神扫视四周，他不免有些尴尬，干咳了一声："我只是一时大意，被熊有财给算计了。为了化解客户的挤兑，只好接受了他一些条件。不过这只是暂时的困难，他可没有那么大本领吞下我的资产，只是逼得我将那些资产质押了。一年！最多一年，我肯定就能缓过气来，拿出足够的资金赎回这些被质押的资产。"

"也就是说，一年内你根本拿不出钱来和陈思斗？"帅朗不由有些失望，目光挪到面前的电脑屏幕上。这个屏幕上正播报电视台的财经报道。

恰好出现了陈思的身影，正在接受记者采访："……我们欢迎相关部门前来查实，欢迎广大股民的时刻监督。真的假不了，假的真不了。海鸥资产在它过往的发展过程中，到底有没有坊间传闻的小道消息，时隔多年，我想已经很少有人能够说清楚了。不妨好好查一下，让事实来说话。"

帅朗的心情更加郁结了："他这是有恃无恐啊！"

但是再不高兴，他也不得不承认，陈思还真的是有恃无恐。不能说熊法师留下的反击手段不犀利，这些黑幕可都是真材实料，如果当真按照熊法师的设计，叶阑珊因为憎恨陈思公布那些黑幕，海鸥资产必然会退市，陈思也就不会这么嚣张了。

可是现在的问题是，叶阑珊比熊法师预料得更狠，竟然让沈涟漪来揭露。好吧……如果这事情得逞，也确实对陈思造成更大的打击。但是现在，阴差阳错之下沈涟漪死了，陈思因为留在了现场没有逃跑，反倒是叶阑珊现在更麻烦。

更糟糕的是，熊有财寄给叶阑珊的都是关于海鸥资产违规运作的原始材料，如今已经被陈思拿走了。这种情况下再提出指控，杀伤力自然会降低很多，就算证监会出面调查，也将需要更多的时间，面对更大的困难。

陈思自然有恃无恐，反正都是好几年前的事情。海鸥资产的董事会也好，管理层也罢都换了好几届了，他当初仅仅只是联合创始人之一，有的是借口推脱责任。一时间，帅朗居然奈何不了他。

“谁说奈何不了他？”却在这时，佘道林忽然飘来这么一句。

帅朗惊喜：“你有办法？”

叶阑珊最后留给他的纸条就是佘道林现在的老巢。只是当帅朗循着纸条上的地址找过来，却发现佘道林现在的处境不太妙。熊法师的出手极为犀利的，不仅逼迫佘道林放弃了对海鸥资产的股权，还死死封住了佘道林各方面资产足足一年的时间。

这一年里，佘道林手里能够动用的资金还不如他帅朗多呢！

“小子，”没想到，佘道林不屑地冷笑，“看来你真是连你爸一成的本领都没学到。”

帅朗不服：“什么意思！”

“别不服，实话实说而已。你竟然不知道，交易员最大的本领其实是做一个刺客！”

“刺客？”

“是啊，刺客！用资金实力碾压人，那是大鳄，那是海豚。海鸥可没有这么多资金。但是别忘记了，资本之所以为资本，一个很大的因素就是它可以用杠杆。所以一个真正的交易员，完全可以四两拨千斤，利用杠杆，小资金也能做成大事，从而如彗星袭月，似白虹贯日，最终血流五步，天下缟素！”

“喂，说人话……嗯？等等……”帅朗起先看到佘道林近乎狂热地手舞足蹈，将交易员形容成刺客，还很有些不适应，差点儿以为佘道林因为受不了挫败疯了。不过，听着听着，他的神情渐渐认真了起来——响鼓不用重锤！

他忽然明白佘道林的意思了。

第六十五章 反击

“砸！”三天后，帅朗坐在昇财上海办事处的办公室内，冷静地发出操盘指令。

随着他一声令下，春华电器和蓝帆建筑这两个本来协议好要和海鸥资产置换股份的公司，股票应声暴跌。帅朗看了一眼这一泻千里的阴线，无动于衷，将目光投向了一旁的熊猫。

熊猫比了一个 OK 的姿势：“放心，我这里没问题。很快就会有几篇力道十足的文章，揭露春花电器、蓝帆建筑这两家公司财务造假，虚涨市值的真相。到时候，一定会推动证监会出手查证。”

“那就拜托了。”帅朗点头，“只要这两家公司乱了，我们就在董事会上发动议案，推翻之前的置换股票协议。我可以确定，陈思之前和熊有财合作，在春华、蓝帆两家公司早就提前持有了不少股份，熊有财出事之后，他就是股票置换方案的最大受益者。我们这次对这两家公司的突袭，绝对能让他手忙脚乱。不过这还不是重点，重点是一旦这个置换股票的方案作废，海鸥资产就会重新面临10%社会公众股这道退市红线。”

熊猫推了推眼镜架，因为叶阑珊，他如今和帅朗算是同仇敌忾，终于又成了同一个战壕的战友。他很配合地附和：“到时候我们就可以通过二级市场扫货，让海鸥资产真正踩上这条红线。”

“不错。”帅朗点头，“之前为了逼迫海鸥资产的股东同意增资扩股，蛇猎人刻意营造出了退市危机，社会公众股的比例本来就在十分危险的边缘，我们其实并不需要多少资金就能达到目的。”

帅朗忍不住想起了蛇猎人那天和自己说的话：“对，就是要逼海鸥资产退市。退市如今就是海鸥资产最要命的罩门。哼，熊有财这老家伙虽然老了，过时了，不过他的战略眼光并没有错。唯有让海鸥资产退市，才能把陈思逼到绝境——明明是个教书匠，却不声不响拿下了5.6%的海鸥资产股份，我不信他没有动用杠杆。而退市，将是对他动用了杠杆的资金链最致命的一击！”

果然是致命一击！

看着眼前电脑屏幕上股票的走势，陈思的额头不由渗出了汗珠。他有些恍惚，自己也不知道事情怎么走到这一步，明明一开始很顺利啊！先是借助熊有财的力量逼走了佘道林，然后又联手帅朗，拿下了熊有财。

拿下熊有财的那一刻，他真的以为自己胜局已定。叶阑珊这种乡下妹子算什么？帅朗这样毛头小伙算什么？齐然诺这般白富美更算不了什么。那会儿，他真的有一种放眼天下，舍我之外皆竖子的感觉。

为此，他放手接下了熊有财在春华、蓝帆这两家公司的布局。他还趁乱用很低的价格拿下了熊有财间接控制的部分海鸥资产股票。

机不可失，时不再来！如此这般美好的财富暴敛机会，他自然不愿意错过。只是这些当然都需要钱，而他这些年在明面上毕竟只是一个教授，之前拿下海鸥资产的5.6%股份，已经耗尽他所有资产了。所以，他现在不得不将自己手中的海鸥资产股份进行质押、转融，把资金套现出来。

本来，只要能够平安度过这个阶段，只要海鸥资产能够顺利执行股票置换方案，他就可以神不知鬼不觉地将海鸥资产潜在的价值，全都转移到他自己的名下。这是一笔数以亿计的资产，这将是一次传奇的财富神话。

可惜，现在……陈思不是傻瓜，很快他就察觉到了不对。问题是帅朗留给他的反应时间很少，他都还没有来得及调集足够的资金托盘，春华、蓝帆两家公司的股价就已经跌了20%，这两家公司的负面消息也已经甚嚣尘上。

笃、笃、笃——

就在这个时候，办公室的门被人敲响了，却是秘书提醒他要去参加董事会了。

这次董事会是田小可、熊猫联名提议召开的。

在照例走了流程之后，熊猫就首先发难，侃侃而谈："现在情况很明白了！之前和春华、蓝帆的股票置换显然是一个错误决策，这两家公司目前暴露出来的问题很多，估值恐怕仅仅是它们实际价值的一半，甚至更少。为了维护海鸥资产的利益，维护海鸥资产股东们的利益，当然也是维护在场诸位的利益，我提议放弃之前通过的股票置换方案。"

"我附议！"田小可草包一个，可说不出这么漂亮的话。不过她也不需要说，只需要举手就行了。

确实有些诡异，海鸥资产的员工已经悄悄议论，说这一届董事会是厄运董事会。

这么短的时间，甚至都来不及召开第二次股东大会，原本满员九人的董事会已经少了三分之一——佘道林退出，熊有财入狱，沈涟漪死亡。董事会从奇数到偶数再到奇数。

熊猫和田小可两个人表达出意见之后，等于拿下了三分之一的票，再加上春华、蓝帆这两家公司当下情况确实不妙，这就让人不好说话反对了。半晌才有一个留任的董事犹豫着开口：“可是……这样一来，公司是不是要背负违约金？”

“要支付违约金的是春华和蓝帆！”熊猫早有准备，掷地有声，“当初协议的时候就有诚信条款，注明双方都必须对各自披露的财务信息负责。现在呢？已经有足够的证据表明，这两家公司伪造了财务报表，虚增了利润。难道不应该是我们海鸥资产追究对方的责任吗？你难道还要支持继续置换股票吗？”

“不不不，”留任董事连忙摇手，“我只是有这么一个担心。熊董既然说明白了，我就放心了。支持！我支持熊董关于放弃置换股票的提议！”

熊猫微微一笑，目光转向了另一个董事。

还没等他开口逼问，一旁的齐然诺开口：“我也同意放弃置换股票的方案！”

这下轮到熊猫呆了一呆，之前他和帅朗商量在董事会发难时，真的没有奢望能够把齐然诺拉过来。毕竟帅朗和齐家的仇怨太大了，齐然诺故意作对的可能还是很大的。

万万没有想到，这个女人这么果断。

很显然，这些年的风云变幻已经让齐然诺成熟了起来。在商言商，她的决断干净利落。这一下，就根本不用问另一个董事的意见了，甚至都不用陈思开口了，六个董事已经有四票支持放弃置换股票的方案。

面对这样的结果，陈思忍不住握了握拳头。脸上却不动声色，依旧还是微笑着，不慌不忙地点头：“好，熊董的提议通过！”

话到这里，陈思刻意停顿了一下。就在熊猫的嘴角泛起了得意的微笑时，陈思却站了起来，缓缓走到了熊猫跟前，静静地看着他。熊猫的笑容顿时凝滞，心中忽然掠过了一丝不祥。

只是还没等他应对，陈思却已经转身走开。确切地说，陈思是在会议室内走了一圈，从在场的每一个董事面前走过，仔细看了一眼每一个董事。

强大的气场，一时间震慑住了所有人。

陈思则在成功吸引了每一个人的注意之后，却又缓缓走回了自己的座位坐下，再次开口："各位董事，之前置换股票的方案可以放弃。但是，海鸥资产当下的问题总还是要解决的吧。"

说着，他抬手打了一个响指，跟随他列席的秘书将一份份早就打印好的资料，放到了这里每一个董事的面前。

陈思的声音回荡在会议室内："我想提醒一下各位，按照相关法律，海鸥资产的股价一旦跌破一元，那可就是要退市的。之前，之所以可以放手增资扩股，那是因为可以引进战略投资者。战略投资者的项目，足以帮我们获取更多的利润，扭转海鸥资产当下的困境，从而增加海鸥资产的价值，顺带也提升海鸥资产的股价。然而现在呢？你们放弃置换股票的方案，那么告诉我，这样的增资扩股，股本增加了这么多，公司却还是这个公司，你们怎么保证，海鸥资产的股价仍然可以在一块钱以上？"

"哈哈，这个问题不难解决啊！"听到陈思这么问，熊猫反而松了一口气。

在筹划这次董事会的发难之前，帅朗也同样考虑到了这个问题，早就面授机宜，给了熊猫一个应对的方案。

发现陈思只是抓住这一点来反击，熊猫推了推眼镜，胸有成竹地笑道："各位董事，别忘了我们还有资本公积金。我建议，索性通过司法重整，提取资本公积金来扩充股本，再用这些扩充的股本，解决海鸥资产的债务问题。"

第六十六章
针锋相对

就在董事会召开的当口，海鸥资产大厦旁边的茶馆内，帅朗正和佘道林对面而坐。

“司法重整？”佘道林慢慢喝了一口茶，斜睨了帅朗一眼，略带嘲讽道，“不愧是财大的高才生啊。花花肠子就是多，居然想到了司法重整。”

帅朗耸了耸肩：“相比起直截了当的破产，司法重整走的是和解，于企业可以核销债务，改善负债率，减轻上市公司在重整期间的财务负担，有利于稳定公司的经营。于债权人刻意将提高清偿效率，回笼资金。于股东可以维持剩余股份的价值。于投资者，则很可能是一次抄底的资本盛宴。这不是一件很好的事情？”

“我呸！”佘道林冷笑着呸了一声，他把玩着手里的茶杯，不屑地道，“别拿这种冠冕堂皇的话来糊弄人。退市重整这些东西，我也玩过。你计划说服债权人去法院提出申请，走司法重整路线，根本目的是想要增股不除权吧。”

“对，增股不除权！我建议的核心，就是增股不除权！”

董事会上，熊猫继续侃侃而谈。

“众所周知，正常的转增股票，都是增加多少股票，就要将现在的股价按照比例减少。从而保证公司的股本增加，而总资产不变。但是一旦走司法重整，由法院厘清了海鸥资产的资产负债。那么我们就可以把账面上的资本公积金提取出来，不用除权地扩充股本。

“具体方案如下——海鸥资产以现有总股本为基数，按照十转十的比例，实施资本公积金转增股本，共计转增80.09亿股。上述转增股票，不向原股东分配。而是全部向债权人进行分配，以抵偿债务以及支付相关重整费用。

“计划将目前海鸥资产担保债权，延期12年分期清偿，利率执行五年期LPR(4.65%)。普通债权，每家债权人50万元以下部分，以现金方式清偿。超过50万元的债权部分，按照20.78%的比例，同样延期12年分期清偿，利率执行五年期LPR的七折。剩余债权，将以海鸥资产资本公积金转增股票，以2.94元每股的价格，进行以股抵债。”

“够黑的！”茶馆，佘道林冷笑。

如果这个方案通过，因为是提取资本公积金，本质就是转增不除权。海鸥资产每股的价格还是这个价格。但因为股本翻了一倍，所以公司的市值，就这么一下子从80多亿变成了160多亿，翻了足足一倍。

多出来的钱是用来偿债。可是同债不同权啊，50万以下的小额债权人都是散户。这些散户人数众多，他们持有的债权又很可能占据了他们生活的大部分，甚至可能关系到他们家庭是否能够存在，关系到他们生活是否可以继续。

所以，他们是最紧张债务是否兑现的，也是最有动力用各种手段，甚至包括付出自己生命这样的极端方式去维权的。一个不小心就会折腾出群体事件，造成很恶劣的社会影响。

也正因为如此，他们具体到个人都是在资本面前微不足道的蝼蚁，可一旦联合起来，却反而会给海鸥资产带来最大的压力。

现在，给他们足额兑付，花费其实并不多。相对海鸥资产的整体债务只是九牛一毛，可事实上却可以减少至少七成以上债权人的数量。

剩下的债权人则分成两种。一种是银行等机构债权人。他们有散户所没有的渠道，比如可以买卖 Q 债。他们持有的债权往往比个人持有的成本更低。而且，钱反正不是个人的，是公司的，集体的，国家的，他们更在意的是账面上的理顺。别说是延期，别说是高价股票抵债，就算承受一定坏账，只要能把债务解决了，他们都会欣然接受。

另一种则是个人，是投入资金更多的散户。虽然他们单人持有的债权很多，可人数少啊。三五个人去维权，只要让保安挡住他们进入海鸥大厦，就什么都不用管了，根本闹腾不出什么花样来。

于是，这些大金额的个体债权人别无选择，只能憋屈地接受海鸥资产延期偿债的条件，又或者是高价股票抵债，哪怕他们的成本远远高于同样机构债权人。

好了，这么一套组合拳下来，海鸥资产的债务就顺利搞定了。海鸥资产的股价依旧在原位，不会因为增股而减少，更不会降低到一元以下。而且因为要将高价股票抵债给部分债权人，海鸥资产的股东人数因此增加，股权因此分散，之前海鸥资产的退市危机，迎刃而解。

“这就是知识的力量？”佘道林感觉有些酸。

他是一个出色的交易员，却也只是一个交易员。他的本领在于瞬息万变的资本市场上，捕捉合适价位买入，合适价位卖出。可是这样吃透规则利用规则的资本运作，却绝非他能力所及。不是他这样半路杀进来的野鸡路子，能够理解明白掌握和施展的。

什么司法重整，什么提取资本公积金，什么增股不除权，这些东西一般人恐怕听都没有听过，又或者听过，可也仅仅只是听过。显然，只有帅朗这样正宗的科班出身，才能真正了解其中的规则，利用其中的规则。

佘道林实在有些羡慕嫉妒。

酸归酸，他不得不承认，帅朗这一手玩得很漂亮。斗争的艺术，不就是拉拢一批人，鼓励一批人，打击一批人吗？这个方案完全做到了。

无论是董事会，还是未来会召开的股东大会、债务人会议，帅朗筹划的这个方案都争取到了绝大多数人的支持。纵然极少数人利益受损，心有不甘，也无济于事。

换言之，熊猫代表帅朗抛出这份方案的瞬间，就意味着海鸥资产已经可以用最小的代价，缓解眼下的危机了。同时也意味着，陈思处心积虑从熊有财手里抢夺下来的那些散户，再无法从海鸥资产的这场盛宴中渔利了。相反，陈思恐怕还要背负不小的财务成本。

念及于此，佘道林看了帅朗一眼，若有所思地道：“你觉得陈思还有没有反击的可能？”

“难说……毕竟，他可是我和熊猫的老师。我们很多金融知识，全都是从他那里学到的！”帅朗慢慢抿了一口茶。双眉微皱，朝海鸥大厦的方向看去。目光里掠过了一丝不安。

“啪啪啪……”会议室内，掌声响起。陈思鼓掌。

鼓了好一会儿掌，他这才停下，看着熊猫，微笑道：“不错，看来熊董当年确实是认真学了点儿东西的。果然不愧是当年我最看好的学生之一。”

“之一”两个字，被陈思刻意加重过了语气。

熊猫的脸抽搐了一下。他知道，陈思说的什么“之一”其实是点出了帅朗，他熊猫不过是鹦鹉学舌而已。这让熊猫很有些不舒服。

只不过，还没等他来得及反击，就听到陈思已经继续开口，根本不给他说话的机会:“巧了，我也是这么想的。而且，我也恰巧准备了一份方案。”

“什……什么？”熊猫一惊，心中的不祥越发强烈。

陈思却没有理会他，做了一个手势，就看到列席的秘书再次从包里掏出了又一沓资料，分发给了在场的每一个董事。

第六十七章 惨败

董事会的变故很快反馈了过来。

佘道林看着帅朗，问："你觉得陈思的这个方案如何？"

帅朗没有马上回答，他低头盯着手机屏幕，一个字一个字，很认真地推敲田小可发来的信息。

陈思的方案和熊猫的方案在很多地方是相同的，一样是走司法重整，一样是准备提取资本公积金，一样要增股不除权。

公司资本翻倍之后，面对债务，也同样是同债不同权，用很少的一部分资金解决小额个人投资者的问题。对于大额的债权人，同样用高估的股票来抵债，或者分期清偿。

不同的是，让渡。

熊猫的方案是所有股东一起让渡出权益，将让渡出来的权益清偿债务。所以，在这个方案里面，大股东和小股东的付出是一样的。小股东并没有得到任何补偿，也没有如何获益。

但是陈思却提出，同样十转十扩股，但是大股东持有的股份在转增之后，全部回填至上市公司。中小股东通过转增获得的新股份，37%回填给上市公司，用于偿债和引进战投。63%，按照比例，配股持有。

这样一来，小股东仅仅只是让渡出了一部分利益。

显然，这个方案讨好了小股东。如果这两个方案一起拿到股东大会讨论的话，毫无疑问，陈思的方案更容易通过。

“见鬼！”意识到这点后，佘道林皱起眉头，“他自己也是大股东啊。中小股东让渡的利益越少，就意味着大股东负担得越多。这是不惜自损一千也要损敌八百？”

帅朗却摇头，苦笑：“别忘了，他已经拿下了原本熊有财控制的那些散户。”

“所以……分仓？”

帅朗叹了一口气：“算一下就知道了。”

说着，他拿起笔，随手摊开一张餐巾纸，刷刷刷写了一个数字：2.46。

这是海鸥资产现在的市价。

海鸥资产之前就因为股票置换方案迎来曙光，一路飙升到2.82元。虽然期间闹出了熊有财被捕，独立董事沈涟漪死亡，但陈思真不是吃素的，在他有计划的操盘下，海鸥资产的股价起起落落，看似热闹，实际上价格并没有下跌多少，始终都在2.5元左右。期间最高价甚至还一度攻上了3元。

就算这两天帅朗砸盘，针对的也是蓝帆和春华。得益于海鸥资产戴着ST帽子，也远远跟不上蓝帆和春华的跌幅。所以就股价而言，其实好了很多。

帅朗一边写一边说道：“如果是正常的十转十转增，那么除权价，就应该是现价的一半，也就是1.23元。但是市场未必会认可这个价格。这个价格距离一块钱的红线太近了。稍有风吹草动，就有可能跌破。到时候海鸥资产只能退市。

“正因为这个缘故，所以无论我还是陈思，都盯上了资本公积金，只要鼓动债权人向法院提出申请，走司法重整的路子，那么就可以通过资本公积金，出现增股不除权。这样既可以避免退市红线，又可以轻轻松松让公司的资产翻倍，解决债务问题，重新轻装上阵。”

说话间，他写了1.23这个数字。

帅朗继续道：“按照我或者陈思的方案，一旦扩股，股本增加，除权价却依旧是2.46元不会变。当然，除权之后，肯定会被市场砸出很多个跌停板，一直跌到市场认可的价格。

“但不同的是，我的方案说到底，其实就是海鸥资产大小所有股东，一起承担风险，平均利润。所以市场认同的理论价格应该就是1.23元。等股本扩充以后，假设市场足够理性，那么就会从2.46一路跌停板到1.23。没有一分钱的安全垫。

“而在陈思的方案中，市场认同的理论价格应该是2.46*10/(10+10*0.63)，也就是1.5元。这里面就有0.21元的安全垫，百分之二十多的空间。有了这样的安全空间，中小散户就值得杀进去搏一搏，保本的概率大大增加。而一旦退市重整成功，引入战略投资者，形成新的财富概念，那么后面就是翻倍再翻倍的大肉。

“之所以有这样，就是因为陈思的方案里，大股东让渡了所有权益，但中小股东只让渡一部分，这就给了中小散户从中套利的空间。”

佘道林立刻醒悟：“所以，陈思这一手，明面上是自己也会亏损，实际上却能利用熊有财那些散户账号把钱赚回来，甚至是大赚特赚。”

“毕竟是财大有名的教授！”帅朗无奈地叹了一口气。

尽管不情愿，他还是不得不承认，自己这一次失败了。败得非常彻底。明明已经做了很多准备，从暴露春华、蓝帆的问题，到打压这两个股票，再到董事会上的发难，精心策划了一切。可惜，到头来陈思只是一个提案，就四两拨千斤，轻轻松松把他所有的攻击都化解了。甚至还借力打力，将不利的局面，转化成有利。

佘道林:“没办法了？郎杰的儿子不该这么容易认输吧？”

“办法……其实也不是完全没有！”帅朗耸了耸肩，“司法重整需要债权人提出申请。重整计划，也需要足够多的债权人同意才行。”

不等帅朗说完，佘道林已经冷笑:“馊主意！”

帅朗揉了揉鼻子，确实是一个馊主意。陈思的方案迎合了大多数人的利益，想要拉拢债权人反对，难度可想而知。而且这不是关键，关键是他和佘道林都是海鸥资产的大股东。

哪怕按照陈思的方案，大股东在这次增转股份中需要让渡所有利益，可是只要保住海鸥资产这个壳，就是最大的收获。

如果否决重整计划，导致海鸥资产不得不申请破产，保不住这个壳，那就得鸡飞蛋打了。到时候，大股东的损失显然会远远大于散户小股东。也正是因为如此，大股东才有可能接受陈思的这个方案，才会愿意出让转增中利益。

同样也是这个道理，佘道林随口说了一声“馊主意”之后，蓦然警醒，猛地站起来盯着帅朗:“你不会真的打这个主意吧？”

帅朗态度极好地微微笑一笑:“当然不会！”

“是吗？”佘道林狐疑地看了帅朗一眼。

他虽然之前因为受到熊有财的威胁，不得不签署协议，放弃自己所持有股份的投票权，但是股份还在他手里。海鸥资产如果重整成功，股价飞升，无论是分红还是出售，都少不了他一分钱。

利益所及，这一刻，佘道林的立场顿时转到了陈思这边:“小子，我知道沈涟漪是你的青梅竹马。她死了，你肯定很伤心，也很想报仇。我也知道，你小子狠起来确实够狠，当初就为了一口气，居然自己去证监会自首。不过……”他拍了拍帅朗的肩膀，冷冷地道，“我希望你想清楚。同样的事情，我可不会让你再做一遍。不管你怎么报复陈思都行，但绝对不能损害到海鸥资产的利益。否则……相信我，这一次，你承受不住其中的代价！”

“放心吧，佘先生！”帅朗丝毫没有在意佘道林的威胁，脸上笑容很是诚恳，“资本逐利。这人啊，傻过一次，肯定不能再傻第二次了。我知道该怎么取舍！”

“知道就好！”佘道林阴冷的目光继续盯了帅朗好一会儿，这才转身离开。

帅朗始终都保持着诚恳的笑容，目送佘道林离开。直到佘道林的身影消失在视线之外，他的笑容方才慢慢收敛，拿起手机，拨打的却是齐然诺的号码。

第六十八章
结盟

黄昏，江堤。

远处的水面上隐约传来轮船的汽笛声。近处，微风徐徐，杨柳拂面。

帅朗就站在这样的江堤上，看着齐然诺驾车过来，看着她走出车门，一步步走到了自己面前。刹那间，帅朗的心揪了一下。

这一刻，他看得分明，迎面走来的齐然诺，双眸依旧明亮动人。可惜，这明亮动人的双眸中，已经不再闪烁昔日的欢喜和爱慕，有的只是不带一丝感情的冷静和理智。

帅朗暗暗叹了一口气。

他不后悔曾经过往的那些事，却也知道，那些事当初对齐然诺造成了多大的伤害。这样的伤害，如今业已在他和她之间，造成了犹如天堑般的鸿沟，再也无法跨越，更不用说弥补。

齐然诺走过来，甚至都不愿意和帅朗有任何寒暄，直截了当开口："你说能帮我夺回长林，是什么意思？"

帅朗深深吸了一口气，将心中刚才翻涌的杂绪迅速驱除，同样公事公办道："不是帮你夺回长林，我可没有这么大的本事。但是你知道，当年阑珊资本之所以成立，很大程度上是借了我父亲的面子，利用了他留下的人脉。那些投资阑珊资本的交易员，或多或少都曾经受过我父亲的恩惠，和我也就有了几分香火情。”

齐然诺不耐烦地打断：“所以呢？”

帅朗不为所动，继续不慌不忙道：“你知道，当初为了反击，我用投案自首的方式，把阑珊资本拉下了水。不过当初拿下的长林集团股份，有不少后来还是通过各种方式，转移到了那些老交易员的手中。”

齐然诺微微动容：“你的意思是……”

帅朗迅速答道：“我想，那些老交易员，如今多少还是会看在我父亲的份上给我三分面子的。”

齐然诺没有说话，只是伸手做了一个请君继续的姿势。

帅朗继续说道：“所以，我的意思是，帮你夺回长林肯定不是我能力所及，出面做个中间人，让你拿回这些股份，得到一个向佘道林发起挑战，争夺长林的机会，还是没什么问题的。”

齐然诺的眼睛微微眯了一下。仅仅只是这些股份，仅仅只是一个机会，显然并不让她满意。可毫无疑问，夺回长林集团显然早就成了她心中的执念，哪怕仅仅只是一个机会，齐然诺显然也并不想放弃。

沉吟少许，齐然诺开口：“条件？”

“帮我对付陈思。”帅朗笑了笑，姿态放得很低。

齐然诺皱了皱眉，倒没有因为帅朗的低姿态而表现倨傲，却也没有立刻回应，只是静静地看着帅朗，给了一个疑惑的眼神。

毕竟，陈思最近一段时间使出的手段堪称惊艳，很漂亮的四两拨千斤拿下了海鸥资产。虽然他如今表现出来的财力并不是很强大，但是这么城府深沉的人，又是有名的经济学家，又是海鸥资产的联合创始人，谁知道他手里还有多少底牌。

最重要的是，陈思直到如今一直都是滴水不漏，没有暴露出任何破绽，甚至说暴露出的破绽，其实都是陷阱。齐然诺想不出来，就算自己答应帅朗，又能从什么地方入手。

帅朗不慌不忙：“更确切地说，我是希望你能帮我说服二爷，和我联手对付陈思。”

“二叔？”齐然诺脸色一变。

她多聪明的人，立刻明白了帅朗的意图：“你想要翻旧账？”

“二爷和陈思一样都是海鸥资产的联合创始人，都是当年海鸥资产的董事高管。我相信，二爷一定了解很多事情。”

“那又如何？二叔他都已经进去了……”

“正因为进去了。多几年少几年，有关系吗？”

齐然诺冷笑：“凭什么要二叔不惜暴自己的黑料，帮你对付陈思？”

“凭我能给你一个夺回长林的机会啊！”

“据我所知，你最近不是和佘道林走得很近吗？怎么，现在就准备反手卖了他？”

帅朗笑了笑，没有一丝惭愧：“就在刚才不久，我还和他说，资本逐利。利之所趋，便是资本所在。”

齐然诺怒道：“所以你做什么事情，都那么坦然？”

帅朗没有说话，坦然面对齐然诺的目光，脸上带着笑，姿态很低的笑。

齐然诺越发暴怒，抬手就想要扇帅朗一个耳光，可扬起的手最终还是无力地放下，良久，幽幽开口：“这一切，都是为了沈涟漪吧？为了沈涟漪，你可以做任何事情？”

沈涟漪三个字，终于让帅朗垂下了眼。他没有说话，齐然诺也没有。

两人就这样面对面，默默站立了十几分钟，齐然诺终于还是忍不住开口："就算二叔清楚当年海鸥资产的黑幕，你又能如何？二叔手里肯定没有实证。以陈思的手段，当年他就会很谨慎地掩盖。现在，事情都过去了那么久，想要拿到对付陈思的证据，更是几乎不可能。"

帅朗摇了摇头："我没想从二爷那里得到什么扳倒陈思的证据。一丁点儿这样的想法都没有。"

齐然诺一愣，诧异地看着帅朗。

帅朗从怀里掏出香烟，点了一支，吸了一口，继续说道："这件事情的关键不是证据，而是要打乱陈思的节奏。"

齐然诺挑了挑眉，好奇："怎么说？"

"陈思这混蛋，追了涟漪这么多年，可见他心中对涟漪是很看重的。可是即便这样，那天他依旧毫不犹豫地把涟漪推下楼，不惜杀死涟漪也要抢走那些资料。这只能说明一件事情，那就是当初他的手脚肯定不干净。"

帅朗一边说，一边倚靠在江堤的栏杆上，仰望着夕阳渲染过的蓝天白云，神情很是平淡，就好像是在述说一件和他毫不相关的事情，声音也冷静得听不出一丝儿波动："凡有经过必留痕迹。陈思的手段再高明，也不可能天衣无缝。不管过去的时间多久，不管他掩饰得有多好，只要能抓住其中一个线头，我相信，一定能把陈思的尾巴给揪出来！"

第六十九章
往事

半年后。入夜，海鸥资产董事长办公室。

陈思一人独坐在没有开灯的室内，漆黑的室内，只有他拿在手里的手机散发出幽暗的光芒。屏幕上却是沈涟漪的遗照。

“涟漪，你这个青梅竹马，确实很麻烦啊！”陈思看着沈涟漪的照片好一会儿，眉心透出了些许疲惫，些许烦躁。只因为这半年来，网上不断爆出海鸥资产当年的丑闻。

虽然都是些键盘侠的嘴炮，从来没有半点儿真凭实据。可是身为当事人的陈思却清楚，内容都是真实的。都是当年他和郎杰他们这些海鸥资产的联合创始人、董事以及高管们的亲身经历。

资本，当年就是这样滴着鲜血，踩着尸体积累起来的。参与者没有一个无辜清白，透着罪恶，透着血腥。

这些罪恶、这些血腥，原本在海鸥资产壮大以后被华丽丽地包装成了财富神话。财富的光芒掩盖了被收割者的哭号与哀痛，掩盖了收割者的凶残与贪婪。扔掉了屠刀之后的屠夫，穿上了西装，拿起了经书，变得儒雅，变得博爱，恍惚汇集了勇气、智慧、信念、友爱等等所有一切美好于一身的英雄。

前提是这些华丽的包装不能被撕开啊！

陈思念及于此，不由皱了皱眉。他其实并没有很担心网上的这些嘴炮，哪怕这些嘴炮透露出来的都是一些真实的内幕。只是他也不得不承认，帅朗这一招很恶心，逼得他不得不四处灭火，不得不消耗自己的人脉四处活动，将这些事情都压下去。

“涟漪，你说你这个青梅竹马究竟想干什么？”看着沈涟漪的照片，陈思的目光里闪过了一丝狠辣，继而渐渐理智起来，“他这是要冲冠一怒为红颜吗？可究竟怎么冲冠一怒呢？如果只是这些骚扰人的小孩子把戏，可就让我太失望了。”

就在这时，手机铃声响起。陈思微微皱了皱眉，有些诧异这个时候，居然会有电话打进来。

这突如其来的电话，让他的心中掠过了一丝不祥。

不过，他不慌不忙接通了电话，只听了两句，便立刻大叫了一声“什么”，从座椅上跳了起来。

“陈思啊，当年最早认识他的时候，他是我们五个人里边的小老弟。学历最高，年纪最小。那会儿他很青涩，就是一个大学里的一个讲师。之所以跑来炒股，就一个原因，他拿不出彩礼。结果谈了五年的女朋友，成了别人的新娘。哎哟，这么一说，老子想起来了，他当年的女朋友，和你那个青梅竹马的沈涟漪，还真是很像啊……

“小子，别红着眼看老子，又不是老子把你青梅竹马害死的。好吧，好吧，不提沈涟漪了。言归正传，总之，陈思刚刚玩股票的那会儿，要资金没有资金，要地位没有地位，就连他后来引以为豪的学术水平当时也很渣。至少，叶添锦就能完胜他。

“也就是你老爸郎杰惜才。看他可怜，又确实很聪明，很有天赋，还真的能狠下心来，一头钻进去研究各种交易的技巧。所以就当提携后进，带着他在海鸥论坛混，又带着他进了海鸥俱乐部，再带着他一起创立了海鸥资产。

“带归带，他在海鸥资产联合创始人里面出资最少，社会阅历，社会资源最不够看。那会儿，法务被高迈把持，财务是叶阑珊的地盘，投资直接掌握在郎杰的手里，其他公司杂事琐事老子领头。所以就给了他一个董事会秘书的职务。说白了，就是个门面，站台用的。小子，你明白二爷的意思了吗……”

幽静的茶馆内，帅朗闭目养神，脑袋里不断浮现的都是那天去探监齐军的情形。

他料想得不错，同样是海鸥资产的联合创立人，齐军自然很清楚当年陈思的情况。虽然不可能掌握陈思有什么非法勾当的真凭实据，但是仅仅获悉陈思当时的状况，就可以推导出许多东西来了。

比如，资金实力弱，那么海鸥资产很多重量级别的项目，陈思就很难插手。毕竟，就算想要撬动地球，也得先有一个合适的撬棍不是?

再比如，社会阅历社会资源匮乏，在海鸥资产就很难掌控实权，更重要的是，很多需要人脉，需要配合的项目，陈思也没法染指。董事会秘书如果没有掌握财务、法务，那实际上就是一个新闻发言人。显然没有足够的分量，和海鸥资产重要的关联企业建立足够亲密的私人关系。

帅朗在老道的帮助下，花了足足一个星期的时间，将当时海鸥资产推进的项目一一罗列在纸上，然后根据陈思当时的状况，删掉了其中的大部分。但海鸥资产当时正处于高速发展期，推进的项目实在太多了，即便大部分项目都被剔除，剩下的依旧还有五十多个。其中，有对工厂的收购，有对公司的投资，有企业的联手……

但是帅朗却选出了三个房地产项目。

那一天，他把这三个项目单独列出来，交给了老道，目光里闪烁着信心："我相信，如果陈思真的上下其手中饱私囊，这三个项目的可能性应该是最大的！"

老道迟疑："房产？那不是需要很多资金吗？"

"不一样！你仔细看，这三个项目的重点，不是开发，而是……拆迁。"

"这三个项目，一个是烂尾楼。海鸥资产收购下来，完全可以凭借当地的优惠政策，获得低息贷款，将这烂尾楼工程重新激活。本就是空手套白狼，不需要什么资金。需要的仅仅只是对政策的了解掌握，对这幢烂尾楼未来价值的预估和评测，嗯，最多就是再加上对于银行业务的熟悉。这恰恰是陈思的强项。以他的能力，很容易就可以看出其中的商机。再加上银行专业本就是财大的招牌专业，银行各个部门都能找到来自财大的同门。简直就是为他量身定做的。

"来，再看第二个项目。那是一家濒临破产倒闭的工厂。这家工厂的厂址在当时看来不是很好，在市郊很偏远的地方。但是现在回过头来看，你发现没有，那里因为恰好被纳入自贸区的范围，房价这些年翻了好几倍。这个机会一般人多半看不出。甚至我父亲当初收购这家工厂，恐怕更多的也是从产业整合的角度出发。但是和叶添锦专攻财务不同，陈思擅长的是大金融的理论。我相信他能看出来。他同样可以很轻松避开他的短板，在这个项目大做文章，从中渔利。

"接下来是第三个项目。这倒是一个坐落于成熟商业区的商场。但是拥有这个商场的公司因为盲目扩张，导致资金链断裂，欠下了一屁股债务。更糟糕的是，这家公司把名下的商铺一边分成单间卖给了个人，一边又出租给商户。美其名曰是帮买家管理，每月买家什么都不用做，就可以躺赚不菲的佣金。实际上，这商铺已经出租给商户整整二十年。钱都被公司卷走了，公司承认债务，却同时表明无钱还债。而买下了商铺的业主却因为租大于售，即便打赢官司，也拿不到租金，更收不回商铺，可谓是鸡飞蛋打，血本无归。

“但是看看这个项目后来怎么解决的？太漂亮了。居然恰好就在业主们堵住当地政府大门，群情激昂，眼看就要爆发社会群体性事件的当口，一家公司挺身而出，愿意收购这个商场，愿意承担债务。条件仅仅是地方政府能够在贷款上给他们行一下方便，另外允许将这幢三层楼的商场放开限高，再加盖两层。

“结果呢？业主拿回了钱，回归正常的生活。政府避免了群体性事件，还得到了持续可观的税收，并且繁荣了当地的商业，增进了当地的就业。那家公司呢？一点儿都不吃亏。他们得到贷款后，并不需要多少自有资金就能完成收购。收购之后，他们加盖两层楼，就足够他们收回前期成本，还有大赚。更何况，这个商场坐落的地段几年后因为旁边的军用机场拆迁，房价一下子就飙升起来，和第二个项目一样，因为地价而得到了难以想象的增值。

“虽然不情愿，但不得不承认，我父亲未必能有这样的手段。他的商业兼并，手段其实还是太过粗糙血腥。如此在润物细无声中暴利，并不符合海鸥资产这些年兼并收购的主流风格，但真的很符合陈思的风格。”

帅朗出手了。

陈思绝对没有想到，帅朗的出手会是这么犀利，又如此出乎意料。

当年在担任海鸥资产董事会秘书期间，就如同帅朗所料的那样，陈思没有多少资金，也没有多少社会资源，就将目光投向了那几个房地产项目。

毕竟他学的是大金融，他在银行有的是同学朋友。他有足够的眼光看到其中隐藏的商机，他也有足够的能力进行一系列复杂的操作，从中获取暴利。

当然，这其中就不可避免地会利用那个时代的潜规则，用一些见不得光的手段，不动声色地吞并一些集体乃至国有的资产。

整个操作原本是很隐秘的。奈何，帅朗偏偏就是在找到这三个项目之后，抽丝剥茧，从中找到了陈思当年不经意间留下的把柄。鬼知道帅朗是怎么找到这么个口子下手的。但是陈思可以确定，帅朗确实找准了。就好像是一个很有耐心的猎人，悄无声息中，已经在猛兽的四周，布下了密不透风的天罗地网。

很快，陈思就从不同的渠道获悉，已经有相关部门开始调查他了，而之前看似没有任何用处的网络嘴炮，也同样起到了推波助澜的作用。

天罗地网正在对他慢慢收紧。他已经成了一头困兽。

他并不后悔曾经的所作所为。若非那些隐于黑暗中的私密勾当，他一个教书匠，哪有可能那么快完成人生的财富积累？而没有财富开道，他又怎么可能如此顺利地登上学术的巅峰？

可惜现在，陈思却惊恐地发现，昔日因今日果。当初怎么帮助自己飞黄腾达，现在就怎么成为一颗要命的炸弹。一旦爆炸，必定是身败名裂，一无所有。

恐怖的是，陈思似乎听到了炸弹倒计时的声音。

终于，在焦头烂额了半个月之后，他忍不住了。

例行的董事会结束之后，陈思从位置上站起身，三步并作两步，冲到田小可的面前，一把拉住田小可的手，不容置疑地道："田董，来，我和你说点儿事！"

说着，他根本不管田小可有什么反应，就一把拉着她走上了大厦的天台。

来到天台之上，被冷风一吹，原本满脸懵懂的田小可这才反应过来，拳打脚踢想要挣开陈思，大叫道："喂，你想干什么？"

"闭嘴！"陈思一巴掌打倒了田小可，又好整以暇地整理了一下自己的西装，恢复了他过往的风度翩翩，"抱歉了田董。请你配合一下，把帅朗叫来。打电话吧，我知道他就在对面的茶馆里面。"

说着，他转头看了一眼大厦对面那座茶馆。

帅朗确实在那里，都不用田小可打电话，帅朗接到熊猫的电话，只用了六七分钟就赶了过来。熊猫等人都站在通往天台的楼梯口，谁也不敢上去。帅朗询问完详情，拒绝了熊猫的陪同，慢慢走上天台。

陈思衣袂当风，拉着田小可站在天台的边缘处，眺望着眼前辉煌的城市。

帅朗走过去，皱眉道："教授，这可不像你的为人。输了就要拉一个不相关的人同归于尽？输不起吗？"

"哈哈，说得好，确实不像是我！"陈思沉默了一下，嘴角泛起了一丝自嘲。

他大度地放开了田小可，示意她离开，然后坦然承认："刚才那一刻，我真是很想拉着你这个小助手一起跳下去。为什么不跳呢？涟漪死了啊！她死了啊！她是我生平最得意的作品，纯洁，无暇，完全摒弃了人间的阴暗面，完全映照了我心中的正义和美好。我是真的要和她结婚，要和她白头偕老的。可是她死了。你知道我当时有多么痛吗？那种痛足以把身体撕碎分裂。刚才有那么一会儿，我真的很想让你也尝尝。"

说着，陈思走到了天台边缘，就坐在天台上，"啪嗒"一声想要打开打火机，没有想到这里风实在太大了，打了好几次才勉强打着，抽了一支烟。

陈思想了想，继续道："知道吗？从小到大我都是别人家的孩子，都是别人眼里最完美的范本。从小我就是尖子生，长大了很顺利就读了硕士、博士。后来，跟着你老爸一起开创了海鸥资产，顺顺利利成就身家亿万，成了上市公司的高管。可是，我不开心啊，真的很不开心！你知道为什么吗？因为郎杰！"

帅朗皱眉：“我爸？”

“是啊，你爸！做投资的时候我就比不上你爸。呵呵，别看我是学财经的，是正儿八经财经大学的教授，可是当初在股市里我整整输掉了三套房。学到的知识根本没用，教授给学生的本领也没用，看上去很完美的理论，拿到这疯狂的股市却是买什么什么跌，卖什么什么涨。总是完美地在最低价割肉，在最高价加仓。那会儿，我都要怀疑我的人生，怀疑这个世界了。

“是，没错！你爸帮了我，他帮了好多交易员，带着大家玩分级，玩转债，玩价值投资，各种花式玩法。虽然他以前只是一个中学的数学老师，可他妈的在股市里面他就是一个神。我们……呵呵，我们都只是抄作业的学渣。我那么多年学的东西，我引以为豪的学识，居然连屁都不是，甚至都不如郎杰随后一个感悟。你说，我怎么能开心？

“好吧，我也曾经安慰自己，二级市场的投资都是小把戏，难等大雅之堂。可是后来，海鸥资产成立了，开始玩资本运作了。他妈的，你爸还是神，把资本运作玩出了花来，游走在灰色地带，成功规避了规则限制，创造了一个又一个的财富神话。我依旧还只是你父亲身边的一个跟班，跟着他，追随他，可有可无……”

“所以，你就算计我父亲？”帅朗感觉有些不可思议。

就因为心中的嫉妒，陈思就要把当年带他走出了亏损，带他走上财富神话的男人坑死、害死？

“既生瑜何生亮啊！”陈思丝毫不见羞愧，反而振振有词，“狼群里，只允许存在一头狼。雄狮也会把同性杀死，甚至把和母狮生下的小狮子杀死，独占所有母狮。这是自然规律。王，只能有一个；神，也只能有一个。登上巅峰之后，不允许有人与你同行。对，就是因为这个，我谋划了好多年。我忍气吞声，抑制住自己的愤怒嫉妒，在你父亲身边俯低做小。我耐心等到了机会，悄悄引来了佘道林、熊有财，还利用了齐军、齐华、高迈他们内心的贪婪，这才终于给了你父亲致命一击。知道吗？你父亲跳楼的那天，我就站在对面另一幢楼的天台上，看着他最后跳下去……”陈思指了指对面的一栋大厦。

“混蛋！”帅朗忍不住怒吼了一声。

“混蛋？也许吧，我就是个混蛋！”陈思根本不在意帅朗的愤怒，他神经质地笑了笑，“本来一切都是那么完美。我好不容易除掉了你的父亲，那个让我感觉这一辈子都只能仰望无法超越的男人。好不容易布好局，借力打力，让佘道林、熊有财相继出局。而且这么多年，我还花了这么多精力培养出了沈涟漪，在她身上我寄托了我所曾经拥有，后来舍弃的美好。本来，最多几个月我就可以走上人生巅峰，拥有财富，拥有爱情，拥有一切。可是现在……都没了，被你毁掉了！告诉我，你是不是已经开始收购海鸥资产的零散股份？是不是已经让海鸥资产的社会公众股低于10%了？”

帅朗犹豫了一下，觉得陈思的状态不对劲。

陈思又神经质地笑了一笑：“好吧，你不用回答了。我已经知道答案了，果然不愧是郎杰的儿子。想不到，我不但比不过老子，最终还败在了儿子的手上……”

陈思说话间站起身来，居然还低头看了看天台下方，帅朗连忙喊道：“喂，你干什么？”

“干什么？我虽然失败了，但是，我还是能保留最后一丝尊严吧，就好像你父亲一样……”陈思回头看了帅朗一眼，“命运真是如此动人。当年我逼死了你爸，亲眼看着他从这里跳下去。如今你又逼死了我，亲眼看着我从这里跳下去。帅朗，这是一场轮回吗？是交易员的宿命吗？”

他笑了一笑，人就从天台落下。

尾声

“……建制度，不干预，零容忍，规范金融市场，让金融市场更好更健康地发展，为经济添砖加瓦。”车在公路疾驰，车载的电台播放的是高层对于金融市场的布局。

熊猫坐在副驾上，忽然叹了一口气：“不错啊！现在金融法规越来越完善，金融市场越来越成熟。想当初，涟漪心心念念要让金融市场成为企业发展壮大的孵化器，成为国民经济的推动杆，而不是某些人牟取暴利、收割韭菜的工具。现在，她一定会很开心这样的变化。”

帅朗开着车，心中悲伤难抑，看着城市的车流如同河流般淌过，泪水无声地流淌。

车开到了墓园，帅朗和熊猫肩并肩来到了沈涟漪的墓前献上鲜花，帅朗自始至终都没有说话。

这几年他变化很大。从陈思跳楼的那一刻，他心中的郁结一下子消失了，再加上沈涟漪的死带给了他很多人生的反思，取而代之的是一种类似顿悟的通彻。

他站在沈涟漪的墓前，心里默默叹了一口气：涟漪，你放心，我会把海鸥资产好好经营下去的。当年父亲犯过的错误我会去纠正，父亲欠了的债务我会去偿还。很快，海鸥资产就会重新上市，就会公开募集增发。到时候就会出现一个崭新的海鸥资产，一个真正提供工作机会，真正创造社会财富的好企业。